古物奇谭·

古董新娘

绿桥乔/作品

贵州出版集团
贵州人民出版社

图书在版编目（ＣＩＰ）数据

古物奇谭.古董新娘/绿桥乔著.--贵阳:贵
州人民出版社,2017.7（2020.3重印）

ISBN 978-7-221-14223-8

Ⅰ.①古… Ⅱ.①绿… Ⅲ.①长篇小说－中国－当代
Ⅳ.①I247.5

中国版本图书馆CIP数据核字(2017)第178166号

古物奇谭。古董新娘

绿桥乔 著

出 版 人：苏　桦

出版统筹：陈继光

选题策划：大鱼文化

责任编辑：胡　洋

特约编辑：猫　冬

封面设计：Insect

内页设计：蔡　璨

封面绘制：XINYUE

出版发行：贵州人民出版社（贵阳市观山湖区会展东路SOHO办公区A座
　　　　　邮编：550081）

印　　刷：三河市华东印刷有限公司

开　　本：880×1230毫米 1/32

字　　数：260千字

印　　张：9

版　　次：2017年10月第1版

印　　次：2017年10月第1次印刷
　　　　　2020年3月第2次印刷

书　　号：ISBN 978-7-221-14223-8

定　　价：45.00元

目录

第一章　　晚清异闻录·诡歌谣　　/001
第二章　　玉覆面　　/010
第三章　　鬼嫁娘　　/022
第四章　　诡门关　　/035
第五章　　一团迷墓　　/045
第六章　　冥铺飘歌　　/055
第七章　　校园惊魂　　/067
第八章　　瞬时记忆　　/079
第九章　　校园，百烛夜行　　/090
第十章　　魂兮归来　　/106
第十一章　红嫁鞋　　/119

目录

第十二章　　通灵　　　　　　　　/135
第十三章　　七字禁区　　　　　　/154
第十四章　　星月拱日　　　　　　/165
第十五章　　情动　　　　　　　　/179
第十六章　　婴灵　　　　　　　　/192
第十七章　　幕后人　　　　　　　/208
第十八章　　淡极始知花更艳　　　/223
第十九章　　幕后大老爷　　　　　/239
第二十章　　十分红处便成灰　　　/272
番外　　　　满盘皆输　　　　　　/278

第一章

晚清异闻录·诡歌谣

GU DONG XIN NIANG

七月节，鬼门开，魑魅魍魉齐出来。大人出，小孩进，端水照脸鬼无头。中元节，阴森森，亏心之人鬼敲门。鬼敲门，索命来，人心不古世道衰。

十四日，鬼敲门，戏棚满院席满座。有影进，无影出，来来回回谁是人？子时缺，午相交，阴辰阴时把人找。人在笑，鬼在哭，扶乩错把人来找。

十五过，鬼门关，善恶到头终有报。好人走，坏人来，端水照脸谁是人？冥烛照，衣纸烧，明天太阳就到来。谁是人？谁是鬼？血色人间无忠良！

阴恻恻的歌声飘过公主坟，满地错落着金钱衣纸，纸灰弥漫。

夜深了，街道上一片荒凉。一身灰白影儿舔着路边香烛。一声惨叫，一个提着灯笼的仆人躲进了府里院落大门。灰白影儿露出了诡异的微笑……

雨淅淅沥沥，愁得人慌。雨打在镶着"归府"二字的巨大牌匾上，让人觉得更加阴冷。归府不就是鬼府吗？几个好事胆大的半大孩子提着灯笼在公主坟上走，一个闪电紧挨着一声惊雷响起，冷光照亮了"归府"。

"我怎么觉得这府宅特怪异！"一个孩子发了话。

"胆小鬼，怕死的现在就滚回家去。"为首的一个大孩子揶揄，因他姓苟，所以大家都叫他狗子。

"谁说我怕了？！"

"真不怕？听说这宅子可是闹过鬼的。"狗子存了心要吓唬他。其他的几个孩子也跟着起哄。

"胡说，我二毛子可不怕！"

狗子道："听说这家子怪得很，专挑这鬼里鬼气的日子娶媳妇。那老爷娶了好几房妻妾了，但人没几天就不见了。"

几个孩子沸沸扬扬地说开了。

"听说归谬归老爷子第一房太太死得怨。"吴福插嘴。

"这是怎么回事？"狗子连忙问。

二毛子有些心不在焉，他们一帮孩子本是围成大半圈儿站着聊天儿的。忽然，一道红影在狗子身后晃了过去，吓得二毛子赶紧揉了揉眼睛。

"二毛，你干吗？"狗子被他惊恐的眼神吓着，回身看什么也没有。他不禁有些怒。

"没什么。"二毛子闭了嘴。

吴福说起了关于归府第二房太太的往事。

归府的二太太人称魏氏，景德镇上人氏，父亲在皇窑厂供职。自她嫁到归府后，整个归府起了异样的变化。

再后来，魏氏就无缘无故地消失了。没有人知道她去了哪里，她失踪的那天刚好就是阴月的中元节。家仆门童都认定她是在府内消失不见的。女主人被鬼带走的消息在府内慢慢地传开，大家开始变得人心惶惶。

而老爷每隔几年就会娶一个媳妇，每个女人都是在鬼月娶回。她们都看见了诡异的女人，听到了恐怖的声音。她们一个个都疯了，最后消失不见。

"今天，归府又要娶媳妇了……"吴福的声音变得尖细而诡异，尖得如女人的声音。

大家无不感到身上传来阵阵寒意。一个盖着红盖头的女人，穿着漆红的鎏金新娘袍子轻轻地向背对着她的众人走来。

二毛子是唯一面向她的人，他感到自己的腿在不听使唤地颤抖。他指着对面，吓得说不出话。

大家察觉到异样，转过身，可背后什么也没有。但他们的身旁，不知什么时候多出了许多人，或许根本就不是人，影影绰绰，零星地散在公主坟上。它们或三五成群，或形单影只地跪在衣纸蜡烛前。

那几个男孩再也忍不住，轰地全部散去，只留下二毛子一人。二毛子吓得尿了一裤子，看着盖着红盖头的女人向他走近。

风吹过，掀起红盖子，里面什么也没有，没有头的女人……

"啊——"二毛子再也承受不住，昏倒在地。

听到外面的惨叫声，家仆的手抖了抖，杯里的茶水晃出了些许。老爷半闭着眼，淡淡地说："恶鬼抢吃啊！"

家仆们一听，皆是一怔，只觉在这府内，连老爷也变得诡异起来。

刚跑过二进门内院的一个家仆，脸色灰白，跌跌撞撞地闯进来。他被给老爷奉茶的仆人一把拉住，喝道："来福慌什么，照了水盆再进屋。"

"我刚看见吃、吃元宝蜡烛……"来福看见老爷脸色大变，连忙住了口，在院中天井下站稳，把头慢慢地探进水盆。水里除了他什么也没有，来福舒了口气。突然，一道白影在来福头上晃过，白影低着头看他，然后水里的人变得模糊起来。

"嘭"的一声响，水盆翻倒在地。

"我看见三太太，看见……"

归府一下子全安静了下来。

"记住了，什么也没有！"老爷语气仍是淡淡的，转身走进了里堂。

里堂布置得一片惨白，只剩一对挂在门头上的灯笼是红色的。

案几擦得一尘不染，上面摆放了一只明宣德香炉，上面插了三根贴了金字银粉的香烛。老爷小心翼翼地把一对洁白圆润的蜡烛插在香炉的正中。香烛是做法最传统的香，香烛里用的是芦苇管芯，所以里面是中空的。等蜡烛烧完，里面的芦苇管芯就会成灰。而洋蜡烛或者新式的蜡烛制作都不用芦苇管，里面是实的，自然也就不会形成"蜡炬成灰泪始干"这种独特现象了。

今天是老爷大婚的日子，但这一屋子的白对上门口随风而动的大红灯笼显得更加刺眼。整个宅子空空落落的，院中槐树落了好些叶子，风一刮，在院中呼呼地打着卷儿。

因老爷婚事，所以一众奴仆早已得了令去伺候，小六因没训练好所以不能进入内院，内事也不方便和他细说，所以管家只吩咐小六入了夜千万别乱走，就待在自己房中。

小六只十四五岁，正是多事好动的年纪，岂肯乖乖待在房里。听到后院有些动静，就支开了半扇窗子。他看见，归府的后进院落的后门开了，一对穿着白衣裳，头上戴着白色尖尖帽撑着白幡的领头人，领着一队同样身着白裳的人抬着一顶鲜红的龙凤轿子走了进来，一边走一边撒着衣纸。没有敲锣打鼓，也没有媒婆接亲。一切都是那么安静，安静得让人心慌。

轿子放到了地上，没有一点声音。衣纸铺了一地，形成一条纸钱小道一直延伸进内院主厢房。而那群人忽然就退了下去，退得那样快，快得一下就没了人。

小六的心像被一只无形的手抓得紧紧的，他想起了民间对于归府的传言——"归府老爷啊，一到了鬼节就会娶鬼媳妇！"

他惊恐，但又忍不住好奇心，只好在窗格糊纸上戳了一个洞，偷偷地看。

风起了，红轿子里露出了一只小巧的脚，脚上穿着一只鲜红的鞋子。鞋子上绣了好多红色的缠线花枝儿，枝叶相纠缠，红红的牡丹，红红的花叶，努力地纠缠着，仿佛要纠缠得挤出了血，挤掉了魂才肯罢休。缠枝花纹富贵牡丹绣鞋此刻如催命的恶鬼，拼命地要把小六的魂勾掉。

看不见轿子里面，只能看见一只红绣鞋。许久，风停了，一只苍白的手扶上了轿门。小六的心又是一颤，只见一个盖着红盖头的新娘弯着身走了出来。天更黑了，主院为什么这么安静。难道酒席没人来吗？小六想得心里直发毛，只见新娘一步步地向他房子走来，他的心已经蹦到了喉咙顶尖。

小六连忙跑到床上用被子捂住了头，他想到了鬼新娘的传说，想起了鬼新娘要吸阳气的可怕事儿来。

忽然，一切都静了下来，他给自己打了打气，小心翼翼地下床，走向窗眼往外看。后院什么人也没有，轿子也没有，衣纸也没有。

他想走进内院，但发现通往内院的月亮门锁上了。他有点泄气，把耳朵贴近门上侧耳细听，内院死一般的静，静得惊心。早上管家吩咐大伙时说过的话，忽然就如一股阴风吹过他项间，飘进他脑海里："今晚老爷大喜日子，要摆四十四桌宴席，你们得好好准备，厨子那边也得看紧。"

此时，他只想逃，因为只有冥婚才摆四十四桌。他转身想走，但身子一下软倒在地。他不敢抬头，因为地上是一双红色的缠枝花纹富贵牡丹嫁鞋……

盘长生合上书，这是一册名为《晚清异闻录》的古籍。

盘长生也就是顾玲珑，他又回到了北京这个既熟悉又陌生的地方来。

按他的意思，他是再也不想回到这个地方。这里有太多的伤痛回忆，回忆是如此沉重，每每忆及心还会痛。但他必须得回来一趟，因为翡翠的母校广播大学又出事了。起因就是有学生在学校附近发现了这册《晚清异闻录》古籍，随后找到历史教授进行研究，开了一个课题。

学术研究本也是平常的事，但怪事就发生在这本古籍出现后的第十四天，看过这古籍的学生开始失踪。如今已有四个学生失踪了，学校方面怕此事闹大，忆及冷翡翠勇破走私贩卖国宝一案，她的能力学校方面是绝对信得过的，所以请了她出面。

而翡翠一心留在家里照顾昏迷不醒的未婚夫子剔透不想再管外事，所以请顾玲珑代为出面。毕竟顾玲珑比起翡翠无论是知识面还是格斗能力都更出色，再者，他行事极为低调，没有人认得出他的身份。而学校方面明白了她的用意，表示会全力支持顾玲珑的工作。为了办事能更低调，顾玲珑改回了原名盘长生，毕竟新闻报纸等公众媒体报道的只是唐宋元等人勇破奇案，应顾玲珑的要求没有提及他，而盘长生的名号更是没有人知道的。

思绪又回到现实中，这《晚清异闻录》是一本地方志怪录，真与假糅合在一起，但是从学术上来说有利于研究晚清市民的风土人情。这册子书共分为四册，现在面世的只一册，这册书是为整合册的第二册（卷二），讲述了一个奇怪的家族，和他们会在阴历娶妻的古怪习俗。

可惜的是，这第二册书有缺页，以至于里面的许多重要内容都失传了。

"如果唐宋元在就好了，马上能为我解开第一个谜团。"盘长生闭上了眼仰头叹息。

眼本就闭得不紧，忽然一点猩红刺破了眼球，跳将出来。盘长生一个激灵，星眸怒睁，四周很静，人也不多，哪有什么猩红。

图书馆二楼的书籍是教授级人物才能借阅的贵重书籍，也珍藏了许多古籍善本，学校的重视程度是不用说的了，学生是不允许进出这一层的。

经过盘长生的询问，这册古籍并不属于学校财产。那么，册子最初出现在何处？和失踪的学生又有什么关联？为什么看过本册书的学生会无故失踪呢？一大堆问题冒了出来，看来首要任务就是得查清古籍的出处。

盘长生还在思考，而小猫玲珑则灵活地画了一条弧线，再优雅落地。一双盈绿的猫眼在黑夜里显得幽绿诡异，只见它很快就消失在图书馆的另一侧。

奇怪，那里不是死角吗？这一下引起了盘长生的注意。小猫玲珑消失的尽头是图书馆的休息室，那里只有十平方米，是个密室。盘长生跑进休息间。

休息室布置得简洁舒适，一排复古的书架子挡在玄关处，隔绝了来人的视线。书架子后是一张小床，供人乏了休息。盘长生看向架子上的书，是一些珍贵古书籍的拓本。他发现了一本名为《诡府奇案》的拓本放了书架的中间。其他书都落下了灰尘，独独这本显得过分干净。

　　盘长生将书取了出来快速浏览，突然，他的手停了下来，他被眼前的一幅图画震住。那是一组玉面具，通称"玉覆面"。组佩玉是很难得的文物，早前一段时间有许多富豪不惜砸重金，花大价钱也想得到一套组佩玉，更何况是做工精美而神秘的玉面具。

　　玉面具也属于组佩玉，整个五官是由一套特定的专配一个人的脸面而做成的一副组套面具。这样花费的玉料也会更多。玉面具的每个部分都是用金丝固定，形成眼睛、鼻子、嘴巴、耳朵，再用天珠、玛瑙、绿松石、琥珀等名贵宝石料子串成面谱的各根支线，一张华丽精美又带了神秘的玉面具就形成了。为了更好地遮盖住脸，玉嘴的部分比例特别大，使得整张玉脸扬起的嘴角线就犹如在微笑，令人看了毛骨悚然。

　　这是冥具，只有死人才会以玉面具覆脸。这本书上有记载，诡府鬼节娶新娘。新娘必以冥器寿服装身方能嫁入诡府。

　　这与《晚清异闻录》的记载有相同之处，不同的在于，《晚清异闻录》说新娘是红妆红嫁衣。不过，两者之间有什么必然的联系吗？《晚清异闻录》说的是"归府"，而这拓本说的是"诡府"，这两者会不会是同一个府邸呢？历史考古的课题不能随便开，一旦开了就要大胆设想，小心求证。

　　盘长生把拓本放进自己手袋里，正要往回走，却觉得背后有双眼在冷冷地盯着他看。他停下了脚步，转回头，那双眼透过书架上缺了书的空隙射过来。

　　那双眼如此空洞，如此冷漠。

　　盘长生吸了一口气，从休息室门口转回来大步向床走去。

　　但，床上什么也没有。

小猫玲珑到底跑哪儿去了？

不对，小猫玲珑是训练有素的猫，它绝对不会不服从命令就无缘无故地失踪。这里没有窗户，它进这里后再没有离开，只能证明这里一定有秘道。

盘长生在房内小心地摸索，走近床，床下传来空心的声音。这里竟然有秘道！这一发现着实让他一惊。休息室的门已被他反锁，他安心地开始研究打开密室的机关。

书架的书类摆设引起了他的注意，国学类、志怪类、地方史记、文学等等都是一批批按同种类的书摆放在一起作归类，偏偏中间那几格书的书种顺序全然是乱的，而且书脊颜色的走向也很怪。盘长生把《诡府奇案》拓本放回原处。走远了看，书脊颜色的走向果然有古怪。

看着拼凑而得的零零碎碎的画面，盘长生终于明白了个中玄机。他飞快地将各书归类，随后再根据书脊颜色调整，最后一本书放进去，就形成了一张玉面具的图谱。书放进去刹那，"咔嚓"一声床板翻动过来，露出了一段斜坡。

盘长生举起手电筒往下走去。

地下道尚算阔落，而且没有想象中的黑。他看了看四壁，原来壁中嵌有灯盏，盏上放了白蜡烛。而白蜡烛此时正燃烧着，跳动着昏暗诡异的火光。只一刻的出神，盘长生就想到了《晚清异闻录》里归府大婚的那对白蜡烛。

穿堂风吹到他脸上，闷闷的，没一丝凉气，闷得人心里起了毛，很不舒服。有风就有出口，这里究竟通向哪儿？

忽然，秘道内的白蜡烛全灭了。静，无比安静。除了他自己，周围就再没有生命体征般的安静。被盯视的感觉又来了，前方三点钟方向发出了淡淡幽光。盘长生调整一下气息，慢慢走近。墙壁上吊着一个人。

那人的脸上覆着玉面具，没有呼吸。手电筒打在那玉面具上，在昏暗的灯光中展现着诡异的微笑。放出幽光的是玉面具上用荧光材质的珠类编织的面谱线部分，奇怪的是，这玉面具在眼珠处应是空心的，但这里却镶嵌了两颗荧光石。

手即将揭开玉面具的那刻，他的心猛地一跳，想起了唐哥唐宋元的话——

"考古有考古的规矩，我们是考古工作者不是盗墓贼。对先人我们得毕恭毕敬，如果你们有机会遇到首覆面具的棺，那先可得好好烧香祭奠，把尸身每一处细节都检查收拾好，最后才能揭开棺主人的面具。这也是我们这行的行规，大家可得记好咯。"

这神秘"玉覆面"文化的背后承载了多少秘密无人知道，外行人眼中顾忌的是面具的诅咒，故不能随意揭开；而考古学者不会惧怕更不会相信什么诅咒，但前辈们的话总得要遵循。盘长生将吊着的那人带出了地道。

现在是晚上八时，小猫玲珑已经候在床边上。

盘长生把床翻过来恢复原位，再把人平置于床上。

盘长生发现这是个一身穿冥服寿衣且死去多时的女学生。

灯下，盘长生伸手小心翼翼地取下玉覆面。

女学生身形很魁梧，足有一米八高，所以在昏暗的地方，他错把她认为是男性。女学生长相中性，和校长给他的失踪学生的照片上的容貌吻合。她是第一个失踪的学生，名叫陈晨。她戴的玉面具是仿的，并非古物，但上面的玉石却是真的。

谁花费那么大的心思去布这个局？尸身在冬季的低温条件下保存得很好，看尸斑初步鉴定为死了一个星期左右。但她已经失踪了将近半个月，这期间的空白时间她去了哪里，见了什么人，遇到了什么，以至于遇害？

旧的问题尚未有线索，新的疑问却又出现，盘长生真的觉得无从下手，此案看似简单其实一点也不简单。

为了不引起大家注意，他马上联系了校长和通知了在北京的警察同僚秘密处理尸体。他要将这件事控制在最少人知的情况下进行调查。

第二章
玉覆面
GU DONG XIN NIANG

北京的冬季依然是那般灰蒙蒙的，穿街过巷，胡同四合院里出，现代化写字楼里进，进进出出之间古今的交错依然还是那么和谐。盘长生不知不觉地就走到了琉璃厂，走到了初次遇见翡翠的那家"玲珑望秋月"古玩店，只是店还是那家店，除了换了名字，人再也不是当初的人。

盘长生摇了摇头，迅速离开琉璃厂，吃过了午饭又回到广播大学里。

他直接找到了开这个课题的李成教授："你们开课题研究这本书，证明一定是掌握了对于这本书内容某方面的有力证据。不然知道书册的人不会神秘失踪，而我一直奇怪的是，为什么只是你课题学生组的学生失踪而你却能置身事外？"他的问话咄咄逼人。

他等待李教授回答，而李教授始终只是保持沉默，这也就是不合作的表现。李教授总以历史课题是在高度保密的前提下才能进行的话头来拒绝回答。学识上做研究最基本的前提是要求高度保密，但关乎人命，盘长生不能不知道关于整个课题内容和情况的来龙去脉。

"玉覆面的诅咒，鬼嫁娘的婚衣，冥器崇拜，我能告诉你的只有这些。剩下的只能靠你自己去找。"李教授像是下了很大的决心说出了很决绝的话。

"那这册《晚清异闻录》是在哪儿出现的？或者说，是陈晨从学校哪里找到这册古籍的。这只是第二册，第一、第三、第四册又在哪里？"盘长生无法，在没有更多证据前他处于被动，而他要尽快找到失踪的学生。

"陈晨只提到是在校外怡心小园 A 区对面的那条旧街巷里一家冥衣铺内找到的，那店铺名为'诡门关'，是挺邪的一个地方，我劝你……"李教授想了想没有把话说出来。

"教授不会真的相信什么诅咒的传言吧？"盘长生面带不屑。

李教授也不反驳，只是神色依旧凝重。顿了顿，他回答了盘长生第二个问题："如果你能解开第二册的秘密，就能找到剩下的那几册。"

为了救出失踪学生，盘长生连夜赶到旧街巷。从这里向南偏北的方向望去就能看到怡心小院 A 区的 904 宿舍，那曾经是翡翠的宿舍，这条街他来过很多次，因为这个地方就是他和翡翠破案时去找过的冥铺，那个死去多时的贪婪老头开的店。

他看着店铺名慢慢寻找，奇怪的是一条不算太长的巷子走下去，并没有这样一家奇怪的冥衣铺。难道李教授欺骗他？不会，李教授不会说如此容易被戳破的谎话。

附近所有的街道岔巷盘长生都仔细找了，依然一无所获。正焦急时，他的电话响了，是警局打来的，接通，沉默，通话结束，一切不过十分钟时间。对方的意思是，陈晨是呼吸不畅导致休克死亡，那里就是第一现场暂时找不到他杀的动机，但自杀也不成立，一切还需要更多的线索，否则此案将会陷入困局。

这起案子的线索实在是太少了，问题究竟出在了哪里？学生们究竟是在课题里发现了什么而导致的失踪。盘长生觉得还是应该尽快找到"诡门关"那家冥衣铺，毕竟是陈晨在那里找到《晚清异闻录》的。

忽然间，盘长生脑里闪过一个很可怕的设想，第一个遇害的学生陈晨也是第一个发现、接触《晚清异闻录》一书和第一个离奇死亡的学生。她死亡的时间是从失踪那天算起的第七天，失踪将近半个月，如果真有七天这样的时间段，那就糟糕了。李教授是第二个看到这册古籍的人，然后第三个是叫严心的大二女学生，第四个是叫钱剑锋的研一的男生，第五个是叫晨雅里的大四女生，而第六个是叫谷清阳的大一女生。据闻，他们全都是历史系里的拔尖人才，所以不按年级只论实力编进了这个课题组，给他们编个号，就是失踪的是一号陈晨、三号严心、四号钱剑锋和五号晨雅里，奇怪的是，属于二号的教授为什么会没事。而六号谷清阳显然接触此书未够十四天，所以这之间的联系究竟应该是怎样划分呢？要找出的是失踪还是死亡的时间段。盘长生觉得自己像是找到了什么规律，但究竟是怎样的思路他又说不清楚。

正想问题出神的当儿，一阵微弱的光芒被他捕捉到。他抬头，正是这条旧巷对着的怡心小园 A 区 904 房的方向。但那里的灯光忽然就灭了，像被什么人忽然扼住了脖子，快速断气的那种感觉，只剩下黑暗。

他警觉地从大衣内袋里取出小巧折叠式的高端望远镜望向高处，只见高楼之上一群衣着古怪的人在起舞。

离得太远，只能勉强看见众人一身披白，撑起白幔似在喁喁而动。盘长生再顾不了那么多，朝着怡心小园跑去。因为在他的脑海中，所有的谜团一点点地拼凑了起来。虽然远，但他看得清楚，那群人的阵势像在举行某种仪式。既像奔丧又像有女出阁，《晚清异闻录》、鬼嫁娘，还有玉覆面，李教授的话浮现脑海。

糟糕，按顺序绕开李教授来排列的话，严心就是第二个失踪的人，而且今天刚好是她失踪的第七天。她会不会在上面？

一看手表，晚上十点五十分，他只能与时间争分秒。

楼房阶梯不断地向上延伸着，越往上越漆黑，黑夜似一团吞噬时间的魔鬼，黑得看不见路，看不见希望，看不见想见到的真相。

终于，盘长生来到了顶楼。他在门边停了下来。一切是那样安静，静得能听见自己的呼吸声，寒天夜冷，手脚开始发麻。他看见了，暗淡的月影下是一群诡异的人，影影绰绰。

为首的一人，是个女性，身形颇为臃肿。只见她脸覆玉面具，一身缟白，只余一双玲珑小脚穿着一对红鞋。那猩红，诡异得似要流尽鲜血方肯罢休，而那一幕和《晚清异闻录》归府的奇异风俗不谋而合。

余下的五六个人只是穿着平常的孝服，他们的嘴一张一合不知说着什么。四周太安静，安静得只听见风吹过的呼呼声，地上的金钱衣纸灰全数扑到了盘长生脸上，一股烧焦的纸灰味，只有死人才会喜欢的味道。

为首的舞蹈者随风舞动，在生与死的边缘舞动着，因为她一只脚凌空踏在了十层高空，她的身子只要再往前倾，就会从楼顶掉下去，一如当年诡镯一案的首个受害人叶蝶（详情请看《诡镯》）。盘长生担心她就是第二个失踪者严心，更担心她真的会做出跳楼的自杀性行为。他手一挥，腰间的一根软钢鞭挥出，在半空中一打伸出七八米远。

盘长生瞄得极准，软钢鞭正要卷住为首者腰身时，一个突发意外使软鞭有了偏离，只拉到了那人的右手。

原来那人左手取出一把刀，麻利地从头顶往下切去。正是这一举动吓住了盘长生，那人原本戴着的玉面具连着一个比她身形小一点的白物直直地掉向地面。

幸得盘长生扣住了她的手，用力一拉。那人的身体往盘长生所处的方向跌来。走近一看，他的眼里全是失望，因为她不是严心。

严心究竟在哪儿？一看时间刚好十二点，这群陌生的人会不会是为了拖延他的时间而故意在他面前演了这场戏？

盘长生忍下了怒气扶起她，沉声问道："你是谁？这么晚了在这里做什么？"

对面的女生年纪很轻，容貌秀丽，只见她明眸一转，熟络地挽住他的肩膀，不断撒娇："我不在招夫婿嘛，这是我们家乡风俗。仪式完了，第一个出现在我面前的男人就是我的夫婿。因为仪式有点古怪，外人见了怕是觉得恐怖所以选在这里不会引人注意。"

言外之意，就是这样奇巧的缘分牵引，外人不会注意的地方他都被牵引来了，这就是他们的姻缘所至。盘长生明白她心思所指，而她也读懂了他，眉眼一弯，笑得更甜，只腻着他不放。

"有这样一个招女婿的古怪风俗？"盘长生也不恼，只是月色下清俊的脸没半分笑意，眉心皱得紧。她软软的手抚上了他的眼睛眉毛，有点冰凉，她也皱起了眉："真的，真有这风俗，要不你怎么来了？你好像有很多心事，而且藏得很深，深得压得你喘不过气来。"

说话的时候，她闭上了眼睛，只用手抚摸着盘长生的眼和眉。

"好了，闹够了快回去休息。你们是哪个宿舍的，我送你们回去。"盘长生话语间不带任何色彩，"嗯，还有，你叫什么名字？"

"归水月。"她笑着回答，那微微上扬的笑容带有一抹坏气。

一声尖叫将大家的注意力转移了过去，只见楼下地上躺着一个人。

"你——"盘长生大怒，她刚才把身上的东西割开，难道刚才掉下去的真是人……

他怕她逃了，拉着她往楼下跑去。因为刚才看她戴了玉覆面，对于此次的课题和传说中的鬼嫁娘重现，这个女孩一定是知道些什么的，所以，他不能轻易地放开她。

倒是归水月一路娇嗔："我是你的人，逃不了。但你也不用抓得那么紧，真的痛哎。"说完还不忘拿起手指刮刮脸蛋，意思是你盘长生这样抓着大姑娘羞也不羞。地面上开阔许多，因有路灯眼里的一切都很清晰，归水月长葱般的手指在灯下看更加温润水灵，白玉瓷一般的脸庞上细细的绒毛沾了露气十分晶莹可爱。他也只当她是个顽皮的孩子，一不留神放松了警惕。

归水月见机，一甩挣脱了他的手，跳出几米远回头做鬼脸："你太大意，下次可别轻敌。"然后如箭一样跑了。

盘长生十分懊恼，被她那张天真如孩子一样的娃娃脸给骗了。追她是来不及了，走近被吓得不停哆嗦的女学生身旁，盘长生开口安慰道："别怕，那是 A 楼天台上的学生搞的无聊恶作剧。"他的话说到一半生生卡住。

地上躺着的是一具没有生命的尸体，脸上盖着廉价玉石混乱拼凑的玉面具。掀开，正是严心。

他愤怒，是谁在他眼皮底下杀人？尸体身上的手机在此时亮了。盘长生拿起一看，零点整，是短信，打开——"下一个就是你！"

旁边的女学生又是一声尖叫，吓晕过去。

趁着天黑人少，盘长生悄悄地把严心身旁的一件白色物事折叠起塞进了自己的大背包里。

校方和警方都按盘长生的意思达成了协定，将这件事封锁起来，而这个危险课题也被警方强制停止研究。

但李教授的表现一直很安静，最后只说了一句莫名其妙的话：诅咒一开始，谁也逃不掉的。

碰过《晚清异闻录》而尚未失踪的只剩谷清阳一人。盘长生要找她出来保护她，而她住在怡心小园 A904。

"怎么又是同一房间。"盘长生喃喃自语。他想到了翡翠，这是命运的安排吗？好像一切又回到了起点。

904 这个宿舍的人很明显不欢迎他这个不速之客。谷清阳不在宿舍里，这让盘长生很着急。现在她已经是个很重要的人了，是掌握案子的关键。当盘长生问起谷清阳去了哪儿时，对方明显显得不耐烦，还有一丝恐慌。

"她最近在研究一个诡异的课题，经常不见人，整天往图书馆、教授那儿跑，或者……或者往冥衣铺那边跑。"

显然，谷清阳的室友不想提起冥衣铺。

"是叫'诡门关'那家吗？"盘长生问。

室友脸色一下变白："那里邪得很，我看见她在旧巷子那边，一边撒着衣纸，一边走出来。那模样可吓人了。"说完就要赶人了。

眼看着门就要关上，却被盘长生死死拉住，力度之大让对方吃惊。

"你在哪儿看见的？你口中的那个地方如此恐怖诡异，你为什么还要去关注？你叫什么名字？"

"我——"室友一时被问得发蒙，最后缓过了气，小声嘀咕，"一天晚上，我闲着无聊，所以就试试新买的望远镜，刚好就看见谷清阳那鬼丫头穿着一身奇怪的衣服从巷子里面出来了。我叫林七月。"

盘长生点了点头，没有再问，匆匆离开。关于这件案子，有太多的说不通，警方的暗中调查也丝毫没有结果。而两位死者的死因也很值得商榷，因为第一位是心律不齐窒息而死，问过她的父母，她确实是有先天性心脏病，所以不排除她是无意间进了秘道，一来通风不畅，二来惊吓过度而死的。警方和法医的调查取证，也证明了地道里就是第一现场，而非移尸，现场的环境证据也得出了她死后的这七天直到被发现这段时间只有盘长生一人进来过。最终的结论只有一个，已经排除了他杀，但她为什么会死得如此古怪，穿了寿衣戴了冥具好像一早就知道自己会死，更奇怪的是，她怎么把自己吊上去的。

而第二位则是横死。严心并非在怡心小园 A 区天台掉下来的，而是倒在了地上忽然就断气了。死因也是忽然窒息，据她瞳孔的突发性扩散，也不排除她因惊吓恐惧而亡。但是被什么吓致窒息，只有严心她自己知道了。

这件案子的受害者都死得很安静，也很干净。这可以说是最大的特点，丝毫不血腥，干净得如果真的是有凶手的话，要么凶手是个变态杀手，要么就是个追求完美的杀手。美国联邦调查局，对连续杀人犯的心理及作案动机的研究显示：每一个罪犯都有自己一套独特的因素和模式，他们称这种特性为 Signature，就如人的签名一样。刚好七天的一个轮回，盘长生真的没估计错，七、干净、完美、无迹可寻，这就是凶手的 Signature。那"七"在这里又代表了什么呢？受害者都是在接触《晚清异闻录》的第十四天失踪，这些数字有什么联系吗？

盘长生相信天网恢恢疏而不漏，再完美的犯案手法都会有它致命的漏洞，随着作案次数的递增，或许凶手的作案手法会慢慢改进，达至完美，但总会有一个致命弱点的，只要自己足够细心。

《晚清异闻录》虽然是古物，也有收藏的价值，但真按市场价估算也不过几万块钱，就算真的凑齐了四册整套，价钱也只是在三十万左右。如只为了三十万而去杀那么多的人，好像在杀人动机上还不够成熟，不能成立。

那究竟是为了什么？会不会如诡镯一案那样，这四册书隐藏了什么惊人的秘密或宝藏？人的贪婪之心是无穷无尽的，如果真的是为了巨大的财富，那这个动机似乎就成立了。

盘长生忽然停止了脚，自己怎能随便下定论，第二册带了诅咒的《晚清异闻录》他是看过的，并不像有宝藏一说。他不能永远陷在诡镯一案里出不来，他要找的是证据，而找证据前的所有推测都需要去求证，不能马虎，这和做学术研究是一样的。

忽然，他重重地跺脚，他哪儿还是警察。他一早就亲口回绝了做回警察这事，他只想当个普通人。所以他只是和警局的人十分熟悉，此次也是帮刑警队的伙计一起查这几起案子，但他再也不是警局的人了。也正因为这样，他在校园里的取证行动十分不方便。

盘长生一聚神，抛开一切杂念，回到案子上来。关于风俗，其实鬼嫁娘这个风俗真的很特别，相信不难查找。这不就是一个线索吗？他责怪自己的粗心大意，而且他终于明白 904 宿舍的作用，那只是一种掩饰手段。背后的凶手是个很高明的人，很善于利用对手的情感弱点，果然是攻心为上，上兵伐谋啊。904承载了他盘长生太深的情感所系，所以他才会自乱阵脚。

查案在于兵贵神速，盘长生马上来到了京城博物馆（以下简称：京博），找到了馆长。馆长是唐宋元的师父，也是一位知识极其渊博的历史学家。

盘长生一路走来匆匆忙忙，由于是闭馆时间，馆内光线有些昏暗。橘黄的光倾泻下来，光线所到之处投下的是斑驳历史，而光不及之处则是无穷黑暗。历史的古感，它的神秘来自于黑暗的最深处，来自几千年不同的时光流转，那种黑是如此的深，深得要将人吞噬。

"嘻——"一声尖兀的声音不大却丝丝传进耳膜，再倾听，笑声戛然而止。他的幻听更严重了？盘长生提醒自己，要冷静。

灯闪了闪，室内光线更昏暗了，甚至照不亮一米开外的景象。空中传来一阵歌声，歌唱的是什么他听不懂，像是一种少数民族的语种，还夹杂了灵异的嬉笑之声。

忽然，他就看见了。一米开外的地方，投来幽绿的目光，盘长生不断告诫自己，那是幻视，一定是幻视。他闭上了眼睛，但感官的细微变化告诉他，那双眼在不断地向他靠近。

这里是博物馆，不可能有鬼，什么都没有，只有自己和无穷的国宝。一定是的！盘长生努力地睁大眼，眼前还是那昏暗的橘黄之色，什么也没有。不，不对。前面是组面具，是玉覆面。

盘长生一下子定下了心，快步上前。按下警用手电筒，强光喷射而出。一副冰冷而挂着诡异微笑的玉覆面展现在他面前。那玉覆面是如此精美，精美得令人转不开视线。

由一三九皇权的象征数组成的四区组合式五官，玉料是羊脂白玉，带了不同程度的土沁形成厚重而又鲜艳的橘红沁色、鸡骨白等沁色，真的很美。

九块玉料拼成的嘴大得有点突兀，用红玛瑙、绿松石等珍贵石料串成的线铺织就。鼻子用一块玉料刻成，用各式宝石加金线编成的线珠铺连起其他五官。眼睛是各三块玉料构成，和他印象中的一样，没有眼珠石，所以这才是传世稀少的真正的玉覆面。

遇害者陈晨、严心的玉覆面都有用荧光石体做的眼珠，这就是玉覆面之所以远看如一双眼睛的原因。但两者之间为何会出现眼部组佩玉的差别？而且刚才他不就是看见了一双幽绿的眼睛吗？但这副玉覆面眼部根本没用荧光石。

这一连串的自身问题完全打乱了他的思路，连他要来找馆长的目的都忘了。缥缈的歌声丝丝入耳，又来了。

一丝冰冷从肩上传来，他回首，一副玉面具悬于半空，血红的嘴含着诉不尽的千古忧愁。他一退，手撞到了装有玉覆面的防弹玻璃，"咚"的一声沉重的响声传来，分析过滤着他五感的真实感知。他的手肘撞得生痛。两副巨大的玉覆面将他围于中间，一种强大的压抑压得他透不过气。贴在他面前的玉覆面眼部眼珠处镶嵌的是两颗荧光石。不，这是不符合规制的，这是假的面具。盘长生终于缓过了气，踏前一步，冷酷的眼睛逼视着幽绿的眼睛，手用力一掀，灯全亮了。出现在他面前的是一张清秀而熟悉的脸。

"是你？！"盘长生拧紧的眉现出了愤怒，但目光一转，马上变回了平和，"你在这里上演京博魅影吗？"

"扑哧"一声，对方笑出声来，她明白他的意思，在博物馆随便出入那是不可能的，所以认定了她有来头。她贝齿轻启，笑道："那你不是也在陪我一起上演现场真实版的京博魅影嘛，你不说我还以为是法国经典名片《卢浮魅影》呢。可惜这里不是卢浮展览分馆，那个分展览馆在这里的一楼会馆里哦，你是不是吓坏脑子了啊？"她仍是笑，侧着的脑袋，嘴唇上扬的弧度，那抹坏意若隐若现，"真可惜没在玉覆面上搞个口吐鲜血，不然这场戏一定更精彩！"她还在为自己的恶作剧而扬扬得意。盘长生也是笑，笑容那样的温暖，让人如沐春风。他怎么一点也不生气，还一副信心满满的样子？她眉眼一挑，起了疑，但还不忘美言一句，"你真帅！"

"咔嗒"一声，换她懊恼自己的大意了。她的手和他的手被手铐铐在了一起，末了盘长生还不忘幽默一句："向你学的，这次我绝不大意。倒是你这古怪的小姑娘大意了，铐着你，看你怎么逃。"

"我喜欢你这样叫我。"说着，归水月低下了头。闪着金色光晕的射灯灯光打在她长长的低垂的睫毛上，脸上那细细的绒毛都焕发出娇羞的美感，她的脸微红，使看的人微醺。盘长生一怔，马上恢复了平淡的面容，沉声道："其实你知道的东西很多，所以找到你也就找到了破案的关键。"

"哦？你真自信，你怎知道我是你要找的人？"

"谷清阳小姐，我应该这样称呼你吧。"盘长生面如止水。

"你怎知道我真名？"谷清阳脸色一变。

"不是你自己回答我的嘛！"盘长生笑了，露出洁白好看的牙齿。

"原来你是敲我杠，靠蒙的。没办法，谁让你是我的未来夫婿，让我对你一点办法也没有啊。"她又恢复了嬉皮笑脸。反正她也不嫌羞，和他铐在一起的右手握住了他的左手，十指相扣间，她侧脸一笑，"你不知道的还有很多，真的有归水月这个人。"

盘长生脸红了，看着她天真无邪的脸，他放开了手，但手马上被她握得更紧。他忽然想到了翡翠，眼睛流露出丝丝温柔。

"相公，在想什么呢？可不许想其他美女哦。"

盘长生对这个古灵精怪的女孩哭笑不得，柔声问："那归水月又是谁？"

"不就是——"谷清阳眼波一转，忽然咯咯笑个不停，"不就是一美女，你可不许想她，只能想我！"她心里暗想：想套我话可没那么容易。

"好了，闹够了，看来你对这里也很熟门熟路，馆长你应该也是认识的了。我们走吧。"盘长生又恢复了冷淡，但语调里那丝责怪之意也淡了。对于这样一个不懂事的小姑娘，他是不愿过重责备她的。

谁料，谷清阳水汪汪的大眼睛马上就起了雾气，淡淡星眸含了某种情愫，她努力地扬起头，够上他高远的视线，语气执拗："很久没有人责备我，关心我了。"

"走吧。"盘长生揉了揉她的头发，向馆长办公室走去。

互相寒暄之后，馆长也是开门见山。盘长生把他的疑问都说了，玉覆面和鬼嫁娘的现象，他希望能在这儿找到更多的线索。

馆长一笑，道："这小丫头片子就清楚得很，她啊，一点不比翡翠这孩子含糊，也是这方面的高手。原本我是想做一期'玉覆面'组佩玉文化展的，对于这方面的文案构思、宣传方案等策划，我通过邮件接收征询一下大家的意见，包括文化圈和民间的。毕竟民间的一些学术研究者的知识面也是不容忽视的。这不，这丫头寄来了邮件，说了许多关于鬼嫁娘、民间恐怖传说的一些可考证的历史文化现象。但这只是'玉覆面'文化现象背后的冰山一角。其实你给我打电话后，警局里也和我通了电话，所以我特意请她来做些了解，她有兴趣通过扮演鬼嫁娘获取灵感，所以只是在外面逛上一圈。"

听完馆长的话，盘长生向他投去感激的目光。

盘长生知道警方暗地里的查探起了作用，通过馆长为他在最短的时间内找出了谷清阳。这样一个有意接近他的女孩，她一定会再出现的，所以双方不过是借了这个契机偶然地撞在了一起。

谷清阳灵活的眼珠子一转，耍起小脾气来："好啊，你和外人合着来算计你娘子我啊，不就是要找我出来吗，你不干脆点叫警察抓我出来不就行啦。"

盘长生用力敲了敲她的脑袋："什么跟什么啊，你这小鬼给我分清楚了。会馆'玉覆面'这个专题构思可是你自己有兴趣才给京博奇的邮件。正题，正题！"

"好了，你别敲我脑袋嘛。"谷清阳想举起手，碍于被铐着，只得很不情愿地说起了一段诡异秘史。

第三章

鬼嫁娘
GU DONG XIN NIANG

鬼嫁娘缘起于福建某个地域的嫁娶风俗。

福建大部分地方都和全国一样，婚俗上以喜庆为主，吉利最为重要。但偏偏有那么一个村结婚时披麻戴孝，跪拜天地的案头燃着一对诡异的白蜡烛。没错，在那个交通不算发达的靠海村庄，那里实行的是古老的婚姻形式，跪拜天地、父母、祖先。

谷清阳说，那时她还小，不懂事。

家里是一个很大的家族，枝叶庞杂而繁多。那一次，是一个同族人结婚。

喜宴的前一天，谷清阳半夜睡不着，又因听见了村子外头传来的丝竹之声，她大着胆子支开了窗上的竹席子。不瞧还好，一瞧，魂去了一半。

一队影影绰绰的人，全身素白，走路姿势怪异，在新娘门前徘徊。谷清阳很努力地去看，想看清来人，但那群"人"没有影子。真的没有影子，终于她明白了那群人为什么走路诡异，因为他们根本就没有脚。五官模样更是模糊不清，她被吓哭了，又不敢哭出声来。那群东西一直徘徊，直到对面新娘的房门开了，她只看到为首的、戴着玉覆面的"人"飘了过去，在房门前，在明与暗、光和影、生与死之间停住。房门外的那"人"徐徐地除下了面具，把玉覆面交给了一个脚上穿着一双红绣花鞋子的女人手里，那鞋子红得像要流出血来。

那个女人，谷清阳根本看不见她的样貌，但凭着那双嫁鞋，知道她就是新娘。新娘的身影是恍惚模糊的，她看见，除下玉覆面的人——那根本就是个鬼魂，他的面孔很恐怖，脸上的肉都腐烂了。他根本就是个鬼！

谷清阳抽搐着脸，这段回忆对她来说是恐怖的。盘长生食指弓起，沉稳有力地敲着古式镂花黑檀木案桌。案上挂着的文房笔墨挥毫在黄花梨架子上轻晃。旁边荷叶型端砚散出古旧沉朴的光晕，使人的心情慢慢稳定下来。盘长生把一杯温水放到了她手上，示意她继续说。

于是，谷清阳又开始了她的回忆。

器物交接完毕后，更恐怖的事情发生了，新娘的家门口大开着，那群"人"很快就离开了那里，仿佛从来没出现过一般。谷清阳才开始意识到，连刚才那股丝竹之乐的诡异声音也是极细微难辨的。所以一切都太安静，安静得使人莫名恐慌。那群"人"走后，新娘的家洞开的大门上挂着一套殓服，在夜里，任由风吹，如一具单薄的惨白尸体飘悬于那个恐怖的夜晚。

后来，她就大病了一场。人也总是病恹恹的，连第二天晚上的婚宴也不能参加。

"好了，讲述完毕！"谷清阳没头没脑地忽然来了这一句。盘长生不由得皱起了眉头，但他没有追问，这让谷清阳很不爽，原以为能吊着他过瘾。

"好了，时间也不早了，我送你回学校。"盘长生站了起来。

"小盘，听说你刚才被吓着了啊。"馆长也跟着离开座位。馆长向谷清阳那边打了个眼色，盘长生会意，打开了手铐让她乖乖地在外面候着，他一会儿就出来。

办公室里只剩下他们两人，还是馆长打开了话匣子："你不是个信鬼神的人，也破了像《诡镯》那起离奇诡异的案，按理你不会轻易被吓着。这次的案子似乎给了你很大的压力，是否是你投入了太多的感情。我是指翡翠那方面……"馆长没再说下去。

盘长生叹了口气，把自己出现幻听和幻视的情况告诉了馆长。馆长听完，深思许久，道："每个人都会有都市压力病，如果持续下去，严重一点，会出现幻听，甚至是视觉模糊的潜在危险。所以你只是太紧张了，才会出现这种情况。"

馆长语重心长地说道："根据你的陈述，你觉得第一次出现幻视是在哪里？是不是同样的地方给了你什么心理暗示？同样的904室、同样的旧街道、同样和古董挂钩的离奇诡异案件，你觉得凶手为什么要布置如此多的巧合？"

一席话，让盘长生茅塞顿开。馆长拍了拍他肩膀道："你是个聪明的孩子，你应该想到了答案，在哪里出现的问题就在哪里找。你好好想清楚，上兵伐谋，就是攻心为上啊。这种犯罪心理学你应该比我更清楚，你的心已经开始被熟悉而敏感的数字、街道、人和物搅乱了，以至于心变得狂躁，随之出现不安，这种不安分的狂躁来自于哪里，我也不说了。"

"来自于心！"心乱则人乱，人乱则事误。对方就是在和他玩心理战术。故意安排让他回到熟悉的景物当中去，去惑乱他的心，利用人心的情感、矛盾，使得内心熟悉却又排斥、痛苦地想要忘记的一切人和事，再次重现于他脑海里，扰乱他的分析和判断能力。所以，他的心被锁在了"诡镯"一案中，无法出来，更无法挣脱情感的枷锁。所有的一切都太熟悉，他想忘都忘不掉，忘不掉唐宋元的死，忘不掉古董村里惨绝人寰的杀戮、亲生父母的惨死、翡翠的心碎和离开、子剔透的重伤不醒……所有他执意忘却的东西全部涌塞在他的胸口，上不来，下不去。他开始惶恐，他对鬼神一说开始动摇。

明明不存在的鬼神，在"诡镯"一案他已经证实，但为什么他还会在图书馆休息室出现幻视，刚才又出现幻听？所以他迷惘挣扎，他开始相信命运，命运让他又开始了新一轮的轮回，他的心也被搅乱了。

盘长生沉默着，馆长耐心候着。他知道，盘长生在经受着内心的剧烈挣扎和煎熬，也看出了盘长生的自信，因为盘长生已经找到了来自心的答案。人的心太复杂，有时候连自己也看不清自己，连自己都逃避自己的心，只为忘却生命里的痛苦和绝望。

如果连绝望都不怕了，又何必怕面对自己的心呢？只有面对，才能打开那道看不见的锁。

"我终于明白了，我逃离北京，去到翡翠家乡是那样愚蠢。不肯面对，逃到哪里都是无用。"

"明白就好，小心身边的人。"馆长轻声回答。

"真是强将手下无弱兵，唐宋元的师父果然比起徒弟更老辣犀利。"盘长生狡黠一笑。

"不错，要的就是这目光。这才是顾玲珑！"馆长再一次呼他名字。

盘长生心灵深处为之一震，他自己竟然忘记了攻心战略这种犯罪心理学，并深深地陷了进去，以至于差点无法自拔。盘长生问起，对于刚才那一吓也是他有意安排的吧。馆长也学着他狡黠一笑："那丫头可是你的及时雨。无论是我有意安排，还是她故意来此，她这一吓不就为你拨开了重重迷雾嘛！"

好一场及时雨……只是不知这场雨下得是好还是坏，不过只要可以利用的，都是好事。盘长生上唇轻扬，走出了京博。

盘长生送谷清阳回学校，两个人一路无话。

大学在城郊附近，天气本就寒冷，又是在夜里，雨淅淅沥沥地下了起来，人呼气马上就凝起了雾气，越发冷了。

谷清阳一改平常的活跃，默默地走着，似在想着心事。素净的兰花形路灯打下微弱的橘黄光亮，映着漫天的雨，雨丝儿泛着橘黄的亮，看得清了，比刚才又大了许多。

黑色的外套罩在了谷清阳头上，挡着了她的视线。她抬头，盘长生把衣服都往她头上身上搁。她抿了抿嘴,稚气中有些执拗:"我不冷。"

"太晚了,公交车停了,这路上没的士,还有一小段路才到学校,别冻着了。"盘长生呼出了白雾,映ред他的脸,模糊了他的眉,他的轮廓。谷清阳只见到白白的一团雾气,"扑哧"一声只觉好笑。

盘长生知道她笑什么,也不搭腔,眼睛看着前方岔路口出神。那边过去就是他和翡翠为了破案去过的冥器铺,如今这地方变得更离奇古怪了,好端端地突然就开了一家"诡门关"冥衣铺,又好端端地不见了。

前方起了雾气,水雾弥漫,人生之路偏如梦长,恍惚迷离得如入幽冥之路通向远方。一点红光在岔道内巷透出,只模糊看见是一个红色的灯笼在风雨中摇曳。雨中除了水汽,还弥漫着一股焦味,带了泥土惺忪的纸钱焦煳味。

盘长生的脚步偏向了巷口,谷清阳拽一拽他衣角,轻声道:"你不怕吗?"

他低头看她,她怯生生的大眼睛里有丝惶恐。他认真看着她,观察着她脸上的变化,突然问:"你在楼顶上跳的那段舞,是一段关于破除诅咒的舞,是不是?"

只见她俏脸生寒,眼朝右上方一挑,疑惑地看着他:"不是,只是村里的习俗。"

盘长生在心里冷笑,她果然很聪明。

"你们村里还有什么习俗吗?就像鬼嫁娘这样的,若然不吉祥的婚俗,应该也有破除的方法吧。"他开始变换方式去问刚才的问题。

"村里的习俗,记不大清了。"她抬眼朝他望了望。透明的琥珀色眸子朝左上方灵活地转了一个圈,似在搜索脑子里的记忆。

盘长生沉默了一会儿,继续朝前走。谷清阳跟着他走,几缕雨丝跳到了眼睛里,眼睛刺痛,刚想伸手去揉,低沉的声音吓了她一跳。

"你在楼顶上跳的那段舞,是一段关于破除诅咒的舞,嗯?"

谷清阳突然就爆发了:"你当我是犯人吗?别忘了,我也是受害者,我現在的处境也很危险。你就别拿无聊的招数来审人了。"

一声轻笑，让她感到莫名其妙。

"我不过耍了几个花招而已，一，说谎的人眼睛会看向右上方，思考问题是看向左上方；二，说谎者回答问题时一般拒绝用第一人称'我'来回答；三，同一个问题，问第一第二次回答不变。当第三次提问的间隔长些，再问，就会露出破绽，坦白回答，因为注意力不集中，思路中断的结果。这个时候如是经过了训练，往往会继续撒谎。或是突然爆发，例如把声音提高，都是撒谎的表现。这是美国警察常用以审犯的方式，你说你是那种？"

一抹坏笑浮现在盘长生脸上，寒得使人看着哆嗦，没有丝毫暖意。

"你到底想知道什么？"谷清阳有些害怕。

"很好，懂得了转移话题。"盘长生看了看前方，"有没有胆量一起去闯一闯鬼门关？"

"是诡门关还是鬼门关？"她轻笑。

"你去过的。"盘长生不再提问，直接道破。

"你怎么知道？"她皱眉，等于承认。

"可靠线人举报。"他不忘幽默，"我有找过那家店，但是一无所获。"

"你想我帮你？有求于人可不是这个态度。"她甜眼儿一眍，挽了他手跟着走。

两人慢慢闯进了雨雾不分的巷口，朝着挂着红灯笼处走。两旁的街道慢慢变得宽阔起来，雨小了许多，但雾气也更浓了。也许是谷清阳怕了，挽着他的手挽得更紧，力道大了许多。

"别拉得那么紧，不好走路。"盘长生看着路旁模糊不清的景象暗暗留神。这带没有路灯，黑得慌。

又是雨，又是雾，又没月亮，真不好找路。盘长生伸手去拿手电筒，一摸身上提包，哪儿还有手电筒，心里正暗骂了句"糟糕"，他忽感肩上一重，如被铁爪扣住，痛入骨髓。尚未来得及回头，眼前就已一黑，身如临空之感，失了重心。只十多秒的工夫，盘长生处在了陌生的地方。身旁早不见了谷清阳，这一来，他有些慌了。按《晚清异闻录》一书的诅咒，看过的人都有危险，在这个荒僻的地方，谷清阳一个女孩子家太危险。

唯一让他放心的是，连环杀手作案是会有一个"冷却期"的，那也是属于他的作案 Signature，就如前两名死者的七天为期就是一个好的例子。这个连环杀手的谋杀目暂不清楚，但目标就是定在了看过《晚清异闻录》一书的女性之间。

连环杀手在每起谋杀之间总会有"冷却期"以供他思考，完善作案手段。但这个冷却期的长短时间不一，因人而异。很明显凶手对"7"和"14"这两个数字很敏感。以此可以推断出，凶手是个很自信，很喜欢挑战对手，做事思考都很严密严谨的一个人，他对历史知识有一定水平，是个追求完美的杀人犯，对心理学也很到位。

要查出这个人，就唯有从以上特征的人群里找。范围应该在学校附近，起码是对学院内的一切事情都熟悉的人，且其目的应和《晚清异闻录》一书有关。

理清查案头绪，盘长生也就细心寻找这段路的出路。谷清阳暂不会有生命危险，十四天的失踪期也未到。

眼前景象模糊不清，奇怪的是，这段街道虽不长倒也古旧，全是些民国初期的建筑。一座座的黑漆木板砖房、飞出的屋檐、檐下挂着的风铃、脱漆失色的招牌，全是一副旧时商铺的模样，只是所有的房屋都关上了木门板，荒诞得有些可怖。

颓败荒芜的街道上，四处都似飘忽模糊，他走了许久，没有找到出口，明明感觉到有许多人在附近，却一个人也看不见。

雨停了，路依然茫茫而暗淡。石板路上还有青苔，雨后更加湿腻。盘长生定下心来，慢慢地走，只对这个装神弄鬼的人感到好奇。暗淡的月光下，一道拉得长长的人影闪过。盘长生回头，哪还有什么人影。

前方有一点猩红的亮光，他迈步上前，一家半掩的商铺，门缝里流出血一般惨淡的亮光。抬头，两个灯笼在风中空洞地摇曳。对面的酒家挂着的白色长幡上书：十里酒飘香。

看着眼前的石板小路，和一间间的平房商铺，月影朦胧，自己就好像站在时光交错的旧时画像中，戏文里的水袖女子缓缓而出，并不真切，只甩着水袖，水袖长衫一晃而过，眼前依然是茫茫长路，不知身在何方。

站得久了，感到丝丝寒意钻进脚底，爬进心间。咿咿呀呀，果真听到了缥缈得仿佛来自地底的戏曲。盘长生头脑发涨，不知是否早已身在梦中。

再往远处看，前方是座破旧的戏班庙堂，门早已破烂洞开，只见堂里主横梁上飘着一缕白绫，在夜色中飘飘荡荡，像悬挂着的女子，在空中摇晃着衣摆和无力垂着的一双脚。咿呀之声如此听来就像戏子的一声声幽怨凄泣。看着旁边的枯井和梁上白绸，那里又埋葬了多少旧时悲苦戏子的冤魂。

心头一颤，盘长生越发觉得这地方古怪。这冒出来的街道，真的是到了鬼门关？"鬼门关"三字激荡在他心口。他猛地抬头，牌匾上，三个早已褪色的漆金字映入眼帘：诡门关。

一见之下，盘长生倒吸一口冷气。他小心地走进商铺，里面的案几上燃着一对白蜡烛，四周站着清一色的纸人。惨白着脸的童男童女纸扎，红红的胭脂点在脸上。诡异的笑容凝滞在鲜红的嘴边，烛光昏暗，点点灰白光影洒在纸人上，越发恐怖。地上还撒了些元宝衣纸，一栋栋精致的纸扎房屋随处而摆。

和普通的冥器铺没多大区别，只墙壁上还挂了几幅画像，是明末装束的女子画像。女子的眼睛低垂，似在看着他的一举一动。烛火明灭，那眼珠似乎在动。烛火一闪，光亮大增。盘长生清楚地看见，案几后的一对太师椅上左右各坐着个人，一动不动，睁着眼睛，定定地注视着他。

这两人的脸色惨白，双手放在膝上，并膝而坐，身板直挺，讲足了礼数。只是这两个女人，一人穿着民国初的绲银错金边缠枝牡丹大襟上衣，搭配了黑素的暗底凤芝纹长裙式旗袍；另一人也是穿着旗袍，但明显从旗袍的样式看出所处时代要晚得多，像三四十年代的旗袍，秀雅端丽，水红色连身旗袍，七分的袖子，花边镶绲，胸襟处，手绣一朵银线水仙，水仙小致而纤长，从胸襟处开到了素腰上，十分妥帖灵巧。胸扣是灵芝盘扣，连着腿根上高衩的开口处也是灵芝盘扣，露出一双洁白修长的腿，腿腹的线条优美柔和，润白如玉。但在这古旧残破的街上，犹如鬼魅。

她们就这样静静坐着，不动，烛火映照下只觉荒诞可怕。他伸手去探，女人没有呼吸。

他伸手去摸，冰凉滑腻，竟是蜡人，这里真的是怪诞得唬人，任他怎么走也找不到出路。

"这里到底是什么地方？"盘长生小声嘀咕。

"诡——门——关——"一字一字，幽深如枯井干涸的声音飘了过来。盘长生一看，他身旁的另一个蜡人竟然活了，生硬机械地慢慢转过了头，对着他诡异地笑，"快点，不然来不及了。"

"什么？"盘长生大声问她。她端正的头正正地对着门口，惨白的脸，血色的口红涂抹得很可怕。她的身子挺得直直的，没有说话，一如刚才。

定是自己产生了幻觉，盘长生不自觉地摸了摸自己的下巴。还是馆长说得对，他的精神太差。觉得前堂没什么特别，他挑起连通内室的帷幔，转进了里面。赫然看见上面列着三个牌位，第一个写着陈晨，第二个是严心，第三个是晨雅里。

这是怎么回事？晨雅里还好好的，怎么死了？她也够了七天了吗？不，不！李教授说了，晨雅里是迟了陈晨十天才加入那个课题组，也看了《晚清异闻录》一书的，跳开前面的男生，是第五个接触到这册书的人，但按看过书后的第十四天才失踪算起，应该只是失踪了两天，在"7"这个谋杀数字里，还有五天的时间让自己去找出她。

难道是他猜错了，根本不是数字"7"的冷却期？冷汗涔涔冒出，盘长生第一次感到恐慌，因怕自己救不了失踪的人而感到恐慌。

牌位台后面是一张与店铺不符的床，床分三进三檐。这是明代最为奢华繁美，象征高贵地位身份的大拔步床（又称八步床，因床通高五米，内配有浅廊和梳妆台，更甚者配有书柜，所以人从床的"地平"开始走，要走八步才能走到卧床上），跨出第一步，踏上的就是床的地平，然后会有浅廊，廊上立有三屏镂空挡栏如同雕花的小轩窗，既隔开了人窥探床上动静的视线，又增添了无穷美感和神秘感。每进床脚栏处都雕有石榴花纹，主多子。外进床栏门框处雕仙鹤灵芝，仙鹿逐月，踏踩祥云，寓意福禄寿三全。内进雕莲蓬游鱼，寓意富贵有余，连生贵子。里进雕龙凤捧月，呈龙凤呈祥，阴阳协和之意。床靠背处镂花透雕，黑檀木上雕刻着双莲，拱着块白玉屏，屏上刻着麒麟送子。

每进的垂花栏上，都凿出了精美的镂空梅花纹花牙子。这种明三进式富贵多姿（取多子之意）拔步古床多用在古代富贵人家新婚嫁娶时，用作新婚夫妇的婚床，寄望新人多子多福。他一个激灵，醒觉：婚床婚姻，不正和鬼嫁娘有着千丝百缕的联系吗？因为都是缘起于婚嫁，可以说是一个因由。因三进门楣重重压压下，看不清床上光景，只得走近了看。

渐渐地，他看见了一床织金错花锦被，锦被裹成了一团，平平地隆起摆着，像盖着一个人。不由得，盘长生加快了脚步，跨进了第一进脚栏，立于地平之上，第二进脚栏，进入了浅廊，停下。第三进就是实在的床，伸手，掀开，上面躺着的正是晨雅里。她闭着眼，像睡着了，很安静，只是一张脸很白。她手里握着的正是一册《晚清异闻录》，第一卷。

盘长生颤抖地伸出了手去试探，她，没有鼻息。他一惊，突然听见外面有动静。他拿起《晚清异闻录·卷一》收好，跑出铺外，念头转了转，凶手一定跑不了。

凄清的石板街道上，尽头的戏堂班子旁的枯井上，坐着一个人。

"谁？"盘长生脱口而出。那人缓缓地转过了头，朝着他笑。

脑袋轰的一下炸开了，死去的晨雅里此时站在枯井边上对着他笑，而后纵身跳进枯井。

"不要——"一声大叫，盘长生感到自己要崩溃了。他到底在哪里？一定是在梦里，一定是……

盘长生艰难地睁开眼，看见了一脸焦急的谷清阳。

"你没事吧？"两人同时问起。

谷清阳不待他说话，一惊一乍地埋怨起他来："昨晚走得好好的，突然你就跑了，一下就不见了你。我找了许久，等了许久还是不见你，我不安心再走了一趟，才发现一条岔巷，你就躺在那儿。我连忙过去看你，你一直昏迷不醒。"

盘长生一听如坠雾里，理不出个所以然来，再看四周果然是昨天的另一段岔路，只是这段岔路哪还有什么古街商铺。难道他真的在做梦？

"我怎么在这儿昏倒了？到底发生了什么事？"

"我看这里是巷子的死角，当时天又黑，你可能是跑得急了，撞到了这堵墙所以昏了过去。"盘长生站了起来，感到一阵头痛，摸了摸浓密额发挡着的额头，额头上有磕损，幸而伤得不深。再走到墙边上细看，墙上有碰撞过的痕迹。

看来他真的是撞昏过去还做了一个噩梦。但奇怪的是，自己的衣服上有股香味，是梦里白蜡烛燃烧时特有的清香味。

"快被你吓死了，我们还是回去吧。"谷清阳挽起他的手，香味从她身上传来，就像梦里的香味。

"你喷了香水？"盘长生突然问了一句。

谷清阳脸一红，嗔道："我昨晚就喷了，你倒一直不察觉，现在才发现。"

盘长生嘘了一口气，许是现实中的香味刺激，所以在梦里出现了这种香味。也不疑有他，他陪她回学校，还不忘一边走，一边敲她脑袋："夜里无人，太危险了，你当时就应该先回学校。真出了事，怎么办！"

谷清阳听了，一喜，眉开眼笑，透明清澈的眼瞳看着他，点了点头又摇了摇头。最后忍不住，她小声回了句："我舍不下你。"

盘长生一怔，马上别开了脸，快步走着。

快到怡心小园时，盘长生仍在思考，怕她会有危险，自己还是守在附近的好。凌晨五点，寒冬的天尚未化开，透着薄雾，走得近了才看见两个晨运的女生向他们跑来。不一会儿，就在盘长生身边跑过，并小声嘀咕："这学校太邪了，好端端的一个人，突然间就发了羊痫风，看来也是凶多吉少啊。听说是和一个古代课题有关，邪着呢。"

"是啊，之前有人说瞅见她进了一家冥衣铺。你说怪也不怪，那女人穿了一身殓服，还戴了个古怪面具。"

"什么？你们说的在哪里？"盘长生一急，抓住路边的女学生就问。

"你弄痛我了，快放手！"

"不好意思，我只是好奇。"盘长生恢复了正常。

"在图书馆楼下，邪着呢，这位同学最好别去看了。晦气得很，我们也是刚巧路过才撞上的。警察已经来了。"

盘长生马上朝图书馆方向跑去，谷清阳也跟着他跑。

"你别胡闹，快回去休息。"

"不，我就跟着。再说，你要保护我，不然我也会像她们那样不明不白地突然死去。"盘长生突然站住，看着她一张俏生生有点惨白的脸。

"我、我怕。"她鼻子一皱，眸里蓄了一汪清泪。

他拍了拍她肩膀，拉着她赶往现场。

"不是还不到七天吗？难道连环杀手的冷却期我推断错了。"他自言。

"晨雅里虽然迟陈晨十天加入课题组，但她和陈晨要好，一早就看过那册书了。我加入时，李教授和我们一起研究这个课题，她和陈晨第一个发言，我只是听。她们两个的研究比起我来更深入些。"

"难怪我说怎么时间提早了，原来如此。"

趁着还没到目的地，盘长生再问了些细节问题，才知道李教授在选人加入课题组方面是有些机缘的，就像谷清阳因她家乡的民俗和归府的一些婚嫁细节上有相似点，所以才被编入了课题组。

"你是少数民族？"盘长生突然问。

"是的，你看出来了？古摆夷族。"

"难怪你的眼睛是琥珀色的，陈晨、严心、晨雅里还有钱剑锋是否都是福建人或北京本地人。"

"早前在填课题研究窗体时，确实看见他们要么和我是福建老乡，要么就是北京本地人，陈晨和晨雅里更是说一口浓浓的京腔京片子。她们两家是世交，书香门第。而严心和钱剑锋同是福建武夷人，和我同省不同市，他们两人的家庭背景一直是个谜。"

原来真的有这些共通点，表面上看起来和案子没有什么关联，但一涉及《晚清异闻录》，这就是共通点。甚至有鬼嫁娘这个风俗的地方都是关联，这个课题组果然只招熟知这个风俗的人。

一路发足奔跑，盘长生身后的谷清阳脸泛潮红，紧了紧收在衣服里的《晚清异闻录·卷一》，露出了一缕微笑。

第四章
诡门关
GU DONG XIN NIANG

清冷的凌晨里，那一地雪白上躺着一个人。她躬着的身体下，薄薄的积雪早已融化，露出有些灰败的小草，草上沾着露珠。

早有医务人员帮晨雅里做了急救，然后小心地将她架上了车，走了。剩下几名维持秩序的警员，法证部的警员做了现场勘查，一致认为无可疑，只是羊痫风突然发作，昏倒在地，因发现抢救得及时，所以没有生命危险。

盘长生撇下谷清阳，与一名警员进一步说话。了解得知，据目击者的回答，晨雅里是在走出图书馆的通宵自习室后突然就羊痫风发作扑倒在地。因被一名去厕所的学生偶然看见，报了警，及时施救，不然就会再出人命。

图书馆处于学校高处，连着一段十多米的台阶才上到这个小山之上。图书馆周围又种植了大量苍郁的参天大树，晨雅里病发，真的不会有人发现。幸得有通宵自习的学生偶然经过，才救下了她。若是早了一步，或晚了一步，后果将会是不堪设想。回过头，盘长生继续问道："你有没有检查晨雅里手袋什么的，有没有发现，约她到图书馆的字条，或图书馆内可有什么线索？"

警员显得颇为为难："我查过了，都没有发现，而在这段时间，全校没有任何活动，也没有任何考试，处在一个没有任何事情的真空期所以会去自习室自习的人极少，更别说是通宵自习室。"

盘长生一笑,这个就是疑点了。再仔细地在脑里过了一遍前两桩事故,陈晨和严心皆是死在了人迹罕至的地方。严心身亡的地方虽不至于偏僻到无人走动的地步,但深夜时分,又冷又寒,偶尔有人夜归路过发现,显然也迟了,所以严心病发难逃一死。而晨雅里的事件,也是做得犹如意外,却碰上了有人发现。

看来还是要在李教授那儿着手,为什么会如此巧合,他挑选进课题组的学生都有这样那样的病史。

"你吩咐下去,让大家严密看护,我怕她在医院会再遭不测。"

"是!"警员敬了一个礼,一队人趁着天未亮迅速离开了学校。盘长生要进图书馆再找找看遗留下什么线索,回头看了看不远处的谷清阳,谷清阳无奈地耸了耸肩:"我就不打扰你继续查案了。乖乖回去睡觉,行了吧。"

盘长生刚想回答,突然听到一声猫叫,只见一只通体乌黑发亮,闪着绿眼睛,没有尾巴的猫从树丛后露出了身子。

"呀,好可爱的小猫。"谷清阳连忙走到树丛边上,抱起了小猫。小猫玲珑一向训练有素,不会轻易走近人,也不会让人靠近。她俩倒是有缘。

"它叫玲珑,是只了不起的猫。我处理些私事,很快回来找你,你留意着四周环境,和玲珑的行动即可。"他说完摸了摸小猫,指了指她,让它保护。

"它还听得懂人话?"谷清阳似笑非笑。

盘长生不搭理她的揶揄,快步走进了图书馆。

因是凌晨,图书馆里很安静,没有几个人在。询问了各层的图书管理员,一致回答没有什么可疑人出入,也没发生什么奇怪的事,除了晨雅里病发。

图书馆里没有发现什么线索,忽然,他想起了第二层,这里只有教授可以出入借阅图书。盘长生找到了管理员,问起他是否一直都在这里值夜,管理员点了点头,随后又摇了摇头:"呀,我都忘了,凌晨两三点左右我有离开过,上了趟厕所。"

盘长生道了谢，连忙走到了休息室里寻找，他觉得这里一定会有他想要的答案。晨雅里一定是在管理员离开后进入了这里，而后得了某种启示，从而引起病情发作。整个图书馆只有这间休息室的书架上有关于记述鬼嫁娘风俗的书、《诡府奇案》的拓本。第一次发现那本书的时候因着陈晨的死忘了取走，如今倒还在，取了书翻开，一张折好的金色衣纸泛着诡异的金光。

盘长生把纸拿起，纸上有一行蝇头小字，用小篆所书：丁卯年乙巳月己未日。是某个人的生辰八字，换成阳历应是 1987 年 5 月 10 日，时年应为二十二岁。晨雅里为大四学生，按年龄是二十二，难道这个是她的时辰八字？

如按推测真是她的生辰的话，又被写在了冥纸上，大有催其上路之意。难道是因为这一暗示，而使晨雅里病情发作？盘长生不能只因表面简单的证据而作出判断，他看向书页，这张衣纸如果是充当了书签的作用的话，那书里关于鬼嫁娘的内容就应该是幕后的人要晨雅里看到的书的内容。

按着这一推断，盘长生大致浏览书中内容。是关于挑选鬼嫁娘的描述，还有被选中的人一定要完成这一仪式，生与死都要完成婚礼仪式。而死人则配死人，没有谁逃得掉。书中还提到了破解的方法，那就是要找出诡府的传人，只有诡府支脉才有破解之法。

具体之法已然被人抹去，而拓本是跟着碑记、墙刻、砖雕等地方拓印而来，所以原文如果有残缺，拓本也就跟着残缺不全。似乎幕后人想把归家后人引出来。

盘长生沉敛的目光冒出一股肃杀之意。这是个有组织力的连环杀手，各命案现场大多干净利索，没有留下任何线索让警察去追查。而这个人有洁癖，所以凡事追求完美，应该是个外表上衣着得体的人。

有组织力的杀手大多会有非常明确的目标，为了杀人，会做许多的事前工作，例如蹲点、视察要下手的地方或要下手的人，了解他们的喜好等。

这次他失手了，那下一步，他又会怎样做？感觉上这次的犯案并非为着钱而来，总会有一个最主要的原因，也就是杀人的动机，不找出这个动机，就会让凶手再犯案的。

对于罪犯作案的手段，盘长生已有眉目。凶手以一本书、一个故事做幌子，这就是他杀人的工具。他以一个诅咒不断地杀人，那他真正要杀的究竟是什么人？

许多人不了解，但凭着盘长生的经验，他是知道的，看似连环实则只为杀一种人，一种有着某种特征的人。凶手按着他的 Signature 在行事，从第一册《晚清异闻录》出现开始，他就是要引出某种特征的人，再将其除去。

许多事情还理不顺，目前要做的就是破解这本书。

现在李成教授的嫌疑最大。而这件案子里最大的难处就是动机，杀人的动机无法找到。警局方面已经派出了同僚进行查探，包括到四位失踪者的家乡福建省和在京城内去查探，排查了百多人。四位都是在校历史系的大学生、研究生，这门偏沉闷枯燥的课程没有什么利益上的冲突，甚至人际关系简单为零，还不如新闻系，表演专业这些学生的人际关系复杂。所以结合他们从高中到大学的这段时间来排查，仇杀的可能性已然排除，情杀也已排除。

他们都有先天性的病根在身，要将这些病因诱发，促使其死亡。如若是心术正的人，又有何惧怕呢？这个课题组研究出来的内容一定是促使凶手杀人的根本动机。

尽管这个杀人动机依然未明，但总算确立下方向范围。盘长生已向警察朋友提供了线索，他们已开始在全国查找有关鬼嫁娘的风俗，至于历史上有没有归府，也是查探的范围所在，对于这点，李成会告诉他的。

这所学校以广电媒体传播和历史专业为重点学科工程，每年培养出大量优秀的媒体传播、新闻主播、资深记者、演员、历史学家、考古学家、文博学者等等人才。而京城是皇城根天子脚下，素来十分重视文物民俗、历史文化，所以历史专业更是出类拔萃，为国家的文物修复、历史文化的传播和保护作出了重要贡献。因而，每位历史教授的课题科研成果都是受到重点保护的。但盘长生已经和市文物局和历史文物研究所的整个学术界取得了共识，由警方全权彻查这一课题。可以说，他已经具备了让李成说真话的通行证。

盘长生走进办公室，只见四处摆设古朴盎然，简洁而又庄重，心里顿起几分敬佩之意。然而，李成却不在办公室内，这让盘长生吃了一惊，心下暗暗留神。问了旁的教授和学者，他们都回答李成教授有好几天没来上班了。

盘长生心一沉，莫非他也出了意外？这节骨眼上，少了他，那案子就会更加棘手。一旁的学者似看出了盘长生的焦急，解释："老教授因学生的事憔悴不少，所以早些天他请了假说要好好休养静心几天，没什么事的。你应该是为了那诅咒而来吧？李教授说了，都会过去的。"

"诅咒？"盘长生皱起了眉头，轻说出声。看得出李教授是个很有分量的人物，大家对他都很尊敬，所以都很相信李教授的话。

"李教授提到，诅咒是有一定限制性的，所以让大家别惊慌。你也放心吧。"年轻学者微微一笑。

"可不可以带我去李教授的位置上看看？"盘长生也微笑着说。

那学者礼貌地带他往最里走，指了指摆着两个头盖骨的桌面："那就是了。"盘长生点头，示意会在这里看看。于是，那学者留下他一人在李成的办公室内。

这间大室套小室的办公室，盘长生还是第一次进来，因上次拜访李成时，是在他搞研究的单独办公室里。而这里的办公室是历史系里的教授公用办公室，这最里进的最后一间小室才是李成的办公室。

照目前的情况来看，真正遇害的都是女性，而课题组的男性成员状况则是个谜，生死未卜。靠着墙壁的巨大的乌木书柜里，整齐地排列着各式书类。盘长生仔细查找，发现了李成做的手札，详细地列出了《晚清异闻录》的研究风俗情况，其中一处提到了"福有悠归，归月善堂"，而且下文处还有一行佛偈，所要表达的像是一个佛家所在之地。

这本札记不易发现，而且还是放在人员出入如此频繁的公用办公室里。果然最危险的地方是最安全的。李教授为什么把佛偈放在了他标记的民俗一栏内容内，而不是宗教？"为善最广，广种福田，福有悠归！"这是地藏菩萨庙里常见的规劝世人行善的佛语，与鬼嫁娘、玉覆面等的民俗毫不相关。教授想告诉他什么？

地藏王曾发宏愿：地狱不空誓不成佛。大有他不下地狱谁下地狱之感慨，难道教授他……这一念头闪过，盘长生大觉不妥。

此时不容他多想，手札里的文字似有魔力引着他往下看——

一双红色的缠枝花纹富贵牡丹嫁鞋出现在门槛边，太阳耀眼的金光透过层层白雪堆积的松树针叶洒下来，一抹光一抹暗地笼罩着那双红布鞋。

红嫁鞋微微分开，左脚的鞋比之右鞋靠近门槛一些，如有一位身材玲珑小巧的少女轻轻依靠着左边大门。红色的盖头遮盖着她的脸，一身凤冠霞帔，只余一双灵巧的小脚露出，仿如一声叹息。

"唉……"

谁？盘长生心头一颤，屏气细听，原来是风声。

风声里夹杂了一声声幽怨的泣诉："七月节，鬼门开，魑魅魍魉齐出来……鬼敲门，索命来，人心不古世道衰。"

归府里暗无天日，连盛夏里的一丝阳光也照不进府。

压抑的四合院天井下，是一位白衫儿清秀女子在唱歌，她的脸红肿起半边，是被归夫人打的。今天本是白衫儿的生辰，也是归老爷娶她过门的日子，白衫儿名魏瓷，不单人长得漂亮，更会制瓷，所以深得归老爷喜爱。如今婚礼尚未举行，只因她所唱词义不吉，被归夫人抓到了把柄教训了一番。

魏瓷小心赔礼后，静静地退回到内堂厢房。看着床上一帘红裳，打开紫檀菱花方奁，一把铜镜立了起来。她静静地看着自己的容貌，年轻美丽却苍白。今天是她的大日子啊，为了父亲她来到这里。

这里的一切是多么可怕。她打开方奁内格，取出一把流凤梳，轻轻地梳起缕缕青丝，将头发盘好。再取来珍珠细粉慢慢调匀，敷到脸上。脸如白雪晶莹，只是白，难以言说的苍白。没有打胭脂，因黛眉不描而碧，青黛含烟，苍白中另有一番楚楚不胜娇弱的风情。她开始描点朱丹，红红的唇纸被她用力地，深深地抿紧。她放下红扣纸，一笑，"咚"的一声响，丫鬟手里捧着的茶壶掉地，魏瓷那张苍白诡异的脸、诡异的血口，吓坏了随她由娘家跟到归府的贴身丫鬟。

魏瓷对丫鬟的惊恐视若无睹，继续对镜梳妆，她一言不发，只重复着一个动作：嘴不断地张合，抿着扣纸上的胭脂。一张，一合，唇越来越红，脸在红唇的映衬下显得越发白。

方奁上昏黄的铜镜内，是一张扭曲变形的脸。小翠吓得倒退几步，只见她的小姐如鬼魅一般，脸上显出诡异的笑容。

"小……小姐，你没事吧？"小翠艰难地咽了咽喉头。

小姐依然不作声，僵直地走到床边，低头看着那一帘红裳，手执起剪刀，面无表情地将其剪碎。

"小姐，这是老爷夫人为你准备的嫁裳，一针一线都是您和老夫人的心血啊！"小翠想阻止几近疯狂的魏瓷。

苍白的手僵直地指向墙上的一道后门，沙哑道："嫁裳不在那里嘛！"

小翠看向小姐指的方向，惊吓下，昏倒在地。

魏瓷厢房里的后门不知何时开了，苍白的门墙上，空洞洞地悬着一套冥服，如一个白衫吊死鬼看着她，晃动着僵直的双脚……

"唉……"又一声叹息，盘长生只觉项颈间一阵冰冷滑腻。抬首，对上的是一双冰冷的眼，高高的办公室顶上一条白缎垂吊着一个人。是她的裙摆碰到了他，那是一身素锦做的冥服，所以锦缎丝滑得犹如婴儿的肌肤。一丈素锦数两金，可见其珍贵。

天黑了，危险、死亡的气息向他袭来，垂吊的女人，那张脸那样熟悉，在哪儿见过？他想不起来。

盘长生就这样和"她"对视着，又是一阵叹息："唉……"

似有无穷的话要说，似有许多的心事未了，似有许多的冤屈未诉。叹气声由门边传来，盘长生回头，只见门槛外有一双红嫁鞋，那摆放的姿态，就如一个身段娇小的女子倚门而靠。

血红的鞋子上没人，头顶又传来一阵叹息紧跟着一声清脆却诡异的轻笑，盘长生连忙抬头，屋顶上哪有什么垂吊的女人。

这世界上不可能有鬼，盘长生痛苦地捂着脑袋，他的头很痛，痛得要爆裂开来。他又出现幻视，他看见的都是臆想出来的东西，因为他看了《晚清异闻录》，还有手上的这本札记，所以他看得太投入了而出现了臆想。是的，一定是的！

那他看到的，究竟哪样是真的？哪样又是假的？

手中握着从门外捡起的红嫁鞋，那种感觉那样真实，而刚才被素锦拂过身体的感觉也那样真实，难道他现在手中握着的红嫁鞋也是幻觉？

时值狂风大作，大雨将下，天极黑。看着阴晴不定的天气，盘长生觉得不安，怕会再有命案发生。现在看过《晚清异闻录》一书尚未出事的就只剩下谷清阳了，不能让她出事。于是，他把李成教授的札记和那双嫁鞋贴身放好，转身出去。办公室内的灯一闪，忽然就灭了。

瞬间不适，盘长生的脚被桌脚磕了一下，一个趔趄，险些摔倒，他手一扶墙壁，碰到了壁橱上的青花双耳抱月瓶。

"咙咚"一声响，贴着墙壁的书柜一格开了。这里竟然有机关！盘长生吸了一口冷气，李成到底是什么人？是敌是友？

盘长生小心翼翼地钻进去，因这一格太小，仅容一个人进去。钻过秘道，他朝着装书的那一小格往外一推，它又复原变作普通书柜。地道内燃着一盏盏的白蜡烛，蜡烛很长，似是有人刚点上的。

幽暗的秘道使人感到压抑，越往前走，地势也就越低。由这个办公室的方向对出去就是图书馆，如果他估计不错的话，这条秘道应该是和图书馆二楼休息室里的秘道是连在一起的，只是不知这秘道通往哪儿。而李教授会不会因为害怕凶手的追杀暗中逃进了秘道。毕竟，这个学校里的秘道是连校方的高层都不知道的事情。

垂吊女人的低低叹息萦绕在耳，明知那是幻听，为什么却觉得那样真实。盘长生加快了脚步，果然不一会儿，就到了发现陈晨尸体的地方。

这里真的是相通的，而且路程还相当短。盘长生顺着壁盏上白蜡烛的点点火光，蹲下身仔细地查看，这里像是通向墓室的甬道。尽管墓葬里的甬道一般都不是很长，但这里甬道过长，其规格很明显表明这不是古远的墓葬。但年代也有近百年了，是晚清到民初这段时间修建的。而这个时间段，和《晚清异闻录》的年代时间竟如此巧妙地碰在了一起，这意味着什么？

目前要找到这座墓的主室才能确定这是衣冠冢还是真正的墓葬。有人在这里点蜡烛也就意味着这个墓室有可能被破坏了，至于有用的东西有没有留下一星半点还得当地考证。

在秘道里又走出好远，根据方向判断，路线走向开始向北边的怡心小园延伸。这条通道有百多年历史了，盘长生相信，若非修建教学楼办公室，这条秘道还不一定为人所知。

他每走一段路都记下了蜡烛数，到了这里已经是第 999 盏了，也就是第 999 根蜡烛了。用的是皇权之数，难道这里的墓葬规制是按王侯公爵的礼仪而葬不成。

单数，且全为"9"。这是皇权的最高象征，按此皇室宗亲墓制葬人，那么此人就是大大僭越了。前面因没了蜡烛照亮，一片漆黑。敏锐的触感告诉他，前方会有机关。

按这里的墓形来看，从历史办公楼通过图书馆再到怡心小园，如俯瞰就能很清楚地看到这一条弧线呈下弦月的半拱形，而这三个点都对应的地方则是呈月亮拱日之状。那太阳所在的点就应该是主墓室。日月辉映，阴阳相合，真是块风水宝地。

到了这里，一切都明朗开来，因为星月拱日的地方，那个中心太阳正是怡心小园对着的旧街道，曾经住着古怪老头的冥器铺那一带地方，也是大家都说出现了"诡门关"冥衣铺的地方。一切的源头从一开始就指向了那里。

一道道大小不同的石块横亘在路中间，机关终于来了。盘长生停足凝神，轻轻地闭上了眼，用心去感受迎面而来的风和气息。

石阵是一块块石头紧贴着通道两壁而形成，看似无害，以为按着空隙走下去就对了。其实不然，通道看似一直不变延伸下去，其实暗有分岔。一旦遇到了分岔，石块的阻隔就会迷惑人，让人走了偏道错路，是很厉害的机关，而且一旦偏离正确的墓道，后果会不堪设想。

他借着手电筒的光，看清了近处的几块大小不一的石块。这些石块乍一看平淡无奇，用心去观摩才发现，竟是一座座造型抽象离奇的象、马、狮子、龙、人形的文武百官。没错，这里就是神道。甬道套神道，这是极不符合墓葬规制的。

一大团的疑窦尚未得解，眼下又出现了新的不符常理的疑点。盘长生，你应该要怎样做？他稳定下自己的心绪，在最短的时间内作了选择。

按着九九算数而行，他小心地绕开石像，时不时地停下，闭眼感受风的方向，向着稳定而安静的气流方向走去。起初是和缓的风，尽管冷但并不急，气流也不烈，慢慢地风变得有些滞，再往前走开始闷。

终于到了，盘长生停下了脚，看向眼前的一堵巨大的石门。

石门的背后隐藏的又会是什么？

第五章

一团迷墓

GU DONG XIN NIANG

盘长生伸出手，手心贴着石门，石门并不像想象中冰凉。这引起了他的注意。他用力地推了推石门，纹丝不动。这让他犯了难。

石门的温度是一大疑点。他的脑海中飞快地搜索着古墓机括里的种种设置和可能，不停地在秘道的其他地方进行地毯式搜索。

他发觉身后的那对文武官员石像透着古怪。文官站右列，武官在左列与右列相对称，形制上没有问题，奇就奇在文武百官上朝面圣时应双手执笏（笏板，又称手板、玉板或朝板。是古代臣下上殿面君时的工具），武官的笏板仍在，也是用石头雕琢的，但文官的笏板却不见了。

忽然，盘长生就觉头脑要炸裂开来，痛得天旋地转。他忽略了一些事，为什么他记不起来？

所有的影像在脑海里——闪过，越闪越快，怡心小园、A904、天台、诡异的殡葬舞蹈、归水月、玉覆面、白色的假人从高楼坠落……

对，就是那白色的物体！从以假名示人的谷清阳身上割下的假人，当时他从严心身上拿走了那个假人并悄悄收了起来，假人的头里和身子里都塞了棉花和石块，他检查过后，把假人剪开，唯有假人头部里的一块长形有点弯曲的长石块很像笏板。当时以为装石块只是为了让假人快些坠落。幸而他还是留了神，把那十多块石块都保留了下来，也正因十多块中独这一块最为特别，他时常带在身上，现下却派上了用途。

但另一个疑问又出现了，谷清阳为什么要这样做？难道她算准了自己会出现？回想起那天事情的经过，在遇到她前，他是先见了李成，而李成暗示他诡门关很邪，自己顺着这点线索走到了怡心小园对出的那条旧街巷上。而那里正好对着A904的天台，那时904的灯忽然一阵很亮后熄灭，这才引起了他的注意。看来一切都是在谷清阳的计算之中。

石门后到底藏了什么，让人趋之若鹜，不惜以身犯险？刹那间，盘长生身上的血液沸腾了，他喜欢这种挑战，他越来越想打开这道石门，看看里面藏了什么。富可敌国的宝藏抑或不可告人的死亡秘密？而这墓是明代的还是清代的？从清朝开始，笏板就废弃不用了。那这个墓应该是明代的墓了，那为何甬道的时间段却明显地停在了清代？这个疑点又应该如何解释？

来不及多想，盘长生把随身带的石笏板小心翼翼地放进文官手上。

"轰隆"一声响，石门动了一下又停了。他在心里笑了一下，难怪谷清阳让他来做，原来破这机关还算粗重活。石门非常沉重，重量超出了他的估计，而且感觉到了卷轴转动的那种震动，石门有两座？！他马上反应了过来，这是两扇石门互相推挤，所以推起来非常吃力，而且感觉到石门越来越烫，两重门的相互摩擦对挤擦出了火花，但眼见门就要全开了，电光石火间，盘长生转头就跑，沿原路跑，逃进怪石阵，脚刚踏出怪石阵来到第999盏蜡盏下，"轰"的一声巨响，石门后爆炸了。

一阵飞沙走石，盘长生被冲击力急撞到一边，心口撞上了飞滚而来的石块，喉头一腥，吐出一口血。

秘道里所有的蜡烛都熄灭了，漆黑一片。沙尘弥漫，空气中涌着一股强烈的硫磺味。终于，一切都静止下来，烟尘也散了，昏迷过去的盘长生苏醒过来，只觉心口一阵剧痛。他伸手去摸，胸前挂着的子刚款白玉牌裂成了两半。

　　若非这块古董玉器救了他一命，恐怕现在已经在去向阎罗王报告的路上了。他苦笑出声，像他这种没有将来的人怕是连阎王也不收留。此款玉牌为"吴中绝技"——史称"子刚治玉"的子刚玉牌。玉牌的上侧雕有螭龙凤鸥戏珠纹，所用镂雕、阴刻、剔地阳纹技法将螭龙凤鸥雕刻得栩栩如生，顺着光线的明暗交换，流射出莹白多彩的光泽。而凤鸥上凤冠圆润而立，和二兽所戏之珠相对应，更从精小处显真章。

　　而玉牌牌身正面则是陆子纲一贯的风格，雕刻仙台楼阁，重重烟雾弥漫，琼台之下，则是凡间百子戏婴图，孩童个个神态或喜或怒，或嗔或痴，雕刻得惟妙惟肖。

　　玉牌的反面则是陆子纲用了他独创的一种"昆吾刀"雕刻法刻成的一首行书款古诗，下笔有神，字迹遒劲洒逸，下方书篆体阴文款子刚。而这一刻法也是他在玉上能够流畅随意书写诗文铭款的主要原因，他死后这种技法便成绝响。古今富贵收藏之人都以能得一块子刚款玉牌而自豪。陆子刚十分注重名声，从不粗制滥造，据说生前所琢玉器不及百数，他的作品被宫廷所购藏，现北京故宫博物院藏有数件子刚款的玉器，从此可见其珍贵。

　　如此珍贵精美的玉器现下成了两半，盘长生感到十分可惜。他捡起玉牌细细抚摸，那是他临行前，翡翠送给他保平安的玉佩啊。而他则把自己佩戴了十多年的玉鹰送给了翡翠。他叹气，低头检查胸口，早已青紫了一大块。

　　正要把玉牌放好继续探墓，手无意间摸到了玉牌断裂处，他一个激灵，连忙细看——断玉中间竟藏了一张字条！

　　字条上写：福有悠归，归月善堂。

　　和李成对《晚清异闻录》做的札记如出一辙，都提到了这句话。

　　如非刚才他注意到门开后，门缝下地底的一格方板松动，他也不能及时抽身。木板是被第二块巨石门压着的，如果外力推动第一道石门，第二道石门被挤就会出现松动，那块被压着的木板，也会随着石门的移动而移开，露出里面的硫磺。而木板上粘有盈亮的粉末，发出极淡的光。加上两块石块摩擦生热，这种粉加了硫磺预热就会爆炸。估计没错的话，这种粉末应该是锌粉。真是个暗藏杀机的连环扣机关啊！

石门后是一座规模不大，却造型大气，巧夺天工的地下宫殿。一对小型华表伫立在前，犹如忠贞的卫士守护着他们的君主。华表顶部是两只对向墓内的望天吼，以表君主仙驾已回，在自己的神仙洞府里休息。

望天吼的坐向是有内外之分的，如果是对着远方大地（也就是朝外的），那就是奉劝君主要勤政爱民，到宫外走走，体察民情。如今华表上望天吼朝里，表明了墓主已在内宫安歇了。

走过华表门，就是一个荷花池，池中间是一座荷花砖雕，荷花是道教圣物，符合古人追求长生不死之意。盛开的荷花里立有一块砖碑，上面的文字大多模糊不清。《诡府奇案》里的内容会不会是在此处拓印得来的？忽然不远的地方传来了点点淡黄的亮光，几叶小舟缓缓而过，原来荷花池下是连着地下水道的，那一叶叶亡灵小舟，就如士兵在巡视守卫王的领土。

荷花池上有桥连通后方宫殿，盘长生小心翼翼地走上桥，看着桥下发出淡光的小舟，小舟上是被布裹着的人形物体，一具具用裹尸布包裹了数次的尸体，裹尸布带有荧光。

桥上雕有缠枝纹牡丹游凤图案。桥身弯拱处无纹饰的地方开有两扇漏窗，左边窗上雕明月松石竹林，喜上眉梢，取诗"明月松间照，清泉石上流"之意境，梅花喜鹊报喜：喜上眉梢的吉祥寓意；而右边窗上雕，"小轩窗上倚明月，低头采摘空幽兰，盛菊漫天弄清影，轻语共剪西窗烛"之境，两幅图合起来则是梅兰竹菊四君子。这座桥是用作装饰宫殿的"桥中盛景"之一，漏窗精雕细刻实乃徽派一位大师的绝笔之作，除了徽州大宅院中有那么一对漏窗，这里则是存世的另一对。可见这座地宫的小而精！

看前宫的种种迹象表明，这里像是女性墓葬。拱桥的左下方是荷花座，盘长生快走几步希望能下到荷花座那里，看座上的砖碑上刻了些什么字。

踩下的步子本极轻，但脚下一松，还是着了道，桥板上空了一块，他直直地往河里掉去。盘长生钢鞭一甩卷住了荷花的一道花瓣借力一跃，纵身跳到荷花上。一口气尚未提上来，荷花花瓣忽然张开，近距离地朝着他发出暗箭，箭不长，不是平常古墓机关里的弓弩，一支支飞镖一样射出，漫天都是，比一般的箭要多，织起一张箭网让人无处容身。

而早在花瓣张开之时，他就已跳到漂过的小舟上，看着数张花瓣不停地摆动，变换着箭射出去的方位，桥上、空中全是小箭，箭往河中射来，他暗叫不妙，一个翻身下水抓着船底舷。但水底的情景不比岸上好。

水异常浅，只是水色太黑，让人以为底很深，丝丝疼痛传来，原来他的身体被水底扎着的数寸长的钢针刮到。冷汗涔涔冒出，如果刚才他反应不快直直掉到河中的话，以桥的高度产生的压力足以让他摔到水底死在钢针、刀锥等利器之上。这连环板机关真不能让人小觑。

水面上仍传来"嗖嗖"的飞箭声音，使他不能贸然翻身上船，手抓着船底久了早已酸麻难忍。无法闭气太久，他举起左手，迅速地咬断手腕上的挂链绳子，原来绕了三圈的绳子是塑料管做的，里面中空，此刻刚好能伸出去吸气。

等箭雨停了，他翻身上船。黑暗中，只有面前的这一具尸体发着幽幽的光。随着河水漂流，四周比之在地宫前殿更加漆黑，按他的估算，地宫是越往里走就越深离地面也就越远，所以才会如此漆黑。

那小舟的数量应该也不在少数，合起来恐怕有二百艘，应该是陪葬之人。如果和想象中的符合，那这两百叶小舟应该是在整座地宫里循环漂流的，也就是以圈的形式最终还会漂到刚才的地方。

看着眼前裹得天衣无缝的古尸，他静下心来细看，裹尸的布异常精美，一针一线都是织就得完美无瑕。银丝线泛着冷光，如金子一般耀眼却非金线所织。错开的银线里还夹着荧光线一起织就，暗底的花纹是云纹花蝶，整张布很素丽，像是为女性而织；再看舟上尸体小巧玲珑，更确定是女性。两百多叶舟上并无恶臭，此处有河水相对潮湿，虽然楠木做的小木舟防潮防水，但还不是使尸身保持在最佳状态下的原因。尸身大致看来是保持得很完整的，究竟用了何种保存尸体的方法呢？而墓中主人究竟是谁，怎会有这么多人陪葬？李成的办公室通向这里，而李成又不见了，那他究竟知不知道这个墓？又和这个墓以及归府有什么联系？

诸多问题困扰着盘长生，使他对着这片墓葬也提不起任何精神。

四周太安静了，安静得让人忘了时间。在盘长生思考的当儿，小舟又漂出好远，他正要上岸，却见尸体有异动。

尸体手部微微动了动，难道他的幻视又出现了？盘长生死死盯着尸身进行思考，按他目前的状态还是不适合查这件案子。为了以求明白，他取出小刀划开了裹尸布，一层又一层，黑暗的空间里只传来割裂衣布的"沙沙沙"声。

"嘶——"一声破锦声，裹尸布裂开了一道长长的口子，露出里面娇艳的银色牡丹，那是一身寝衣，银线白锦寝衣不就是一套完整的冥服寿衣吗？！盘长生又是一愣，军用手电筒在这时忽然闪了闪，一个黑影跃了上来。他伸手去挡，碰上的却是软软的身体。手再按了按手电筒，光亮一时大盛，光线打在一具玉覆面上，连着一身的银牡丹白寿衣，此时看来是如此诡异。

女尸直直地坐了起来，坐在他身旁……

玉覆面做工简洁而精美，虽没有《诡府奇案》拓本里的精美奢华，但也是上乘之作。面具后的女人究竟是谁？

与突然坐起的女尸对峙着，盘长生已经想到了原因。这是个被保护得完好的墓，所以当他打开墓门之时，现代的空气流进，尸身见了空气而产生了变化。加上他剪撕裹尸布时带出了静电，导致尸身坐了起来。果然，空气流通，适应了之后，露出裹尸布外的女尸又躺了下去。

他小心地取下玉覆面，面具下是一张年轻女性的脸，紧闭着眼睛，安详的鹅蛋脸瞬间变得焦黑枯槁，神情狰狞。

盘长生摇了摇头，这尸身真碰不得空气。玉覆面眼睛处没有荧光石，是和博物馆里一样形制的没有眼珠的玉覆面。所以这个才是真品，不是陈晨、严心死时戴着的仿品。

不过这玉覆面又有它的特别之处，就是玉石是镶嵌在银器面具上的，和以往全用玉石做面具的有所不同。想着金银铜器一般都可铭刻阴文，如果此处有文字记载，那就更能解释他心中疑惑一二了。于是，他二话不说翻过玉覆面，一行铭文突现眼前：入墓者死！

身后忽然传来了窸窣的声音，回荡在幽静的地底世界里。盘长生打亮了手电筒照在后一叶小舟上，黑暗几乎要将这叶小舟吞没，只余一团暗黄幽幽地"坐"在他身后。他身后小舟上的尸体何时坐了起来？

"嘶嘶"声由远及近，尸体已经站起来了。盘长生手紧了紧钢鞭。

尸体突然跃起，以掩耳不及迅雷之势飞跃至他舟前。他一沉气，冷静甩鞭，钢鞭卷住了尸体，让尸体无法动弹。只听"哎哟"一声，让盘长生如坠云端，无数问号冒出：鬼还会怕痛？！

"死人，你弄痛我啦！"一声娇嗔更是让他摸不清情况，他手一松，裹尸布里冒出个娇俏的女孩，看见是她，他感到头皮发麻。

"我说大小姐，你装鬼也不用钻到死人盖过的裹尸布里面去装吧！"

"这样才逼真咧，不然怎么吓到你！"谷清阳银铃般的声音响起。

"胡闹！这样多危险，如不是我手下留情，你小命早不保了！"盘长生把她披着的裹尸布三下五除二地给迅速剥掉，"多不吉利。"

"你真好！"谷清阳如小猫一般挽着他的手黏着不放，让他无可奈何。

他把她轻轻推开，正色道："别闹了，办正事要紧。"

盘长生环顾一下四周，小舟随水流又漂出老远。眼看着离自己的目标越来越远，他感到烦躁难耐。

"我舟上的'那位'可是个美女哦！"谷清阳又拉上了他的手嬉皮笑脸道。这一提醒让他回过神来，二话不说，跳到了紧跟其后的小舟上。

舟里安静地躺着一个女人，很年轻，只有十八九岁，样貌也很清丽，而且她并没有戴着玉覆面！

更离奇的是，她的脸容栩栩如生仿如睡着。盘长生从未见过保存得如此完好的古尸，刚才的那具已经让他吃惊，而这具则是震惊。

盘长生的脑海里笼着了一团疑窦，其实若按正常理论而论，遇空气腐化的女尸更符合自然之理，那这具又是为什么保存得栩栩如生，难道她们保存尸体的方法不一样？！

"为什么你那位有漂亮面具的美女这么快就变成了黑炭头啊？"谷清阳手指了指那边，眉眼弯弯笑意盈盈。

"你就不怕变成黑炭头的美女来找你。"盘长生揶揄她，"看你年纪轻轻，倒不害怕。"

谷清阳一撇嘴："死人有什么可怕的，活着的人有时比死人更可怕。"

盘长生听了她的话，一愣，若有所思地点了点头。瞬即他又恢复了平静，眼神犀利地问道："你怎么会来这里？还有你从九楼楼顶扔下假人有何目的？你究竟怎么得到了打开这里墓门的钥匙笏板的？你到底是什么人，究竟知道多少事情？"

谷清阳听了也不恼，还是嬉皮笑脸的，只一对眼睛亮亮的，似有无数水光，非常好看。

"玲珑跑哪儿去了？这猫啊，还真淘气！"

"别想岔开话题，现在事情已到了迫在眉睫的地步，有你的帮助我才能在最快的时间内找到失踪的那名学生，还有李教授，难道你要见死不救？"盘长生一连用了几个问句，可看出他已经很着急。

谷清阳柳眉一皱，薄薄的嘴唇抿紧，少了那抹邪气。突然，她扑闪扑闪的大眼睛一瞪，笑着说："我会告诉你的，不然你以后都不理我了。不过嘛，现在最紧要的还是走出这里再说。至于我为什么会在这里出现，我现在就可以告诉你，"说完，杏眼一睐，甜声道，"因为我就爱黏着你！"

盘长生脸一红，低下头不再说话。

不大的舟上站着两个人已经很局促，谷清阳拉了盘长生上岸，站在一片漆黑的空地上。只见她来回踱着步像在思考什么："你不觉得那些女尸有点古怪吗？"

"我只看了两具，知道不多。"盘长生冷冷地答。

"我数了一下一共有199具女尸，她们中只有你舟上的那位戴着玉覆面，也只有那位遇到空气尸身就产生了变化，其他的都保存得很好。"

"哦？这样说每具尸体你都检查过了？"刚才看见她的手上戴了白手套就已猜到她应该检查过每具女尸了，毕竟她也算是考古专业出来的学生。

"不用再套我话，我说过出去以后会一切都向你坦白的。你说李成教授失踪了？"谷清阳负手而立，眼里闪出一丝冷峻，对于教授的失踪她似乎并不觉得惊讶。盘长生只是点了点头。

"我和李教授是师徒对他也算了解，他不会这么没有交代的，除非遇到了什么事……"谷清阳咬紧了唇，露出一只尖尖的小虎牙，突然目光一转，"教授向来谨慎，他一定是留下了什么线索给我们的。"

"这么说……"他沉吟了一下，低首看她，正迎上了那对清澈的眸子，"我找到了教授的札记本子，里面提到一句话：福有悠归，归月善堂。而且我还捡到了一对鞋子，"说着从挎包里取出了那对鞋，"这对鞋有些来头。"

鞋子缎面触手冰凉丝滑，手如拂在年轻女性的肌肤上，温润而充满弹性。只碰了一下，谷清阳脸色大变，这让盘长生感到疑惑，更认定了她知道许多自己不知道的内幕。

"不是说看过《晚清异闻录》的人都会受到诅咒？如果那两位女同学的死，两位男性的失踪是和看了这本书有关，那我也看了。我很有兴趣想知道究竟会发生什么事，"盘长生一边找着路一边说话，"教授提到的那句话有问题，嗯？"

"我觉得应该是李教授留给你的提示。"谷清阳了解李成的行事作风，她不能想象一个如此谨慎深思熟虑的人会不作交代就走了。

"为什么是我？"

"或许是他遇到了危险，在无人可信任的情况下可能觉得你更值得信任呢！而且他也只相信你能找得到他留给你的提示，这提示不论是他躲藏的地方也好，或是想我们去的地方也罢，我们都得去。"

"按目前情况看我只明白了一点，这是个明代的墓，所以玉覆面、冥衣寿服、鬼嫁娘的出处大有可能来源于此，所以……"盘长生停顿不语。

"所以我们必须揭开这个墓的谜团，但是目前时间不允许我们慢慢去追本溯源。"谷清阳把盘长生的顾虑说了出来。盘长生微微笑了笑表示认同，低头看手上小巧的指南针，指针显示他们现在所处的位置在北偏东的方位。这个方位和当初他昏倒的地方很像，难道那里有出口？

"麻烦你从哪里来带我从哪里出去，你一定知道能进墓里来，又不用经过石门的地方。"盘长生耸了耸肩，做无赖状，对付谷清阳也唯有和她无赖到底，这是他总结出来的经验。

谷清阳一听，嘿嘿笑了两句转身就走，大有她怎么知道石门那里会引起爆炸的意思。

黑暗处，不知绕了多少弯弯，忽然谷清阳就说到了。

前面是条绝路。"你要和我开玩笑吗？"盘长生感到恼怒。

"天无绝人之路嘛，"谷清阳扬起笑脸，清凉的淡眸特别有神，手指了指天，"爬上去！"

第六章

冥铺飘歌

GU DONG XIN NIANG

　　攀爬很辛苦，需要手脚并用，墓道通往井壁的空间原本很宽，慢慢地越往上就越窄，而他们的攀爬姿势换作了打开双手双脚呈"大"字形的姿势慢慢往上蹭。

　　半星的光亮打在了盘长生身上，看起来像是月亮的光辉。他艰难地抬起头，只看见谷清阳娇小的身躯越爬越快。

　　"别走那么快，小心出口有危险！"他说。

　　"十四日，鬼敲门……人在笑，鬼在哭，扶乩错把人来找。"

　　阴森森的歌声飘过耳际，盘长生眼神一滞，手脚慢了许多。而谷清阳快爬到头了，他恍惚地跟上，脑海里盘旋着那首诡异的歌谣。

　　他仿如一人在崎岖山路独行，前路茫茫，梦如路长，一路踏雾夜行，更深露重。山路崎岖，怪石嶙峋，枯枝疯长犹如魑魅魍魉狰狞咆哮。荆棘满地，妖树扑面，所有的路那么迷茫，所有的路那么狰狞，狂乱得一如分不清谁是人，谁又是鬼。

　　他看见了，惨淡的月光打在晨雅里的身上。她不是在医院里正昏迷不醒吗？为什么又见到她了？她身披重孝，坐在井边，手缓缓地举起。

　　她要掰开自己扶在井边的手吗？不，她在戴面具，她拿起一副精致的玉覆面缓缓地往脸上扣，盘长生大喊："不要戴！"

那张脸看着他，没有眼睛，没有呼吸，只有一张放着冷光的玉脸，死神的脸。她轻轻抬起了手，诡异的玉唇笑着，手冰冷、指骨劲力十足，机械地掰开了他的手。他飘飘荡荡地往百米高的墓底摔去，再无声息……

晨雅里坐在井边依旧在笑，良久，一阵叹息仰头翻身下井……

冰凉顺着他的脸滑下去，滑过唇，滑到脖子，他睁开眼，原来自己没死。他正好好地躺在井边，他第一次梦见晨雅里跳井的那口井边。

盘长生茫然地坐起来，自言自语："难道我又做梦了？"

"知不知道，你捡到的严心的手机其实不是她的手机！"一声幽叹飘进耳膜，地上孤零零地站着一个女孩，打着赤脚，并没有穿那双让人惊惧的红嫁鞋。抬眼看去，是晨雅里站在他面前。

"手机？"盘长生想起了他在严心身旁捡到的手机，里面有信息"下一个是你"。

这个"你"究竟指谁？是晨雅里、谷清阳还是盘长生他自己？

眼见着晨雅里袅袅娜娜地往回走，他猛然醒悟，连忙拨打电话，他要问问医院那边的情况怎样了，晨雅里不是还在昏迷中吗，那他面前的又是谁？

手机没有信号，这让盘长生心里顿时没了底，看着晨雅里消失在"诡门关"冥铺里，他跟着她走。是的，诡门关又出现了。

铺门上依旧挂着一对红灯笼，踏进门槛，眼前被白花花的纸糊住了眼睛。衣纸纷飞，扑了他满头满身，泛黄衣纸的陈腐味道之外还有另一种香味。铺堂正中的一对太师椅上依然分坐着两个蜡像女人，蜡像女人后靠着苏绣石榴纹底百子戏婴图三条屏堂画，面前摆着案几，几面上香炉熏着香，那对有芯的白蜡烛此刻并没出现。

店内很安静，四周很安静。晨雅里去了哪儿？

店铺不大，他连忙挑开帷幔转进内室。依旧是那张古典精致的作为婚床用的拔步床摆在那儿，像在对他叫嚣。床上没有人。

"你在找谁？"一双手搭在他的肩上。

回头，一个女人站在他身后，她的目光透过他的身体，望向他身后的虚空，那番话就像不是在对他说，而是对另一个人说的一样。

"要不要听一个故事？"不等他答话，女人自个儿说了起来，"在很久很久以前……有多久呢，应该是我外婆的妈妈的妈妈传下来的故事吧。当年京城里来了一家人，他们可穷了，穷得揭不开锅啊。"

随着女人的讲述，盘长生的脑海里展现出一幅幅过往的画面，如放黑白电影一样，慢慢地清晰起来。

那外地人姓归，人丁稀薄，只能在四九城外而住，他们家住的地方就在京郊外的一处公主坟上。公主坟是个地名，但以前倒是埋过一位公主。都是前朝的事了，连公主的来历也说不上了，倒不如城内公主坟那条街道热闹。此处是芳草萋萋，人烟疏落，没几户人家。在公主坟的另一头，那里是个颇为热闹的村寨子，村里还有几户大户人家，虽比不得内城的富贵，但也算是土霸王了。

归家人尽管穷困，但也算勤劳，更有祖上留下的手艺活，扎纸人儿，所以慢慢地也算站稳了脚。这归家人的生意不做别的，就是帮人做纸扎，搞冥器活。虽说这活上不了门面，但归家人做出来的东西就是精致。那些个童男童女做得是栩栩如生，一米多高的男女童娃与真人无异。

这对童娃是很重要的冥货。陪葬离不开它，送殡出葬也少不了它。这种娃娃称为阴童，有了它们领路，先人的亡魂不至于在黄泉路上落单或迷路。富家大户遇到丧事都指定要归家人全权负责。慢慢地，归家人的手艺活就传到了内城里，连内城里的达官贵人也来光顾。所以，归家人的冥器铺卖出来的东西要比一般的冥器铺里的货物要贵上许多。

这些阴童可讲究了，它们穿在身上的行当都是一针一线精雕细琢的。如是喜丧，用的一般是喜庆的阴童，阴童身上的衣裳是浓妆艳裹的戏服，大红戏服按着真人戏服的形制规格样式而做，连戏服袍子的蓝线红底的海水纹都是一模一样的条数，丝毫不差。这也是做起来最有难度最考究的。而阴童的"肉身"也是用了祖传的方法去做，肉身柔软如同真人，只余脸上那抹笑和那抹诡异的胭脂使得阴童看起来诡异而恐怖。它们的恐怖就是来自于它们真的很像人，像死去的人。

这一切都不妨碍归家人的生意，但奇怪的是没多久，有人开始听见归家冥器铺里传来了哭声，娃娃的哭声。

原是赶夜路的人，在经过这条偏僻的道儿时听见了娃娃的啼哭声音，那本也不惧。后来碰巧有一个外地人经过此路进内城，走到公主坟上时就迷了路。赶路人忘了怕，一心只想快点离开这鬼地方，只见四处野草遍布，家家户户没有半点灯火，漆黑笼罩住这个村。四处静得出奇，赶路人走着走着，忽然全身一震，一种恐惧感上来了。他感觉到了有人，他的身后跟着"人"。那种感觉很强烈，也很诡异，全身不停地抖，但害怕什么却说不上来。

"谁、谁在后面？"赶路人猛然回头，没有人，只余"谁在后面"的声音空洞地回荡在他周围。他心悸，加快了脚步，但他感觉到了背后细若游丝一般的呼吸，那种呼吸没有半点人的温度。呼吸贴上来了，贴上了他的脖子，贴到了他的脸上，刺骨冰冷。他不敢回头，他已经看见地上自己的影子了。他自己的影子上盘着一个人影，人影很小，人影的身子坐在他的影子肩上，而头则搁在他的头上面。

心瞬间凉透，他的肩膀上坐了一个"人"！他完全失去了理智，发足狂奔。"呜——"一声哭透过诡异浓黑的夜向他袭来。赶路人一个激灵，连忙停住，寻找哭声的方向。那种奶声奶气的哭声是娃娃发出来的。雾气更重了，让他看不见前方，路在他脚下蔓延开去，不知要通向何方。只见前面有对暗红的灯笼在风中摇曳，忽明忽暗，似要马上熄灭。看见灯火，赶路人如看到救星一般，直直地朝着挂了灯笼的人家走去。

突然眼前一黑，他直直地摔落，惊恐地抬头，眼神里充满了恐惧，他看到了，看到了他在向深渊坠落，他被骗了，他看见他摔落的地方站了一对娃娃，十岁左右，朝着他露出了微笑……

赶路人没有死，他刚好被坡道上一棵巨大的树挡住了下滑的身子。但他死里逃生后更加害怕，因为他又见到了那对娃娃。

那是在他伺候的主人家里看见的。赶路人家乡大旱，唯有跑到外地投奔亲戚。碰巧当他赶到时，那大户人家正在办丧事，人手不够，也就立马让他留下做帮手，而他的任务就是守灵。主人家的女儿去了，停灵满七天后就要下葬。他守的那天是最后一天，当他走进灵堂，脸色"唰"的一下全白了。灵堂内中间处停放着巨大的金丝楠木棺材，棺盖明天才会合上，让亲人们做最后的凭吊。棺头处放了一盏灯，白蜡烛流着泪静静地在守候。那是长明灯，此灯是不能灭的，否则死者去得不安，那活着的人就会受到诅咒，所有的人都会受到诅咒。

赶路人从小在乡间长大，这些规矩他都是懂的。棺材里躺着的是一个年轻的女孩，只有十八岁，正值青春年少，这么年轻就去了，多少含了怨气啊！赶路人又想起了乡间老辈人说过的话：如果是有了婚约的年轻女孩去得早，入殓时一定要按新娘的装束下葬啊，不还了她这个愿，她是不会安心去的啊，那活着的人就会不得安生了。

背后冷汗涔涔而出，赶路人从小胆子小，对老辈人的话更是深信不疑的，而此刻躺在他面前棺材里的女人一身凤冠霞帔，惨白的脸上涂抹了浓浓的胭脂与他"对视"着。棺材里的女人并非最可怕的，更恐怖的是棺材两边立着两个人，那是一对十岁左右的男女娃娃，惨白的脸、诡异的笑、血红的嘴，和他在昨晚碰见的一模一样。男女娃娃穿着喜服就这样笑着看他，眼珠子直直地盯着他，闪烁着异常的亮光。

女娃绾着两个髻，那满头乌发黑亮而有光泽，几朵梅花钉子发夹别在发间。女娃身上穿的是暗红的团蝠纹红袍，暗底的灰色石榴花开满了衣裳，衣裳的每一朵花每一处纹饰都做得精致美观。女娃的手负在身后，袖子绲金边的针线图案看着眼熟，但赶路人想不起是什么图案了。男娃也是一身红袍，衣着上的细节比活人身上的穿着还要讲究。男女娃娃一直站着，没有动过。赶路人也一直站着，没有动过，他站在门槛边，不敢进去。

"小苟，站着干什么，快进去看好长明灯，可不能熄了的！"另一个守夜的家丁从后走来。

"这对娃娃是人？"小苟变得语无伦次，开口就胡乱地问了一通。

家丁一听"扑哧"笑出声来："这是假人，是归家人的手艺了，怎么样是不是跟真人一样？！它们那身行头啊，够我们吃好几年啊，那做工多精致逼真。吓着你了吧，别怕，只要灯不灭，守过了今晚就是了。"

听了这番话，小苟没有为此而宽下心来。因为他知道，他昨晚碰见了鬼魅，这对娃娃的鬼魂。它们差点要了他的命。此刻，它们又出现了，它们为什么要缠着他不放？他身体禁不住地哆嗦着。

"别怕，这是丧事用的阴童，有了它们，主人在黄泉路上就不会迷路了，会一路走到底。"

"那路会通去哪儿？哪儿才是底？"

听了这话，家丁也有些害怕慌张，结结巴巴地说："过了鬼门关就不会迷路了，就走到底了吧。"

"地狱是吗？"小苟不知怎的，心完全地空了。它们昨晚就是想拉他下地狱！一阵阴风吹来，长明灯一闪，灭了。最后的一丝光亮中，小苟看见阴童得意地笑了……

后来，小苟大病了一场后慢慢就好了，并没有阴童来勾他魂的事发生。

　　而他也终于记起了那一对阴童手上衣袖处的一圈花纹图案是什么意思了，那圈绲纯金边的针线图是道教里的一种镇鬼符。远远看去是几圈线条，实则是束缚冤魂的绳索，将它们反手而缚，那它们就不能出来报仇了。小苟在乡下时，村里曾发生过一宗命案，死者口含铜币，双手被绳子束缚在背后，绳子上也是有这种线条图案。那时老辈人就说，是凶手怕死者的鬼魂找他报仇而特意这样做的，让死者的魂被困永世不得超生。后来案子破了，犯人也承认了他捆绑死者的原因，而口含铜币，就是要封住死者的嘴，让死者到了阎王处也告不了状。让小苟不明白的是，归家人为什么也要这样困住阴童的魂呢？小苟没有检查阴童的口，不知道它们有没有含着铜币，只是他总是离归家人远远的，生怕撞上了他们。

　　小苟投身的那家大户不知什么原因，慢慢地衰败下去，而归家人的生意却越做越好，慢慢地，就有了些传言，因为在幽静的夜里，大家都听见了，听见了娃娃的哭声。那种哭声像会把人的魂吸掉，让人浑浑噩噩如坠雾中，瘆得人慌。哭声都是从归家传出来的，而归家没有孩子，只有纸扎、用绢和蜡做的阴童……

　　闹鬼的事在公主坟这两个村子里传开了，大家都越来越害怕，最后纷纷离开了住的地方，举家搬到了别处。

　　买了阴童的那户大户人家境况凄凉，两个少爷先后去世，从此失了香火，而老爷也一病不起，家徒四壁。大家都说是那家的小姐去得不安宁，含了冤屈，所以诅咒了两个村里的所有人。许多孩童都无故失踪，人烟越发稀少，村也成了死村，成了真真正正的坟。而归家也住不下去了，搬进了内城继续做他的生意。

　　一阵风过，寒意涌遍全身，盘长生一个激灵从故事里回过神来。他趴在内室里的案桌上睡着了，难道刚才他又做梦了？他好像梦见了一户人家，像

《晚清异闻录》一书里提到的归府，但是梦中的归家人并不如归府富贵。

那现在呢，他到底是清醒的，还是在做着一个一个的梦中梦而自己不自知呢？

他听到了背后传来一声叹息，连忙回头，室内只有他一人。

手被什么硬物磕到了，盘长生回头看向台几面，苏绣小回字纹锦盒静静置在几面上。打开，里面是一册书，小楷的《晚清异闻录·卷三》映入眼帘。这情景太熟悉了，好像是发生过的事，他好像是梦见过得到了《晚清异闻录·卷一》的书册的，真的做过这个梦吗？他想不起来了。

他捧起书册，细细翻阅，泛黄的纸张有好些斑驳的虫印，更甚者还缺漏了好几页纸，有好些书页里，都是去了半页的，让人无法看清内容。纸质是典型的清中晚期的纸，初步可以断定此书为真品。而尚完整的书页里提到的内容就跟他刚才做的梦一模一样。

翻到末页，印有"阅微草堂"印鉴，那是琉璃厂古玩街上从清代流传下来的老字号，以修补古字画为主。看到这个印鉴，盘长生就心里有数了，可以去阅微草堂问问关于此书的来历。

书册锦盒的盒底绣有一个小孩，苏工苏绣擅长于人物山水楼台的描摹工艺，本不奇怪，怪就怪在这栩栩如生的孩童，举起手遥指远方，而孩童的眼也看向手指的方向。那种过分传神引起了盘长生的注意。孩童的手刚好指向拔步床的方向，盘长生顺着"仙人指路"，走到床地平上，透过内床浅廊边上的喜鹊登梅漏窗看向内床。漏窗隔开了盘长生的视线，只能看见漏窗后香几上的一盏古灯燃烧着的淡淡烛光。

再走几步，终于来到内床边上，灯盏古朴华贵，乃是一位道骨仙风的仙人造像，灯盏是铜器，漆了金箔，典型的明代铜像特点，仙人一只手托着灯盏，一只手指向床后。这分明借用了象棋的一种开局，"仙人指路"而布下的局。

"仙人指路"局借了一子当先，意向莫测，变化更是多端，故布疑阵多为试探对方动向的意图，才会得这个名。"仙人指路"局应对的方法很多，最凶险的却是"卒底炮"，那因一子而当先的那方是谁，是要逼自己走上最凶险这一步吗？

盘长生就这棋局进行逆向思考，"仙人指路"对弈"卒底炮"，名为对弈，但对方告诉了他：这盘棋局不是两方势力在对弈，而是有第三方，谜底没有揭开之前，谁也不知道谁站在了哪一方。

这场游戏越来越有意思了，盘长生弓起手指轻敲着香几面，是的，很轻。轻得敲击的声音很轻微，但低头一看，香几上凹下了一个小窝窝。紫檀蜻蜓脚香几上的木屑沾上了他的手。明代香几里的蜻蜓脚造型独特，历代为明皇室贵胄所用，因其工艺难度高，尤为稀少珍贵，存世量也是少之又少。但盘长生丝毫不觉可惜，别人既然让他活在梦境里，那他还谈什么其他呢，随着本意而为就行。

"仙人指路"的开局，第一步就是走兵三进一，或兵七进一，如是后者就应了"卒底炮"困局，看来对方还只是持观望态度，游戏还未进入高潮。想起陈晨、严心和晨雅里的出事，分明应着了兵三进一，她们三个在对方的手里不过是个可有可无的小小兵卒，弃之毫不可惜，那对方在这一回合里得到了什么？盘长生绕过床背一边思考，一边轻敲着床靠背的一块巨大的黑檀木板，并无发现。难道他理解错了"仙人指路"的意思？

盘长生弯下腰，在床沿下摸索，终于发现了暗格，将它扳开，里面放了一个小小的锦盒。他展开，被折叠成两半的几页书稿竟然是《晚清异闻录》第二卷缺漏了的内容。

一阵歌声从冥器铺大厅传来，瘆得人慌。

盘长生将暗格还原，把书稿放进衣袋里，小心翼翼地转了出去。厅外只有那对蜡人端坐其中，风从半开的木门板里吹了进来，吹得满屋的纸元宝、金银衣纸上下翻飞。

一缕白色从门板后飘过，随着歌声一路缥缈游荡。盘长生追了出去，他的本意就是要找到晨雅里，问清楚她的事。可还是那个梦境，本该昏迷不醒的晨雅里此时站在枯井边上对着他笑，而后纵身跳进枯井……

"这都不是真的，是幻觉！不，我一定是在梦里！"盘长生抱着头，不愿相信这一切都是真的，他跌跌撞撞地在这条旧街上寻找着出路。夜雾是那样深，深得迷住了人的眼睛。

街上太安静，太安静了，是没有人气的那种萧瑟冷清。这里就是通往鬼府地狱的鬼门关，漫天的白雾那样重、那样浓，浓稠得破败褪色的灰旧小路仿如被糊住了一般。

夜那样漫长，盘长生站在冷月之下，仿如置身于荒郊野岭之中，身旁景色在不断拉长扭曲，如荒诞恐惧的梦境，把所有的景致和孤独的人都搅拌在一起如漩涡一般扭曲汇进夜幕下的时间黑洞。

盘长生的身子不受控制一般，随着脑海里的漩涡一起旋转，又悄无声息地昏倒在地……

"醒醒！"脸被什么拍打得生痛，盘长生睁开了眼，坐在他身边的是一脸焦急的谷清阳，是她拍醒了他。

"这是在哪里？"他用手摸了摸额头，满头的冷汗，自己分不清东南西北。

"你身子骨也太不济了吧，刚爬上来就昏过去了，如不是我及时拉住你，摔下这一百米深的墓底不摔死你才怪！"说完还不忘扯眼皮吐舌头地做鬼脸。

盘长生不接她的话，径直坐起来。他们正躺在学校后山的一个小山之上。井口就在离他们不远的地方，盘长生站起来，俯瞰沐浴在晨曦中的校园，感慨万分。校园后山连绵千里，与皇城中轴线更是遥相呼应，始终平衡，是为龙脉。校园所在之地，坐北向南，靠山环水可谓是负阴抱阳，他们脚底下根本就是个难得的风水宝地，只叹自己发现得太晚。

"我说我们不是考古家，古墓发现得早与晚都与我们无关吧，重要的是救出学生，你叹什么气！"谷清阳撇撇嘴，伸了个舒服的懒腰。

"这些我都知道，你难道还没看出来校园里发生的一切怪事都是源自于这个明代古墓吗！玉覆面、鬼嫁娘的源头根本就是这个明墓所带出来的。"

"我看不至于吧，《晚清异闻录》可是明代的东西？！"谷清阳揶揄。正是这一点正正点醒了盘长生心中的一团迷雾。

他狡黠一笑，把一把青草叶子撒到她头上："你历史是不是白学了？明清只是一个断代，而且清代在明代的历史过渡上更是传承和延伸，而明代对于清代可谓是承上启下，无论是文学艺术还是民俗生活，所以这册书虽是清代的，但我们为什么不设想为和明代的某样事物有关联呢？或许就是和墓主有着千丝万缕说不清的关系呢！"

谷清阳把发间的青草拨下来，眉眼盈盈一笑，道："还好你不是拿雪渣子撒我。"那双剪水秋瞳，剪不断的是一汪盈盈秋水，望不穿的也是那一汪深深秋水，那一颦一笑，那回答的一言一语让他着了魔，他看着她的眼神变得飘忽起来，抿紧的唇线轻启，低低呢喃："翡翠……"

那声呼唤带了无限惆怅，谷清阳眸中悲伤一闪，不忍打断他的思绪。

风带着雪飘了过来，雪花落在他眼中，那抹淡淡的痛楚将他唤醒，他尴尬地扭转头。

"这个设想真的很大胆，你有凭据吗？"谷清阳接着话题说下去，缓解了尴尬。

"真凭实据没有，但是我得了一些启发。背后的杀手是以一个诅咒进行杀人，以一个棋局开头，步步为营，无论是古书，还是玉覆面、鬼嫁娘的传说，造成这些恐慌的目的就是要杀，而且这三个道具背后的故事都是有着相似之处的，所以我才有了这个大胆的设想。我想杀手的杀人灵感和手段也是来自于同一个故事根源。"

在野外过了大半夜，两人冷得几乎麻木，若非得了两棵大树挡风，人都会冷挂掉。但此时盘长生顾不得休息，马上要奔赴医院，晨雅里的古怪举动让他疑惑。

他走在谷清阳后面，悄悄地看了看自己的手，紫檀木屑残留在了袖子里，此刻尤为刺手。再往身上袋子摸去，那几页书稿早已不翼而飞。

"我从井口上来后，真的昏迷了大半夜？"盘长生语气冰冷。

谷清阳回转头，看见他下巴的胡楂都冒出来了，泛着青，眉宇间全是疲惫，让她不忍。

她温柔地笑着说："傻瓜，看把你累得，你刚爬上来就昏过去了。"

"好，很好！"盘长生头也不回地大步向前走。

谷清阳心一颤，哀伤漫过眸子，只呆呆地跟着他走。

第七章
校园惊魂
GU DONG XIN NIANG

清晨，医院里冷冷清清，泛着一股医院特有的药水气味，透着晨雾漫过人的鼻子刺激着人的神经。

走进病房，只见晨雅里正好端端地躺在病床上。

"她一直没醒过？"盘长生皱起眉头问看护她的两名警员。

"是的，我们一直在守着。"

"李成从小是孤儿，而妻子也在很多年前过世，无儿女，所以失踪后并没引起注意。"一名警员不忘汇报其他消息。

晨雅里一直没苏醒，难道昨晚真的只是在梦里见到她？不可能，他手捶香几时留下来的木屑就是证明。现实与梦幻之间如产生了一个巨大的漩涡吞噬着盘长生的意志，让他的精神状况越加混乱。

"继续严加看守。"盘长生对他俩递了个眼色。

离开医院，胡乱用过早点，盘长生就开始要谷清阳交代问题。

谷清阳却一副不以为然的样子，坐在小店子里喝着豆浆："既然李教授有留线索给你，为什么不抓紧时间去找出谜底，我的样子一看就是无害的，我也是为了自保才会举动有些古怪，你就不能相信我一次？"

"我也不逼你，只问你一件事，诡门关在哪里？"盘长生眼神冷漠，那

双冷酷的眼睛仿佛要看穿她的灵魂。

谷清阳一怔，被他的眼神震慑住。她鼻子一酸，有些委屈："我说了你也不会相信，我只去过一次，不，确切地说我在梦中去过一次……"她的声音在颤抖，"那是一场噩梦，梦里的女人有如鬼魅，是她让我跳的避神舞，不然我会死，会如陈晨她们一样不明不白地死去……"

"梦里去过？"盘长生反复咀嚼这句话，半晌才说，"你说清楚具体一点。"

于是谷清阳拣了些重要的话来说，课题组的人原本不知道《晚清异闻录》是一册被诅咒的书，看了以后就会产生恍惚不真实的感觉，而且常常感到惊恐不定、神思不安，更奇怪的是课题组里每个人的身边都有诡异的事发生。

那一天，他们整个课题组在一起讨论《晚清异闻录》卷二缺漏页的内容时，陈晨激动得出奇，提出了许多古怪的论点，而且对归府还有着浓厚的兴趣，更深信归府确实存在过，并发誓定要找出归府，等真相大白之日，一定能证明她陈晨所想的都是对的。

"陈晨提出的是什么论点？还有卷二缺漏的部分从你们的推断来看是关于什么的内容？"

"这个……"谷清阳眼神有些闪烁，扭捏了半天方肯开口，"这个不能说的，否则你也会受到牵连。别问了！"

"又是关于诅咒吗？我不信这个！"

"不是信不信的问题，而是这起案子真的很邪门。也不怕对你明说了吧，你以为学校方面真的那么通情达理，说和你合作就让你什么都知道吗！之前已经有警员因为调查此案而离奇失踪了，所以警局也是在逼不得已的情况下才找上翡翠。"此时的谷清阳十分理智。

一听这话，盘长生更觉如坠谷底，这原本平常的一套古书里究竟隐藏了什么大秘密，以至于让那么多的人为它忘生赴死。

"我不可能对自己的伙计不闻不问的，我一定要救出他，所以就算你不帮我，我也会找出答案。历史研究本来就是我的强项，看来这次要让你失望了！"盘长生轻蔑地看着眼前这个身份不明的女孩，踏步往前走。

"如果站在你面前的是翡翠，你会这样跟她说话吗？"谷清阳跺着脚大喊，看着盘长生的身影越走越远。她知道的，从一开始就知道，他的眼里、心里只有一个冷翡翠，根本就没她……

待在学校图书馆二楼休息室里，盘长生陷入了沉思。谷清阳的话盘旋在他的脑海里——"碰过《晚清异闻录》的人身边纠缠着冤屈怨恨，不得安生，鬼事缠身，无法摆脱。"

那他呢？一个正常的无神论者，为何连自己看到的东西都不能相信，不能肯定。这期间，他真的有去过诡门关冥铺吗？

低头看着桌子上的红嫁鞋，他感到前所未有的迷惘，觉得他的意志在崩溃，他的立场在动摇。

纠缠着的一朵朵牡丹像一个个冤魂，纠缠住他的眼睛，视网膜上深深地烙印着血红的冤魂，生死纠缠。红得一片模糊，瞳孔在瞬间扩大，又紧跟着缩小，眼珠里，实实地悬着一双鞋。

一段佛经响起，一个激灵，盘长生回过神，手一抹，全是汗。原来是手机响了，接起。

"喂，你还好吗？"

是翡翠的来电。

"子纲佩内夹了张纸，里面有一句话'福有悠归，归月善堂'，究竟是怎么回事？"盘长生也是长话短说。

"那是在巴黎苏富比拍得的藏品，我并非第一个藏家，据闻是在民国时京郊出土的一件文物。那个墓有点邪，甬道口立有一碑：入墓者死！当时死在墓里的盗墓贼是七人，死状各异；而余下的人里把这一批文物卖给外国藏家，苏富比也是十多年前对此进行拍卖，杂项玉器组里的一位专家是我师傅，替我购得，并说此物大有来头，但她一直解不开其中的谜。余下的盗墓贼在一本《民国异闻录》里有关于他们的记载，七人生还，但七人有在第一年病死的，第两年意外身亡的，第三年疯癫猝死，第四年飞机失事身亡，第五年自杀身亡，第六年离奇死在一座寺庙的，第七年也是最后一个，又回到了那个墓，从此失踪，生死不明。据我的多年研究，暂时只知道这句佛语能抵挡那个诅咒，但具体的还需要更多的证据联系研究。"

"又是异闻录！"盘长生皱了皱眉头。

"没错，估计不错的话，《晚清异闻录》和《民国异闻录》或许真的有千丝万缕的联系。听说我们有位伙计失踪了，没想到此案会变得如此复杂。有什么我能帮忙的地方吗？"翡翠对他的安危不无担心。

"我已经想到些头绪了。"

"那就好，注意安全，多保重！"

"你也是。"盘长生有些不舍地放下电话。

室内没有开灯，只余计算机放出幽光。"喵"的一声，小猫玲珑跳上了桌子，瞪着一双幽绿的大眼看着盘长生。

"玲珑你不是保护那女孩吗，怎么跑这儿来了。还是你被她摆脱了？那鬼灵精不好对付吧。"

玲珑"喵"了一声，身子轻轻一跃，落到地上，回头看了他一眼往外跑去。盘长生关了电脑跟着它去。

一路跑，盘长生就一路想，《民国异闻录》究竟又在哪儿呢？李成给他的提示和翡翠给的是一样的，等等，李成的札记不是有所暗示吗——"福有悠归，归月善堂"有可能是一个寺庙所在，而《民国异闻录》一书不是提到第六个死去的盗墓贼就是在一座寺庙里上吊死的吗！

　　小猫玲珑朝着怡心小园 A 楼楼顶上跑，盘长生紧跟其后。从十层上往下看，整片学生住宅区一片愁云暗淡。大白天里，每个宿舍都把窗关得死死的，而且都放下厚厚的窗帘，过分的安静使得偌大的宿舍区显得无比的空旷幽深，风拍打窗户的声音，树叶的沙沙声，在天地间无穷放大。那种静深入到人的骨髓里，静得可怖。

　　风很大，站得久了，人的头脑非但不清醒反而更迷糊了。风呼呼地刮着，一片黑压压的楼房似乎被吹得摇摇欲坠，仿若有种魔力召唤着人往地上摔去。

　　盘长生收回心神，琢磨着往楼下走。因着这里不向阳背靠着山是最后一座了，其他的 B—I 区和 1—10 栋倒是在 A 区周围黑压压地排开，所以楼道里有些昏暗。

　　"滴答"一声，水滴声在幽静空洞的空间里回荡，哪儿来的滴水声音？盘长生下了楼梯，站在七楼走廊中间。"滴答"一声，水还在滴着。盘长生循着声音向前走，在一个回廊处停住。回字形的走廊连着 A 区的四栋楼，在拐角处有一个公用的洗衣房（也称水房）和厕所。

　　洗衣房再往里进就是厕所，一眼看去，水龙头关得很紧，泛黄的水槽十分干燥。盘长生静静地走进去，灰褐色，旧得泛白的栅板门虚掩着，一切如回到了旧民国时代，陈旧得不真实。

　　水槽旁还放着一个木盆，盆里斜立着一块搓衣板，"吱呀——"幽深的水房内里隐约传来木门张合的声音，盘长生一步一步地往里走。

　　"滴答……"空幽的声音再次传来，如滴在他的心头，心跳越来越快，心里像有无数的水滴在滴。

　　"吱呀——"厕所的一扇门被推开，里面空无一人。间隔的门被一扇接着一扇地推开，地上暗黄的瓷砖满是各种各样的水迹，拖沓横斜，如结起来的血蝎。黑黑的茅坑洞开着它的口，吐着一股腥腐灜气。最后面间隔的一扇门被缓缓推开，里面没有人，这道由两块栅板虚掩着的门最为陈旧，里面没有铺地砖，结实发黑的地透着一股无可名状的潮湿。一道橘黄的亮光闪了闪，他抬起头，矮矮的顶上悬吊着一盏灯泡，发旧的电线连着，霉得随时会断掉，不通畅的电流偶尔发出"嗞嗞"的声音。

盘长生退出了最后一个厕所，每个厕所都没有水龙头，那滴水的声音从何而来？

"呜……有没有人啊？"

声音从他身后响起，是女孩子的声音。低低的哭泣让人顿觉心里难受，一种无助的感觉充溢胸腔。他回头，是最后一间间隔里的厕所发出的声音，而那里刚才明明没有人的……

"谁在里面？"

"我好难受，放我出去，求求你放我出去。"哀怨的声音在昏暗的空间里回荡，变得越来越急速、越来越凄厉。往最里格走，伸手、推门，原来虚掩着的门被固定住了。

"呜呜，我好难受！"

声音贴着耳膜传来，头皮开始发麻。

滴水的声音更响了，盘长生低下头，从门底缝往里看去，昏暗的光线里只模糊看见一双陈旧的红色绣花鞋搁在那里……

思想来不及转动，空气中弥漫了焦煳的气息。

"救命，好大的火，救命啊！"木门被捶得动起来，里面的人拼命地撞击着木门。盘长生呆立，头脑混乱，他又出现幻视幻听了吗？里面根本就没有人，一定是的，一定是的！

盘长生克制着自己，强迫自己冷静，这里什么也没有，什么也没发生。

走廊外传来细碎的脚步声，一个女孩怯怯地说着："我们还是别去了吧，听说里面有……我怕……"

"别磨蹭，时间来不及了，待会儿还要上公开演示课，快把你的校服弄干净。"

忽然间，声音停止了，连空中的空气都凝住了，只有身后的诡异哭声仍在不停地哭泣。

"鬼啊——"两个女孩飞奔离去。盘长生此刻的脸变得苍白，"吱"的一声，最后间隔的木门开了，里面什么也没有。

这不是他的幻视幻听，别人也感觉到了。最后的间隔在昏暗的光线中模糊，洞开的门昭示着里面的无尽黑暗和恐怖，除了布满各种痕迹的发黑的地面、肮脏的墙壁，里面什么也没有。盘长生安静地退了出来。

"滴答！"又是滴水声，它就像是无数的冤魂在痛苦地挣扎，每一声都滴进了人的心头，晃开了满心池的恐怖。

水声好像是从水房旁不远的一间宿舍里传来，或许只是哪个学生忘记关紧水龙头吧，盘长生是这样想着，脚步不自觉地往滴水的方向走。

八楼和九楼都是新加高的楼房以方便住进更多的学生，所以八九层是每个宿舍都配有厕所的。八楼以下皆是好几十年的旧楼了，外表尽管是翻新了一次，但内里看上去古朴得有些惨淡，而一个回字形走廊则配有两个水房和公厕，大家都得在这里凑合。

在压抑的回廊里走了几步，不多会儿就发现靠着水房旁边果然还有一间宿舍，但门牌上没有数字，而引起盘长生注意的是门边上的一个小石阵。其实只是七颗大小不等的小石子拼在一起。那形状就如一个凹字一般，凹进去的部分还插有一支香，香已经燃到了头，撒了满石阵的灰。

他伸出手去拿起了一块石子，把石子压地的部分仔细看了，有几道很细的阴刻线。再查看第二块，凌乱的阴刻线和刚才那块连在了一起成了一种特殊的符号。

"镇鬼符"？电光石火间，盘长生想到了这个可怕荒诞的词。脑海里依稀记得，以前参与发掘的古墓中，有过这样的石阵和符，凹字形的石阵可攻可守，以防外邪侵进墓内打搅主人，可困住冤魂厉鬼让其不得超生。这里只是普通的学生公寓，为何会立有这样的道家阵法。

把石子放回原处，只觉这所百年老校藏了太多的秘密。木质结构的回廊扶手有些潮湿，年代久远的木头灰蒙蒙散发着腐化的气味。

回廊尽头黑沉沉的，水房里开着的一扇窗子快速地闪过了一道白影，盘长生正想细看，哪还有什么影子。紧接着，就是一声凄厉的喊声响起。

盘长生快步跑到回廊尽头，只发现一个女生昏倒在楼梯上。

"沙沙……"

小山上的树叶发出了奇怪的声响，一群乌鸦一声尖叫冲向黑压压的天。

"噔噔噔……"身后的楼梯里传来了高跟鞋的声音。他转身，什么人也没有，只有黑暗在延伸。盘长生跑上楼梯，房间在黑暗的回廊里延伸，每道紧闭着的宿舍门如一道道徘徊不去的、时刻纠缠的鬼影，在旧时房屋里，在黑暗里，徘徊、徘徊……

一无所获，盘长生只好回到六七层中间。昏倒的女生竟是林七月。盘长生掐她人中，等她终于醒转，只"哇"的一声哭了起来，她全身都在哆嗦，口齿不清地重复着"她回来了，她回来了"。

"谁回来了？"盘长生顺着她的话头说下去。谁知她眼中恐惧一闪，低下了头，半天沉默不语。

时间在一分一秒地流逝，楼内的昏暗更浓了。回廊里同时亮起了几盏小灯泡，昏暗的红色灯光流溢出来，把整座楼笼在了不真实中。那抹暗红如干竭了的血的颜色，流红的灯光泡着没有铺地砖、黑漆漆的地面，蕴着一股化不开的潮气。

林七月挣扎着起来，轻声道了谢就要走。

盘长生没有阻拦，但见她上了七层走到了回廊里，他忽觉奇怪，她不是住在904的吗，怎么跑到了七楼？

"啊——"

"怎么了？"盘长生一个箭步向前大声询问。

只见林七月被巨大的黑影笼罩着，她身后的水房此时就如吃人的魔鬼要将她吞噬。水房的窗上映出她模糊飘忽的身影，她的脸色是如此苍白，眼睛死死地盯着地上的那个石阵。

"有什么我可以帮你的？"盘长生站在她身旁，蹙起了眉头，这女孩子太古怪了。

"太晚了，她已经出来了，太晚了……"

"谁回来了？"

"七月节，鬼门开，魑魅魍魉齐出来。大人出，小孩进，端水照脸鬼无头。中元节，阴森森，亏心之人鬼敲门。鬼敲门，索命来，人心不古世道衰。"林七月忽然唱起了歌，阴恻恻的声音使人打了个寒噤，让人备感阴冷。

"你看过《晚清异闻录》？"盘长生大惊，因为那会使她成为杀手的目标，她现在很危险。

"她回来了，她们都来了……"

看着她面无表情地走远，盘长生的心沉到了谷底。她们？她们是谁，究竟是谁回来了……

林七月昏倒前，究竟见到了谁？

盘长生恨不得把一日当两日来用，救人的事迫在眉睫，但救人的线索却一点也没有，不单这样，还凭空冒出了许多怪事来。

怪事？

"碰过《晚清异闻录》的人身边纠缠着冤屈怨恨，不得安生，鬼事缠身，无法摆脱。"谷清阳的话再一次撞击着他的心脏。现在设定，看过这册书的人都会出现幻觉，以为自己见到了鬼魂，当惊吓度达到一个值时，人就会猝死，那受害人眼中看到的又会是什么？难道是《晚清异闻录》一书里失踪或死去的"鬼新娘"吗？

那林七月为什么会接触到这册书，卷二不是在我这里吗？盘长生的头脑里像灌满了铅石，怎么想都想不通。百年老校就是这点不好，建筑啊什么的都太古老了，校园鬼怪传说也就多了，它们时刻蛊惑着人的心，使人们猜测着该或不该存在着的东西。

进入历史第二教学楼时已将近六点，盘长生站在多媒体教室前静静等候。随着下课铃声响起，陆陆续续地有人走了出来。

"请问——"盘长生轻拍了一下一位女生肩膀。

女生一声尖叫回过头来，一张苍白的脸让他看了连连皱起眉头。

"我是李成教授带的博士生，我们可以聊两句吗？"

女生带着一脸疑惑跟他出去。

冬日里，天色黑得快。校园内的路灯"吱"的一声全亮了起来，路上每个学生看起来都很紧张，全是一张张绷得紧紧的，略带疲惫慌张的脸，在他俩身旁匆忙而过。

"我、我们要去哪里？"女生开始慌张。

"一会儿就到了，你叫什么名字？"盘长生不轻不重地按了按她肩头，缓解了她的慌张。

"我叫陈稀月，历史系05届学生。"她的声音几不可闻，样子唯唯诺诺。

一个霹雳，黑夜被生生炸出一个缺口，冷冽诡异的紫电在一座圆拱飞檐的小碉堡上铺开，陈稀月一个哆嗦赶紧拉住了他的手。盘长生感觉得到，她在颤抖。她的声音有些结巴："我们、我们怎么到这鬼地方来了？"

"你不是今天下午刚来过吗？"盘长生微笑着把她的手轻轻拨开，"今天的公开课你差点迟到，衣衫不整地出现在教室里，这样对我们学校的声誉是很不好的！"

看着他凌厉的眼神，陈稀月一下怔住了。

"学校处大概明天就会公布了吧，我将会做你们班的班主任，所以今天的事多多少少让大家面子上过不去，我只是想知道真话，你为什么会跑来不是自己住的公寓区还弄至迟到。还有就是，学校是书香圣地，你来那么多怪力乱神的话。"

这一番话把陈稀月给说蒙了，唇齿哆嗦得厉害，只不利索地念着："校园传说，是真的，校园传说……"

校园传说就好比是流传在校园内部的民间传说，带了几分恐怖和神秘。有人的地方就有是非，更何况是在历史悠久的校园内，这本来就为心怀好奇，心智尚未成熟，容易感情用事的学生们带来了适合传播恐怖的土壤。

校园悠久漫长的历史岁月里，任风云变化，时代更迭，它们都静静地隐藏在黑暗里，无法触碰天日的暗暗腐烂的人和事就会成为人们心灵深处的一抹惊悸，它们被无心或有心的人挖出来，变成恐怖的亡魂，无法冲破人心的桎梏，徘徊在校园里的阴暗角落，等待着人发现，恐慌。人心的丑恶和恐慌就是最冤厉、最恐怖的冤魂。它们流传出众多版本的恐怖传说，只要校园存在，只要人存在，它们就存在，一直存在，徘徊……

"这根本就是一座鬼楼、一座坟墓，吞噬一切的坟墓！"在雷电交加的晚上，惊恐导致她崩溃。

盘长生取出一根短笛吹出了一首悠扬的曲调，慢慢地，她稳定了下来。

"记住，这世上没有鬼，鬼就是人变的，人的心才会生出鬼来。"盘长生把短笛交到她手上。

她摩挲着短笛："这是什么曲子？"

"《清心小谱·遥寄梅花》是九华山上一位大师赠我的曲谱。遥寄梅花，气自华。弄梅清影，独芳华。虽逊雪子三分白，波心无漾，暗浮香。梅心芳洁一缕香，遥寄他方，心清明。"

"难怪听了心明神朗，一片清朗。"陈稀月若有所思。

"我也是刚为人师表，难免年轻气盛，刚才是我语气重了。但我只是想你明白，朗朗乾坤，无不可对人言之事，魑魅魍魉惊本身，都是庸人自扰之。"他拍了拍她的肩头，带她进入了公寓。

"我住的公寓楼还真腹黑，真就是一座坟墓！"谷清阳的声音飘于脑际。她们都觉得这座公寓像坟墓？他全身一震，这座公寓楼的外部构造像极了一种颇具民族特色的建筑。只一时想不起来在哪儿见过，又叫什么学名。

盘长生仍在思考，陈稀月低声说道："盘老师，今日我的校服弄脏了，但急着上课没时间赶回学校另一头的 B 区公寓楼换衣服，而我的好友住在这儿，离教学楼也近，所以才会过来这边想换她的衣服的，她住在七楼。"

"今天倒也赶上了，下次要注意。对了，你对这教学楼知道多少？"这也是他带她来这里的原因。他总觉得这次的杀人案件和学校流传下来的传说有着某种联系，所以他想听一听。

陈稀月慢慢地往楼上走，他跟在后面。待到了七楼，地势已很高了，后头的山风呼呼地刮着，组织成一阵阵诡秘的语言，在夜里吟唱。她抬头，眼中露出诡异的神色——

"瞬时记忆……"

第八章

瞬时记忆
GU DONG XIN NIANG

　　"瞬时记忆……"盘长生看见她嘴角掀起的一抹诡异微笑。那是一种迷信的说法，相传人如是非自然横死，死相惨烈痛苦，那他的意识灵魂就会残留人间，在特定的时候发泄出来，不断地重复着死时的过程和状态。

　　盘长生打断了她的话："这里是高等学府，怪力乱神的话语不可多说。"

　　"那你相信有鬼吗？"陈稀月有些激动。

　　盘长生沉默良久，终答："不信！"

　　"那老师可又知道，四年前我和林七月差点进了精神病院？"看着她越说越激动。盘长生从廊上盆景处摘下一片叶子，贴着嘴边，轻轻吹起了宁静致远的曲子《清心小谱·独钓寒江雪》：千里江雪，被相思染，正是凝眉蹙鹅黄。断云微渡，被清风乱，却叹小黛远如山。知否，知否，一曲江雪长，唯我独钓，听那心事长；唯我独钓，一心清如雪长。

　　这是《清心小谱》的下半阕。

　　雪和梅相应，四君子中梅的高洁和雪的纯净凑出了这一阕《清心小谱》，曲乃是九华山大师所赠，而词却是翡翠所填。陈稀月听了果然安静下来。

　　"稀月，这阕曲子能帮你清心静神，明天班会后我把歌谱给你。好了，现在你说一下关于这个校园的事吧。"

"这得从四年前最恐怖的那晚说起了……"陈稀月陷入了久远的回忆中，眼里聚了一池的恐惧。

那年她刚进入大学，对一切充满好奇。尤其是对这个历史悠久，满是古建筑的百年老校充满期待，一心只想着在这林木茂密的学校里探险。

每个学校多多少少都会流传着一些恐怖传说，而胆小的女生们熄灯后卧谈的最佳话题永远是鬼故事，越害怕就越想听，越听也就越好奇，总有一种跃跃欲试的心理。

那时的她多少有些年少气盛，自以为天不怕地不怕，她经常独自跑到学校后山去探奇。后山上绿荫环绕，怪石嶙峋，一棵棵古槐枝桠狰狞，颇有些武侠味道。半山里有一段小山坳风景秀丽，流淌着一段小小的溪流，溪水很清，一块块石窝子里常隐藏着几尾小鱼。

小溪两旁还植了些枫树，深秋过后，满满的相思叶映着结了冰的小溪，红白成趣，真真如那溪就是位美人，洁白如玉的脸庞，额上贴着相思叶染成的鹅黄，冷艳得连蹙起的眉都是那样冰清玉洁。

那天她和林七月一起来的，她俩沿着小山坳而上，秀丽的景色戛然而止。越往深里走，景物越突兀狰狞，而后，冷月之下，静静地立着一口井。那是口古井，它给人的感觉是那样绝望。

井口不远，有一棵参天古树，树那样大，遮天闭月，树下冒着缕缕青烟，走近看了居然是一堆将燃尽的纸钱。陈稀月大惊，忙翻看手机日历，惊觉正是农历的7月14号。正想往回走，却听到了"唉"的一声叹息，紧接着山里缥缥缈缈地回荡着一首歌谣："七月节，鬼门开，魑魅魍魉齐出来。大人出，小孩进，端水照脸鬼无头。中元节，阴森森，亏心之人鬼敲门。鬼敲门，索命来，人心不古世道衰。"

她就慌了神，而一旁的林七月仍旧茫然地看着她，不知发生了什么事。

"七月，你有没有听见什么声音？"陈稀月的身体开始颤抖。

"没有啊，我没听到什么。难不成，你听到……"看见稀月苍白的脸、咬紧的唇，林七月的声音也开始结巴。

当歌声再度响起，陈稀月一把拉过林七月狂跑着要下山，却因太惊慌而迷了路。"七月！"当她回头，哪里还有林七月。当陈稀月四下徘徊寻找来路时，却听到了一声微弱的声音。她想逃，但脚却不由自主地朝着声音响起的方向走去。

突然，她的肩膀被什么钩住了，她用力挣脱向前跑，心想着一定是树枝挂到了，一定是，一定是！她这样安慰着自己，继续寻找，却发现声音没有了。四周那样黑，几乎是伸手不见五指，原来月亮早不见了，而一排排的树越逼越近，越来越密，张牙舞爪，根本已无路可走。"嘭嘭嘭"的一颗心慢慢安静下来，恐惧过后，意识又回来了，陈稀月竟然闻到了一股实实在在的血腥味。

沿着原路退回，血腥味越来越重，她脚一哆嗦，软倒在一棵树旁，肩膀一痛，料是被树枝钩到了。"这里树也太密了，"她忙伸手去拨开，忽然心"咯噔"一下，定住了。那是一只黏稠而又枯槁的手，她努力镇定下来，嘴上还在笑着，颤抖地说，"七月，别玩了，会……会吓死人的！"

没有回答，陈稀月慢慢地、慢慢地回过了头。

高大的榕树立在那儿，要五六个人才能合抱过来的、中空的树身里站立着一个女孩。她伸直的手僵硬地定格住了，她半张的口也定格住了，她瞪大的眼窝就这样看着陈稀月。陈稀月吓得捂住了嘴，原来刚才是她用尽了全部的力气去抓自己的肩膀，希望自己能救她。

女孩的手上沾满了血，而两个空洞的眼窝里早已没有了眼睛，她竟然自己挖掉了自己的眼睛？她的腰部和脚部都捆了绳子，只剩下两只可以活动的手，她竟然把自己绑起来，再用手挖掉了自己的眼睛？！

陈稀月再也忍不住，"哇"的一声，吐了出来。风扬起了阵阵血腥味，树干空侧处那血红的字异常清晰地跃进她的眼，"以怨使血，以血洗冤"。

"十四日，鬼敲门，戏棚满院席满座。有影进，无影出，来来回回谁是人？子时缺，午相交，阴辰阴时把人找。人在笑，鬼在哭，扶乩错把人来找。"幽怨的歌声响了起来，陈稀月听得腿一软，摔倒在地。

"谁？"她挣扎着起来，却摔得更重。

死去女孩的后面，闪动着幽幽的绿光，那光忽远忽近像在嘲笑陈稀月的恐慌。那双幽绿的眼睛仿佛离稀月越来越近，是她来了，那死去女孩的眼睛变成了鬼魂回来了。在那双眼睛逼近的最后一刻，陈稀月倒了下去……

阴森浓密的树林后面走出了一个人，她睁大了惶恐的眼睛，一声尖叫响彻树林，而背后的那双幽绿仍在闪动。

尖叫声把陈稀月吵醒，她看到了，看到了冤魂的眼睛在冷冷地盯着她，她身旁躺着林七月。一定是刚才自己的叫声引来了走失的林七月，却把林七月吓昏了。

与冤魂对视，再想到昏迷的七月和自己的处境，求生的本能猛地涌了上来。陈稀月捂着猛烈跳动的心脏猛地向冤魂扑去，就算死也要死得明白。

绿光一闪，灭了，陈稀月扑了个空。冤魂站着的地方什么也没有。"咚"的一下，硬物敲到了陈稀月的脑袋，她的心猛地一提。忽然，绿光大闪，撞击她的物体，幽幽地冒出了歌声："十五过，鬼门关，善恶到头终有报。好人走，坏人来，端水照脸谁是人？冥烛照，衣纸烧，明天太阳就到来。谁是人？谁是鬼？血色人间无忠良！"原来是手机响。

手机被绳子绑挂在树杈上，所以会随风摆动，发出一闪一闪的光，看不真切中就如一双鬼眼在黑暗中窥探。饶是陈稀月胆大，自嘲地笑了，哪有什么鬼！她把手机盖翻开，打开信息，一行字诡异地浮现在她眼前："当吾归来之日，即是尔等归去之时！"

手机掉落，一股恐惧蔓延开来。

一股阴风吹来，死去女孩的长发在风中乱舞。乱发被吹开，露出那张布满血泪的脸，忽然她的嘴一动，"噗"的一声吐出一块东西来。

陈稀月再也忍不住，忽然又哭又笑起来……

这梦魇一般的回忆埋葬许久后，终于又吐了出来。说完，陈稀月有种解脱的感觉，这个恐怖经历她埋在心里太久太久。

"你说你差点进了医院？"盘长生看着眼前这个瘦弱憔悴的女孩经历了这种事也替她担心，所以省略掉了"精神"两字。

"我当时那种状况一会儿笑一会儿哭，早和神经病无异了，幸得父母的开导和关心，医院的治疗才使我又恢复了过来。林七月比我的状况好一点，也早我许多出院。"

"那后来呢？"盘长生小心措辞，怕刺激到她敏感的心。

"其实，这一切又何尝不是潜藏在这校园，和我心底的瞬时回忆。那件事当时轰动一时，专门派出了刑警进来调查。写那行血字的掌纹正是归溷她自己，也就是死去的那个女孩。多讽刺，'溷'和'魂'同音，归溷、归魂！她腰上、脚上的绳也是自己绑上去的，因为她的双手是灵活的，所以这些都不存在疑点，只是她为何要自杀，却一直无法查清。四年前查那起案子的沈笙警察在这次的多宗诡异案里也失踪了。校园最近发生了许多诡异事件，不止失踪了一批学生，还死了两名女生，老师应该听说过吧！"

她略带神经的双眼望向盘长生，不待他回答，自个儿说了起来："其实，我知道是她回来了！"

"谁？"盘长生没料到她会这样回答。

"归溷回来了，就穿着那双红鞋。"

"是那双红色缠枝花纹富贵牡丹嫁鞋？"盘长生不经思考就说出了那双鞋，连自己都觉得不可置信。

"是的，你见过？但传说那双鞋再出现时，在谁的身边，谁就要死！"

盘长生一怔，不可思议地看向她，只见她的嘴角露出了一丝诡异的微笑。

陈稀月微微一叹，走到水房旁那间封禁的宿舍，指着那堆石头，幽幽地道："学校和警方对那起案件都找不到他杀的原因，而为了息事宁人就封锁了那件事。慢慢地，事情也就过去了，大家也没怎么放在心上。直到一个叫小薇的不知内情的新生住进了那间房，原本也算相安无事，后来小薇因为不能接受男友移情别恋的事实，把自己关在了水房里，点了火一心求死。当时火很大，当大家发现想救火时都迟了。许是最后一刻，求生的本能又回来了，小薇大声呼喊，拼命地敲打门让人救她出去。但火势太大，根本等不到人救她的那一刻，她被活活烧死了。"她顿了顿，有些艰难地说，"那个惨况惨烈啊，她的手指把木门刮出了长长的抓痕，拖出了一道道的血迹，木门都被她撞变形了，深深地凹刻出一个模糊的人形。从那以后，大家都不敢在晚上去水房，而各种谣言演变成恐怖传说，越演越烈。都说是冤鬼索命，归溷回来了，小薇也会回来的。而学校为了稳住学生，封闭了704那间宿舍，并把704的房门牌号也拆掉，还暗地里请来了一位年轻的神秘女人，画了镇鬼符把那间宿舍里的冤魂统统锁住，永世不得出来作祟。那女人曾言：'符咒不破，恶鬼受缚。切记不可触碰石阵，否则冤魂归来，必以血洗怨。'只是没想到这话这么快就灵验了，她们终究是回来了……"

课堂上很安静，最近学生们都变得越来越沉默，校园里笼罩了满满的恐怖气氛，所以大家都变得小心翼翼。

今天，是历史系文博1班的学生迎接新班主任的日子。学生们都在猜测会是位怎样的老师。枯燥乏味的课程使得学生们更愿意接受一位思想新潮、谈吐幽默风趣的老师做他们的班主任。

在一片小声的议论中，一个男人夹了公文包走了进来。男人很有气质，穿了一件灰白色连身长褂,简单得不能再简单的样式却衬得男人的眉目越发清俊。男人很年轻,长身连襟,俊朗挺拔,仿如他就是位晚清走来的文人才子,英挺儒雅。他把公文包往讲台轻轻一放,简单地作了自我介绍:"同学们好,我是新来的班主任盘长生,希望能和大家相处愉快。"

班上早有不少女生在窃窃私语:"这老师好年轻啊!"

"气质很好啊,那么高挑,真是天生的衣服架子。"

听了台下窃窃私语,被这一群如此直白的女孩一说,盘长生脸微微一红。而男同学里见他年轻,都不把他放在眼里,张狂而言:"在我们这里能教授历史学的都是大有来头的教授,我看老师也太年轻了吧。"

他微微一笑,道:"我是师从首博文物专家唐宋元和教授李成的,所以这个职位我觉得我完全能胜任。"

此话一出,大部分学生都被震住了,单是李教授就已经分量十足了,更别提赫赫有名堪称学术界翘首的唐宋元。而且李教授从不收徒弟,如此器重他,他肯定有过人之处。而盘长生却也淡定自若,他的老师是名家大师的多了去了,唐宋元只是其中很微不足道的一个,所以他的表情仍是淡淡的。

"盘老师那你指点一下我们吧。"男同学举起一个铜杯,挑衅地看向他,"这是我哥收来的一个铜杯子,我们琢磨了半天也吃不准是什么器型。"

盘长生有一双修长的眉,宛如远山,配着沉静的深眸,显得非常有意境。当他眉心一蹙,早迷倒了台下的女生,真真一个如玉温润的男子,他甚至不用说话就已经充满了故事,所以女生都偏向这位年轻清秀的班主任,纷纷向那位提问的男同学投来不屑的目光。

他接过男同学的杯子,看了不由得细笑,道:"你觉得它是铜器?"他看着男同学的双眼不怒自威,清澈却又刚毅,隐隐有股杀气。

"这不是铜器?"名叫苟定远的男同学开始对答案感到摇摆不定。

"这是战国玉杯,礼地之器。远古人们讲究的是苍璧礼天,黄琮礼地,都属礼器。黄铜不但辟邪，其黄土之色更属五行里的土。而这玉杯长12.5公分、宽8.3公分、边厚0.3公分，如此完整硕大的器型真的很难见到，上面有火漆，典型的回流器，双耳为阴刻双螭，杯碗内刻：看似简单却内容深奥的线条图案，线条的勾勒是礼地的植物生长藤，象征生命和富足，且巧妙而对称地形成北方星系。此玉是用了仿铜器的秘法雕琢而成（这仿铜技法早已失传），再加土沁的完美装饰使得乍看之下，与铜器无异。"说着，盘长生把玉杯小心地放回明黄的绣玄鸟的明代苏州缂丝锦盒内，再递还给他，"这可是国宝了，好好保管，别再外销。如果你仍不信，可以去做碳十四鉴定。"

这一来，解开了苟定远的疑问，他自己也是学鉴定专业的，他哥哥在圈内也算是有分量的收藏家，所以对盘长生的回答，经过自己的分析也认为是对的。

盘长生完全没注意班上投来了男生佩服、女生倾慕的目光，因为他看到这只战国玉杯和装它用的明代缂丝锦盒时，心里再难平静。

"老师你真帅，像极了港片《幕后大老爷》里的那位沈君博呢！"一个活泼的女孩跳出了座位，一手拉过老师的手，还一边对着周围的一群女生喊，"大家轻松点嘛，老师这么年轻，像咱大哥哥一样，一定是很好说话的啦。"再对着他说，"你说是不是嘛？"一口台湾腔嗲得盘长生啼笑皆非，被这个古灵精怪的小女孩说得红了脸。

盘长生心里叹气，他对着女孩就会发怵，一点办法也没有。

坐在谷清阳旁边的另一位女孩拉了拉她的手，低声道："小师妹，别捉弄老师。"

"大家不必拘束，除了上课时间，平常里也就当我是你们的大哥哥就是。我还白赚了这么多聪明伶俐的弟弟妹妹呢。同学，你叫什么名字？"盘长生满脸揶揄，两指弓起在她的桌面上轻敲。

"哎，我叫谷清阳呢！也是班上最小的、跳级上来的，属于大家的小师妹。"她甜甜一笑，满脸晶亮亮的。班上的同学都很喜欢她，见她那么逗，都笑了起来。气氛一下融洽不少。

盘长生一眼扫过，林七月也在这个班上，于是清了清嗓子道："最近学校也是有些事情，不过大家都不必惊慌。李成教授请了假，所以让我接上。为了多了解学校方面的情况，早前我以学校巡查员的身份对一些同学做了询问，言语上也有些鲁莽冲撞，现在向大家赔个不是。眼下大家也和我正式见了面了，以后大家多关照，我也会尽力带好大家的。"

这样一说，林七月的脸色马上缓和了许多，他要骗过大家是很容易的事情，毕竟上次问林七月时，他就没说他是警察。

"好了，长话短说，我是暂时的代班主任，而且也带你们的文物鉴赏课。一周一堂，两节连上，所以现在马上上课。"

"天啊，不是吧！"下面马上传来了学生们的哀叫。

盘长生温和一笑，从公文包里取出了一块布料，剑眉一挑，含笑的半星眸子看向大家："现在进行小测试，答对的期末成绩加五分，条件还不错吧。"

大家原以为是一方容易辨出何物的古物，谁料搁手上一看，心里都觉说不好。古玩行里鉴别古物，有句行话就是"说不好"。这里的学问也不少，饶是两层意思，一是觉得这东西不好，二是"说不好"也是"不好说"的意思，有可能是真品也有可能是假的，一半一半，所以不好说。一般带着懂行的圈里人去逛古玩街，听到这句话，也就是给自己提了个醒，考虑买的话就要慎重了。而此时已经有个别学生抛出这句话了，盘长生听了一笑："看来有同学很爱逛古玩街。"

那位男同学听了，吐了吐舌头。

盘长生带了鼓励，道："多走走多看对你们有好处，我很赞同。"随后眼风一转盯着谷清阳。谷清阳撇了撇嘴，并不打算回答这个问题。

"难道真是缂丝？"苟定远取出了自己的锦盒和这个作比较，真的有几分相像。

"有谁来说说什么是缂丝？"

"缂丝是我国古代用来制作皇帝龙袍和临摹复制名家书画的一种特殊丝织品，素有一寸缂丝一寸金的美誉。"一位女生马上答了出来。

"不错，加五分。"

女生因着得了老师表扬高兴不已，而大家见那么容易就能拿到学分都抢着要回答。盘长生挥了挥手，让大家安静些，道："要分辨缂丝的真假倒不是件容易的事。'缂丝'是根据颜色换线的，每一根每一点都要断掉，所以才得了一寸缂丝一寸金，如此高的评价。明代的缂丝则是最具特色和代表性的，因此常用作龙袍制作，归入了宫廷，地位很高。制作缂丝的都是经验十足的从苏州聘来的皇家大工匠，其精细华美程度可见一斑。区别宋元，就在于多了装饰味很浓的'凤尾戗'。即由两种色线交替缂织长短、粗细不同的线条，线条的戗头一排粗钝一排尖细，粗者短，细者长，粗细相间排列，因形如凤尾状而得名。"他再拿出另一块缂丝，上绣麒麟送子，满地石榴。因织造的过程要随着作者的意图，和根据题材变化而变化，所以又创造出了另一种技法，也即是"双子母经缂丝法"，用一根纬线在两根经线上缠绕，各种图案也就信手拈来，可谓巧夺天工。

盘长生让大家都发表意见，归纳出了它的特点和辨别方法，最后向大家道："因明代独创出可以随意变换织法的技巧，使得缂丝制品更加层次分明，疏密均匀而富于装饰性。这两种织法都是辨别明代缂丝的重要依据。不过值得注意的是，明晚期，随着手工业的没落，上述两种织法或可能随地域而有所变化。上述方式只是经验的总结，是基本的分辨方式，若需辨真假还是看实物更好。而我们面前就有三件实物，真是难得的机会了，要知道在古代尚是一寸缂丝一寸金，在现代就是一寸缂丝数两金了。三件实物三种技法，我手上的两件是凤尾戗和双子母经缂丝法都属早中期，而晚期明末清初的则是苟同学的那件了。因着大家积极发言，全班加十分，都在同一起跑线了，所以期末成绩还得努力。"

底下再次怨声四起，到了最后谁都没在学分上捞到便宜。谷清阳暗骂了句"老狐狸"。

"我们的班主任还真风趣幽默呢！"一群花痴在小声说着，谷清阳听了鄙视起这群花痴来。

下课后，谷清阳红着脸低着头站在了走廊上，怯生生地小声说着："盘老师，你能不能……能不能把你的电话号码给我啊？"

旁边的女生忍不住笑了，一些腼腆的女生更是佩服她的勇气。而男生们眼看着自家班上的漂亮小师妹再也不属于他们了，个个都懊恼不已。

谷清阳的脸映着夕阳的余晖点上了一抹绯红，一直红到白瓷般的颈上。她眼睛亮亮的，唇边含了一抹羞涩的笑靥，真真是楚楚可怜，让人不忍拒绝。

"倒是老师忘了把联系方式告诉大家，有什么变动也来不及通知。"于是，他把手机号告诉了还没走的学生，让大家互相转告全班同学。

待只剩下他们俩时，谷清阳仍是娇滴滴怯生生地说："老师请我吃饭吧。"

盘长生冷笑："你还真会演戏。"

谷清阳眼珠骨碌碌地转，一抹坏笑点在了淡淡的酒窝上："嘁，你不是比我还会演。看来你很闲嘛，都当上班主任了。"

盘长生不答话。

"你到底发现了什么？"谷清阳一副打破沙锅问到底的架势。

"当班主任的收获还不少，今天不就见着两件重大文物了。"

听出他的揶揄，谷清阳倒是"扑哧"一笑："你怀疑苟定远？"

"我翻看你们班的名册，他的姓引起了我的注意，我马上想到了《晚清异闻录》里的小苟。本来我也只是抱着试探的意思当上班主任也方便保护你，但没想到才第一次见面，他就亮出了那两件东西。"

第九章

校园，百烛夜行

GU DONG XIN NIANG

烛火点亮了夜的黑。在校园的一条小道上，每隔几米点了一只白蜡烛，在夜里跳动着诡异的微弱光芒。

风呼呼地吹过，一股纸煳了的味道随着风扑面而来，那种焦煳味满是恐惧的蛊惑，恐惧一点点地蔓延开来。两人心里皆是一动，难道有人在校园里烧纸钱？

两人沿着白烛而走，数了数竟有百盏蜡烛。

随着白烛光的指引，他们来到了通往后山的路上。因着后山里有座明墓，盘长生已通知了考古人员暗中保护好陵区，在陵区的出入口都有人守着，一来防止有人盗墓，二来也想知道有谁会进入墓内。

他们俩徒步而行，没有注意到身后的一个人影。

背后的人影盯视着他们，随着他们一起走动，而后在一条小岔道上分开了。

人影站在月下，她的影子被拉得长长的，她仿佛下定了什么决心，往小道上一直走。小树林幽深深地一直延伸，延伸进无穷的黑暗，仿如他们三人走着的就是一条通往黄泉的路。

一双红色的绣花鞋出现在她面前。她的瞳孔开始放大、缩小、再放大，她看清了，那是一双绣了富贵牡丹的红嫁鞋。

"嘻嘻"一声笑在树林里回响，"宁听鬼哭，莫遇鬼笑"的告诫回荡在她的脑海里。但一切都已迟了，那比哭声还要令人毛骨悚然的笑踏着浓雾，如浮在空气中的针尖来回游荡，一针一针地扎在听笑人的耳里、身上。

浓雾里走来了一个身影，身影慢慢清晰，玲珑有致的身材，飘动的发丝，如此美好的一切都只是附在了一个鬼体上。所以女鬼恨，她恨自己如花的生命早已消逝，她恨活着的人有着娇嫩的唇、柔软的身体，而这一切本应属于她的。活着的生命是如此美好，让女鬼忍不住就想吃掉属于她们活着的如花身体、会跳动的心脏、姣好的容颜。

陈稀月惊恐得喊不出声，她的身体仿如扎了根，僵直地站在地上，连眼珠子都不能移动。黑暗的浓雾里，女鬼穿着一件极艳丽的旗袍，旗袍上绣着无数只五颜六色的大蝴蝶，如此鲜艳，扑闪着巨大的翅膀扑下来要将她啃咬、吞噬。

裙子很短，露出了修长的腿，那腿如此白，还浮着无数如蝴蝶一般的尸斑。女鬼的腰身那样细长，如毒蛇一样紧紧地缠绕着她，她呼吸不了，因为她知道鬼魂要缠死她。

今夜无雪，气象台说了的，但为何如今下起了白茫茫的大雪，难道知道自己将死而进行哀悼了吗？

她的身体恢复了知觉，不可抑制地抽搐着。

"你听得到我的话？嘻嘻，那么你就是我，我就是你了。你的身体真好，真好，看得人垂涎欲滴啊！嘻嘻，让我吃了你吧！"女鬼的嘴根本没动，而她却听到了女鬼的话，"谁让我是你的替身，而你又是我的替身啊。我们终于归来了，你也会归来的……"

女鬼说着陈稀月听不懂的话，阴恻恻地笑了。女鬼的嘴角牵动的幅度是那样古怪，她似笑非笑，似哭非哭，眼睛深陷，越来越透明。

雪更大了，不，她还没死，不需要雪来祭奠，她不能死……陈稀月心里转过无数念头，求生的本能使她喊出了凄厉的声音："救命啊——"

雪停了，没有了，女鬼也消失了。她站在了一棵大树下，树下燃烧着一堆纸钱，纸钱旁插着一对白蜡烛，吐着幽蓝的火苗。一对童男童女站在树前两旁，呆板的眼，苍白却扑了红胭脂的脸，诡异的红唇笑着看向她。童男童女的中间放着一张照片，照片里的不就是她自己吗？！

是啊，那时的她多明媚，连笑容都是那么明快，弯弯的眉眼，清秀的脸旁还带着健康的婴儿肥。只因着是张黑白照，所以唇黑了，眼神也暗淡下去了，那抹笑此刻看来如此诡异，嘴角一挑，无辜的眼神变得恶毒起来。难道自己已经死了，而自己却不知道……

想起外国惊悚片《鬼眼》里的小孩，他能看见鬼魂，直到他遇上了一名心理医生，医生帮助他克服了害怕见鬼的心理，帮助许多鬼魂伸了冤。那无辜的小男孩，睁着一双深邃惊恐的蓝眼睛，低声道"I see dead people（我看见了死去的人）"。那句英文深深烙在陈稀月的心上，死亡这个单词，是如此沉重。小男孩还说"有些人死去了，但他们都不知道，仍做着活着时的一切，包括重复着活着时的生活，但其实他们已经死了"。果然，到了全剧结束，那个帮助小男孩的心理医生才发觉，原来自己真的已经死了，存在着的只是自己的灵魂，因为贪恋活着时的美好，所以骗过了自己……

一些记忆一闪而过，自己呢，是否也是已经死了，成了贪婪鬼，贪恋着人世的美好，不愿离去……

陈稀月觉得自己的神经开始错乱，她控制不了自己，她已经不再是她自己。她不断倒退，倒退。一只手搭在了她肩头，她惊慌地回头。她想起了，四年前，也是在这片树林里，归澍拼尽了最后的力气扣住她的肩膀希望她能救自己。而她却因为害怕，以为是树枝而拨开了归澍的手，跑了开去。就是那点时间，如果她能回头，如果她不浪费跑开的时间去报警叫救护车，归澍一定不会死。因为，她沿途折回看见归溷时，她的身体仍残留了最后的余温。本来，一切可以挽回的，但是已经太迟。

陈稀月终于想起了深埋在记忆里不愿触及的痛苦往事。因为她的自私软弱，铸成了大错，所以归溷恨她，归溷回来了，回来要她的命了……

"我在这儿——"陈稀月的身子碰到了冰冷的躯体，站在她面前的是个说不清岁数的老人。老人蹲了下来，把纸人一并烧了。两个阴童似在火堆里痛苦地挣扎，流出了被火烧过的，花花的油，火烧得更旺了。陈稀月想吐，那油多像尸油啊，尸人在火中朝她笑。

而老人也朝着她诡异地笑："以血洗冤啊！"

"你看见她了吧，今天是她忌日啊！你怎么可以忘了！"老人忽然发怒，死死地抓住她的手，而她拼命地挣扎。

"我可怜的孙女啊，她是不是告诉你她还会来接你的？哈哈！"

"你……你疯了！"陈稀月用尽全力踢开老人就要跑。

"她走了，还有我念着，为她烧纸。你走了，你觉得还会有人心痛你这种蛇蝎心肠的人吗？你就是她，你也要走了。只差一步啊，只差一步！"

盘长生从一旁跃了出来，护在了陈稀月身前。他也是刚到。

"学校里不能烧火，请老人家记住了！"谷清阳照顾着陈稀月，而盘长生正想和老人交谈。老人一躲，躲进了树林里，只听见老人的声音响起："她还会回来找你的……"

"稀月，你没事吧？"谷清阳见陈稀月眼神呆滞，连忙摇她。

谁料，陈稀月突然笑了："蝴蝶，好多蝴蝶，五颜六色的蝴蝶。"

谷清阳用力摇她，她脸色一变，拼命地挣脱着谷清阳的手，她的眼睛充满了恐惧，大喊大叫："不要吃我！"

盘长生摇了摇头，蹲下身子细看木框里的黑白照片，里面的人和陈稀月真像。

"你是不是冷血啊，她都成这样了还有心思研究照片。"

"她被吓着了，要送去医院，我们是没有办法让她恢复的。你过来看看这张照片。"

谷清阳走近看了，"咦"了一声也觉得古怪："那老婆婆就是把陈稀月的照片做成这样来吓她？无仇无怨的，干吗要这样做！"

"我会让警察去调查那婆婆的。"

"你果然是冷血的！"谷清阳见他漠不关心，只想着案子，撇了撇嘴。

"那要看对谁了。"盘长生头也不抬，仍在研究那张照片。

见陈稀月忽然又不闹了，谷清阳觉得奇怪，随即想起盘长生一路上都有拿笛子吹奏，估计是那清心的曲子，使陈稀月在那样恐惧的环境下心智仍能不受损发出求救。他们相隔的小路本来就不远，而盘长生早发现有人跟在他们身后了。她心里想着事，惊讶于盘长生懂得如此多，但一出口却是："对翡翠你就热心吗？"

"……"

见盘长生沉默，谷清阳愤怒了，一脚踢开相框，正要骂他。陈稀月"哇"的一声哭着把照片抢回来，抱着它看，看着就笑了，还用手小心翼翼地擦拭。

"你怎么会认识翡翠，我记得我从来没有和你提过。"

"我是她在学校里最好的朋友，我们还结拜成姐妹。怎么，她对你那么重要，她却什么事都不跟你说吗？你那么爱她，她爱的是谁你又知道吗？"

无视她的挑衅，他仍是不冷不热，不温不火的样子："难怪你们在某些地方如此相像。"相像到他一度把她当作翡翠。

"我是少年高考班的，但考虑到各种原因，我并没有马上进入这个学校就读，所以之前你和翡翠在校园内见面时，你只看见她，你不会发现不远处角落里的我。我只能远远看着你，看着你对翡翠的好，对她的宠，我就很羡慕。而翡翠，我的姐妹却因你而疏远了我，看着你和她出双入对，而我只是孤单一人，我觉得很害怕。我原本报的是工科，但因翡翠我对古物产生了浓厚的兴趣，她毫无保留地教我，并对我说希望有一天我能把这种能力发挥出来。现在想来，她只是在为你寻个帮手而已，所以她才会不遗余力地帮我联系国内的文物大师，让他们来教导我。我学了三年的文物鉴定，而我也由原来的喜欢变成厌恶。翡翠只是在找一个替身，这两年里，你守着她，她守着另一个人，而我却要为了这个原因守着你。我被束缚在这个感情的桎梏里出不来，而你却冷眼旁观，甚至嘲笑我各方面都不如你的翡翠。我三年预科一完就是大一，大一没半年就已经升大四了。而翡翠仍是在电话那头笑着对我说：'毕业了就来梧城吧，我给你找了位文物大师，继续深造对你有好处。还有就是给你介绍个帅哥哦，快点回来！'"

"很可笑是不是？我根本就是别人的替身！"谷清阳一口气说完了全部的话。盘长生听得怔住了，他根本没想到原来是这样，翡翠知道他的心意却不能响应，所以为他找来了清阳。原来他们每个人都很傻。

"事实证明，你很适合学这个，你比翡翠更有天赋。其实你自己知道的，你喜欢学，而不是因为你是谁的代替品。真的！"

谷清阳一把推开他，声嘶力竭地骂道："我不是翡翠，我不会对你千依百顺。你到底是护着她，你根本就是护着你心里面那个完美的形象，哪怕她并不完美。你在自己欺骗自己，你根本就是在骗自己！"

不管盘长生怎样拉扯，怎样哄她，她的情绪仍是无法控制。他一把拉过她，紧紧地抱着她，任那只执拗的小鹿，撅起了小角把他顶撞得遍体鳞伤。他紧紧抱住她，终于，她不挣扎了，只余肩膀在微微地颤动，眼泪打湿了他的衣服。他叹了一口气，道："傻孩子，你并不如翡翠坚强，也没她成熟，她身上如玉的气质你也没有。你根本就是一个孩子，你会哭会笑，你不完美但你有血有肉，而这却是你比翡翠更可爱的地方，你脆弱得只想让人去保护去怜惜，你就是你，知道吗！"

谷清阳瞅起了哭肿的眼睛，不可置信地看着他。

盘长生扭开了脸，但他脸上的红让她心动和心安。原来他还是在意她的。

盘长生见她安静了，帮她抹了眼泪，揉了揉她的头发："你就是个孩子。"

他的笑有点难看，他笑得很不自在，因为他也羞，竟被个小姑娘弄得手足无措。

"那你会照顾我吗？我可还是孩子呢！"

盘长生愣了愣，很轻微地"嗯"了一下、她听了眉眼一弯，唇边开出了一朵小小的花，那样高兴。她手一伸，恢复了从前的无赖样子，挽着他的手，赖着他不放。

"你认真看照片，照片上的人真的就是陈稀月吗？"

"难道不是吗？"谷清阳满脸的不可置信。

盘长生摇了摇头，她真的不是翡翠，翡翠比她细心谨慎，比她敏锐。一转瞬，对上的是委屈的双眼，她知道他又想起翡翠了。他尴尬地咳了咳，道："照片里的人眉心处有颗痣，而且五官也是小了一号的。照片通常要比常人的五官大一号，尽管五官很相似，但明显要比陈稀月更清秀些。很难相信世上会有如此相像的人，但事实确实存在。"

"难怪照片上的五官不大反而显小，原来是这样。"

"那死去的女孩又是谁？"两人同时说了出口。

市人民医院的条件很好，环境和医疗设施都是一流。经过一夜的惊吓，天一亮，盘长生就拉着谷清阳跑到医院看望陈稀月。用他的话说，他要保护好她们两位，她们两位目前处于非常危险的时刻。

陈稀月恢复得很好，医生和盘长生说起她的病历，由于她之前受过严重惊吓所以很容易会诱发旧患，心理医师已经为她实施催眠，让她将心中的恐惧完全地发泄出来，并做了积极的引导，现在已无大碍，所以也就不需劳烦精神科医生了，休息两天就能出院。

听到这个消息，大家都很高兴。于是盘长生吩咐："由于时间紧急，我们要分头行头。你在学校里好好查查昨晚是为着什么原因要点百烛，再者查探一下四年前和陈稀月、林七月有关的情况。我要去一个地方。"

谷清阳点了点头没有再问。

校志室里，盘长生在努力地翻查一些档案。都是一些无用的东西，但在一卷古籍中却发现了异常，里面的内容引起了他的注意。

卷籍已很陈旧了，泛了黄，他用手轻轻抹去上面的灰尘，纸张仿如不受重力，要马上碎开了般，实在使他看得费劲。

时值天下大乱，为兴我之中华，建立兴中大学。此地本名公主坟儿，选此处建校实有不可说之重大内情。

因着乱世动荡，生灵涂炭，人之惨况衣不蔽体食不果腹。无数婴孩饥饿横死，啼哭之声声声不绝。世人本着向善之心，一心只想冤魂饿殍得以解脱，立此书香圣地，以其圣洁之气洗涤一切怨恶仇恨，以莘莘学子赤子之心，长存于世的浩然正气渡其苦痛之心，轮回六道，还此太平，也就是一件功德圆满之事。

世人可怜，故只镇而不压，终得渡之，校园浩然正气长存也。今立中山圣铜像于此，正气永存，香火鼎盛而书香满天下也。

这段文字到此结束。再看日期，倒是 1938 年的。里面还有附记，这所学校清末就有，但因着战火纷飞，战事吃紧，把学校重新迁徙到此处，远离京城是非地，并且重新命名为兴中大学。但为何他在这所学校里没有见过孙中山铜像呢？

再往下看，这所学校的校长姓章，是共产党人。当时学校也是隐藏共产党为其提供避难所的地方，而出资修建学校的却是名为"归后悔"的男人。里面有他的生平，但很简单，他不忍看中国大好河山遭到涂炭，毅然捐出全部家产修建大学，报效祖国。但有一点，重新选址的地方必须由他来定。

又是姓归。盘长生感到头痛无比，这次的事难道还牵扯到学校的建校史吗？按理说，把学校搬到郊区也并无不妥，但怪就怪在这一句上"无数婴孩饥饿横死，啼哭之声声声不绝"。看来是有人想通过建立学校以书香圣气压制邪气，并导其向善，平下怨恨归入轮回正途换得人间太平。道家里的道士也承认有此一法。虽然是迷信，但看来出资建校的人是深信不疑的。这公主坟的地上，民国末年究竟发生过什么事，为何矛头直指现在的几宗命案。

盘长生继续往下翻，一行字又出现在他眼前。

世人愚昧，大错铸就，终难往返。只望真相公诸于世之日，能得宽恕。校区太平，实靠此法为之，如见此令速速远离，莫要动了根本，永沉苦海。

这段话后面画了密密麻麻一圈线谱，正是盘长生在封闭的704宿舍门前移动过的石阵里刻的镇鬼符。真是踏破铁鞋无觅处，得来全不费功夫。原来就是用镇鬼符压制鬼魂的，难怪说不能移动镇鬼符，以免永沉苦海。原本还心存疑虑，这下盘长生的一颗心定了，这件祸事的起因终究脱不了这所学校。看来凶手仍潜伏在学校里。他把卷宗悄悄地放进公文包，离开了校志室。

车子迅速地在车道上行驶，不一会儿就到了目的地。

琉璃厂内游人如织。远远穿过"阅微草堂"的垂花木格子店门就像走进了一个旧时代，留声机里回旋着《夜上海》泛黄却越加清晰的歌声。

进了"阅微草堂"，满室书香让人精神为之一震。民国时的一些杂志报刊，褪了色却红艳得更为怀旧妖娆的红花绿紫的版色头条醒目地展列在墙上。木制的镜框把它们小心翼翼地保护起来，把时间也定格在了那十里洋场、纷纷洒洒、活色生香的夜上海里。

三两个游人在第二进店铺里欣赏着字画，上至两晋下至明清名人字画，皆是神来之笔。再入一进门，只见两位长须飘飘的老者在装裱一幅字画。其中一位见是盘长生来了，抬起手按了按墙壁上的按钮。不多会儿，老板就出来了。

老板是位五十多岁的中年人，身子笔挺，声音洪亮，笑着迎了他往最里走。嘴边深深的笑纹透出了风霜，他身穿一件白色长袍，国字脸上坚毅的五官透出一股儒雅。奉了茶，盘长生也就长话短说，问起《晚清异闻录·卷二》修缮好了没有。

此书应了盘长生之托，由老板亲自修缮。说来这也是《晚清异闻录》一册书和他们沈家的缘分，当年代为装裱这一整册书的正是"阅微草堂"沈家。沈家的修裱技术是一脉相承，原为前清皇室工匠，所以装裱技术一流。许多烂得粉碎的书册，行内无人能接的活，沈家都有办法复原。

沈老板呷了口茶，从怀内小心翼翼地掏出一册书，书外面还用锦缎包了。

盘长生打开看，真真佩服，尽管他也懂些皮毛，知道补上被书虫蛀掉的部分，先要清理好虫洞附近 0.1 毫米都不到的纸，而后再从唐时一直保存下来的宣纸、草纸、金笺等纸质里面找，找出年份、颜色、水度、同产地的纸张再进行糊裱。而糊裱的过程极困难，需要多年的经验，还需眼力、手力和耐力。相应的推字、嵌字等也要掌握得纯熟。

那补上的纸张就是清中晚期的纸，十分宝贵。补纸的搭配本已无懈可击，而沈老板为了追求完美，更是对补好的缺页进行了处理，根本看不出烂过补过的痕迹。由于装裱修复的人是无法知道原作者写过的内容的，所以缺字的部分仍是缺字。对此，盘长生尽管知道仍是皱起了眉头。因为当时的文字对于他来说实在太重要。

"来，喝杯茶。"沈老板请了茶。

盘长生心里存了事，拿起盖碗磕了磕盖子依旧放下。

"长生不必心急，以前的文字，尽管我没办法知道补齐，但线索仍是有的。早前我那在公安局工作的小侄子跟我提起案子，并对《晚清异闻录》一册书备了案作了一些记录后，我就想起了一些事情。记得祖上对修缮过的书稿都是有记录的，于是我在库房里找了半个月，终于找到了一样东西。所以你上次来让我裱这册书时我就加快了力度寻找，昨日终于找到就即刻打电话通知你了。"说着，他从案里的方格里取出了厚厚的一个大本子，封面上龙飞凤舞地写着四个字：阅心小志。

盘长生抬头对上了沈老板充满期盼的眼神，他心一沉，问道："你侄子可是案里失踪了的警员沈笙？"

沈老板含泪点了点头。原来沈老板无儿无女，他把侄子当作了儿子，两个人的感情也很好。沈老板一心想着把沈家的绝技传给这个侄子，从小就培养他，谁知他天分是有，却不爱做生意，考了警校去当了警察。二十七岁尽管年轻，但也破了好些案子，前途无可限量，却在此时无故失踪，生死未卜，这叫沈老板如何不悲痛。

"既然我接手这个案子，我一定会尽力把我们的好同志救出来。沈伯伯放心！"

这一句"沈伯伯"让沈老板一愣，拍了拍盘长生的肩头，连说了三个好。接着，在沈老板的指点下，他找到了归府藏书那一栏。

"《晚清异闻录》是归府自己的书？！"盘长生有点不敢相信。

"当年祖上每接手一单活，都会把装裱修复的内容记录下来，其中包括原作破烂的程度、坏在了哪里、怎样补、用什么补全都一一记录在案。而征得客人同意还会记录下觉得书里有用的内容，这样一来，作为古书的参照本，后世又需要再修补同一本书，但内容丢失了，在我们这里仍能找到原文出处。而有些则是客人拿来比对，把书里不见的文字按原出处留有的补上。打个比方，就是同一本古书的内容，唐代的书卷到了清代翻刻，清代翻刻唐代的模子是为清代第一版也就是清代的模子；而后再跟着清代模子刻出的第二第三本书有了缺漏，那首版第一代的模子就起到了补全的作用，就可以根据清代第一模子进行修补，把原本缺字的书内容重新补齐。到了民国后，因为时间的推移，清代的许多古书，因着传世时的保管不善，出现了文字缺漏，那清代的第一批模子就很重要了。而我们家就存了大量这样的模子。"

沈老板话锋一转："所以我们是应归家的要求记录下了当时他藏书里的一些东西。"他眼光一扫，把书迅速翻到相应内容，"就是这组线谱！"

盘长生仔细看了看线谱，里面的笔线走向和镇鬼符的画线竟有七分相似。但看得出来，这不完全是符咒。

"这段线谱就是《晚清异闻录》卷二缺漏的部分？"盘长生一边问一边思考。

"祖上这里做有记录。"沈老板指着这段线谱的后页，工笔小字作了补录：禹按客所嘱，记下文字修补。禹常不明，书册缺烂已补齐，客仍不悦。而后撕毁，并嘱禹道，线谱记之，余不可强记，待有缘人渡之矣，真相白于天下，乃望上苍谅吾家矣，云云。

看来归家人让沈老先生补完书册后就把补的地方撕毁，并且让沈老先生记下了线谱的画法。只留此残页于世。而最后一句和校志室里看到的更是有相似的意思，原来真的是互相牵扯不清了。学校旧史、《晚清异闻录》、归家，这一切都太复杂了。

"沈老板听说过鬼嫁娘的民俗吗？"

"听过。"他注意到盘长生闪动的眸子，淡淡地道，"但无缘得见，祖上倒真是见过。祖上的这本《阅心小志》里有提到。他的心得主要是针对工作而言的，唯有日志属于他的个人内容，但很奇怪的是，里面有提到些他对于归府怪事的看法。"

盘长生没有注意到沈先生脸色暗淡，只是出神地思考着错综复杂的问题。

"以前我总是不听劝告，我爸常言《晚清异闻录》一书隐晦难解，如是沉迷，将会万劫不复。祖上当年得此书后不久，无故一病不起，不出半年就去了。后来沈家还发生了好些怪事，后把《阅心小志》封存再不翻阅，怪

101

事也就没有了。沈家代代相瞩，千万不能翻阅此书，否则就会受到诅咒。"

"难怪书上贴有符篆。"盘长生点了点头，"不过我是不信什么诅咒的！"

"那是最好！"沈老板欣慰地笑了，"小盘，时间不早了，我也不留你了。你可是答应我的，无论怎样都得帮着我照顾我那侄儿的，你们年纪相仿，会谈得来的。唉，只望那孩子还在啊！"说完又叹了口气。

"沈伯伯，他一定会完好无损地站在您面前，好好地孝敬您的。别担心！"盘长生笑了笑，让人如沐春风，那弯起的眉眼把一抹寒光隐了下去。

盘长生摇下车窗，正要向沈老板道别，站在店门口的沈老板却若有所思，指着副驾驶座上的《阅心小志》道："知道它的符篆是怎么破的吗？"

不等他回答，沈老板沉声道："是沈笙很小的时候弄破的，为了看里面颇具传奇性的归家！"

"诅咒啊……"沈老板嘴里喃喃，转身回了店内。

盘长生终于明白，局里为什么派出沈笙查这件事了，因他对《晚清异闻录》一书是知道些内情的。

"老师，我们都做完笔记了。"一位女生红着脸提醒。

盘长生愣了愣，回过了神。他从琉璃厂回来，就开始上课了。这堂课他给大家上的是宋玉鉴赏，并把一早印好的资料发给了大家，再让大家在上面做了些笔记。

盘长生自己整理的鉴赏鉴别内容非常详尽，甚至很多技巧是课本上没有的。同学们都很喜欢上他的课，而且刚才那一小时的课讲得实在是太好了，让大家学懂了许多鉴别方法。盘长生也现学现用地把从沈老板那儿学来的装裱修补古籍的知识作为题外话提了提。

大家都听得入神，而林七月更是对这一门文物修复充满了好奇，当众提出了一个很具代表性的问题：有残缺的内容是按原内容修补上文字，还是只补好烂开的地方，文字的部分就由它空着。

盘长生把从沈老板那儿学到的知识毫不吝啬地告诉了大家。最后提到，如果大家对这一门有兴趣，不妨找《装裱编年史》来看看，里面有很详尽的内容。"林七月刚才的问题提得非常好，加两个学分。今天就到这儿了。"

他看了看表，已经晚上七点，正想去医院看看稀月，同学们都很热心，只是碍着天色已晚，都害怕校园里的传说所以就推了苟定远、林七月和谷清阳三人为全班代表去看望稀月。

谷清阳怀里还抱着盘长生的小猫玲珑，笑着说："想不到盘老师所知如此之多，真得找《装裱编年史》好好看看。特别是小苟，你家那么多字画，学会一两招就不用整天往装裱铺跑啦。"

"还是小师妹说得对，我也找来看看。"苟定远一脸讨好，谁让清阳这可爱的小女生就是招人喜欢呢。

"盘老师，琉璃厂那边有几家书局，哪里的古籍最全，盘老师就推荐一下吧！"苟定远是成绩优异的好学生，对学习的事总是特别上心。

盘长生随口答了阅微草堂沈家书局不错。

他们尚未进病房就碰见了陈稀月的主治医生，见大家都来了，医生说明了她的情况："她很配合，只要我一引导，她就慢慢讲述起自己的遭遇，所以我很快找到了她害怕的根源。她现在的心灵还很脆弱，大家多关心她。"

陈稀月精神明显好多了，见这么多同学来，一脸受宠若惊，连忙道："你们来看我，真是太好了！"

谷清阳把怀里的小猫往她膝上一放，塞了个苹果给她："有小猫逗你玩，这叫行为治疗呢。以后遇到不开心的事记得和我们说，要不跟小猫玲珑说也行。"说着还把小猫的两只前脚举起来做跳舞状，逗得大家都笑了。

陈稀月脸一红，低声道："谢谢大家！"

盘长生见他们聊得欢，去食堂要了一锅粥。他拿了粥刚要回去却碰上谷清阳，只见她笑嘻嘻的，两只手还握在身后，猫着步子就上前来。

"开溜的家伙。"

"没大没小，好歹我也是你班主任。"

"喊，冒牌的！"

盘长生一手拉过她："好了，别闹了，有点学生对老师的尊敬样才行。"

谷清阳何等玲珑："有人在跟踪？"

"不知道。"盘长生端着锅子往病房区走去。

"陈稀月前两年过得很压抑吗？"

"她因为归溷的事一直受到大家的漠视。学校里的学生都是怕事的孩子，遇到这么恐怖的事哪个不怕的。所以都当她是灾星，遇到她会倒霉。就连林七月也受到排斥，但她俩因着都不愿触及那件事也互相避开，彼此沉默。"盘长生心里也觉不忍，继续说道，"这两个女孩子都可惜了，沉默得很，有时行为还很怪异，这和她们的经历多少有些关系，其实她俩应该有属于这个年纪的更无忧无虑的明朗的生活。"

"想不到你还挺怜香惜玉的嘛。"谷清阳笑得那个贼，"不过林七月看仔细了其实长得挺标致的，之前是化学系的系花，因为系里的人都避着她所以转来了历史系。想知道咱校的校花是谁吗？"谷清阳抿紧了唇，看着他。

"你不会想说是你吧？"盘长生也难得幽默一回。

"翡翠！"谷清阳的神色暗淡下去。

一时半会儿，盘长生也不知道说什么好。见就快到病房了，他突然话锋一转，也有点急了："关于陈稀月的事，你打听得怎样？"

"那晚是有人举行'百烛夜行'的仪式，是中文系搞的一个活动。陈稀月在四年前也是中文系的，而且不叫陈稀月。"

"哦？"这一下引起了盘长生的注意，他停下脚步，仔细问起缘由。

"她原名沈萧蕃，但天底下怪事还真不少，在她们中文系里还有一个女孩和她同名同姓，只不过是谐音名沈晓茹。最怪的就是，不但人名，就连她俩的相貌都长得挺相似的。"

盘长生一下明白，相框里死去的女孩就是沈晓茹。

"归溷出了事后，沈萧蕱的父母就接了她回家休学一年，再回来就改了名字跟她母亲姓，而后还换到历史系。平常深居简出，也不和同学来往，更不会出现在中文系的人出现的地方。慢慢地，大家都淡忘了这件事，而且新环境里每年都有新学生，她的事知道的也就没几人了，只不过她一天比一天沉默。班上的班长对谁都很好的，也很照顾她，就是那天公开课差点和她一起迟到的那位。"

难道沈晓茹的死存在了什么问题？

"沈晓茹是怎么死的？"

"自杀！"谷清阳知道他在想什么。

归溷的死看起来和自杀有出入，但问题出在哪里却说不清。盘长生对归溷的死也产生了疑问，而且校园深夜里搞什么百烛夜行，也实在是太诡异太有问题了。他心里想着当下却不说出来。

谷清阳见他一脸凝重，而病房就在前面了，为了打破沉默忽然挽起了他的手，嘴角一掀，露出了尖尖的虎牙，坏坏地说："班里有人传咱俩师生恋了，怎么办？"

"什么？"盘长生大窘，如此一来他这个为人师表的行为也太坏了。

谷清阳见他囧样，捂着嘴笑了起来。她恨不得帮他拍个照片，再把现在超流行的字"囧"给标上去。

第十章

魂兮归来
GU DONG XIN NIANG

夜已深了，盘长生身在女生公寓九楼的一间宿舍内，因着他要保护谷清阳、林七月这两个看过《晚清异闻录》的小姑娘。至于为何住女生公寓楼的原因就让校方去想吧。

陈稀月也被接回来了，安排和谷清阳、林七月一个房间。经历了这么多，三个女生都有了默契，变得融洽起来。

盘长生坐在案前，仔细地看起《阅心小志》。翻着翻着，却发现一页有裱过的痕迹，而且还裱得不算太好。这对于追求完美的沈家人来说太不符合道理了。沈老板很看重祖上留下来的东西，并让他一定要仔细翻看保管好了，还提到书里有烂页，昨天刚补好的，让他看时小心，但为何这页裱得如此不搭界。忽然，一个想法浮现眼前，沈老板会不会想告诉他什么？

盘长生取来酒精、打火机、棉花、装裱专业用具挂裱刀和一张旧宣纸，平铺在案面上。他把裱过的书页固定，再拿出刀具在裱过的面上很轻地刮出补过的痕迹。而后把一张泛黄的宣纸铺在上面，再在裱过的地方附近围上一圈圈厚厚的棉花。他拿着酒精滴管的手有些颤抖，毕竟这些技法要专门的人员做起来才顺手，怕就怕自己时间掌控得不好。

他用力地晃了晃头，摒去一切杂念，淡定地洒上酒精，猛地用火一点，宣纸"嘶嘶"作响，只等了两秒匀力一扯，把宣纸扯掉，棉花掉落地上。宣纸只烫开了小小的一个洞，有点像虫洞的样子。

尽管不完美，但总算成功了。

《阅心小志》上裱过的那一页竟然清了许多，泛黄的地方变得洁白。这一装裱方法正是沈家的绝活，有许多的旧画模糊得都看不见画了什么了，用这个方法就能把原画完美地还原出来。他做的不算什么，他看过沈老板把一幅完全发霉发黄的大尺幅的宋代真迹用这个方法燎烧，竟然变得和新的一样。也就是靠着这门手艺，沈家在琉璃厂屹立不倒。

他用手轻轻一抹，旧纸纷纷掉了下来。那么一小块地方，用很小的字写着——"归家怪事不断，而吾亦常闻婴啼之声。声声凄凄惨惨戚戚，婴灵之厉尤胜恶鬼，人不得安生，宅不得安宁。吾欲记之，归公闻而大变，欲将此事掩盖，后仰天大叹：时也，命也。遂不再阻挠。吾反复思之，不妥，故埋于归去之地，是为立命安身之举，且不置真相永沉苦海，有得见天日之日。"后面还跟了一首词，"月下堂前不知年，不如归去。归去归去，不如归去。归去堂前，不知善年是何年。秋月未变，故事未变，真假不变。"

盘长生第一反应，就是词里暗含了"归月善堂"，正和李成教授做的札记提到的"福有悠归，归月善堂"如出一辙。看来李成的失踪绝对不是偶然，包括沈笙，他们一定是发现了什么才会失踪。

既然李成、沈家留下的线索一致都指向这个庙堂，自己就是翻了天也要把它找出来。离谷清阳会出事的日子还有些日子，这个杀手果然很沉得住气，在没到那一天绝不提前出手。

很显然，民国时期的归家是出了一笔大钱重建此校的，所以应该留了很多线索在校志书卷里面。而且，校志里还有一幅旧时的地图，盘长生从公文袋里取来校志，开始翻到手绘的校志图。

沿着泛黄的线路标注看去，几处三角形的符号代表的就是后山那一带的地形。山的另一头，用一个圈圈住了一个地方，里面是一个月亮符号。而在圈住地方的不远处更有一口井的符号。

怪事了，这个圆圈加月字是什么意思？

正思考着，盘长生眼睛忽然一亮，把地图打横了看，却惊奇地发现围着有月字圆圈和井口符号的地方有三座山的符号，加上有点椭圆的一大一小两个圈，真像一个不易被发现的归字，而圈里有月，合起来不就是归月善堂所在？！

如果他的想法不错，这个善堂应该离学校这个是非地不远，这样真要干起什么事来才能首尾相应。从一开始他就觉得这个善堂不会离得太远，根据这里的情况没推错的话，就找到地方了。

他把校志大致翻看一遍，中间一处破烂地方再次引起了他的注意。因为这张民国的旧纸裱法和《阅心小志》里的随意装裱很像。他仔细看起裱过的地方，在页脚那行写有一行感谢的话。就是感谢沈家为其装裱校书，不胜感激云云。

他再拿起《阅心小志》根据沈老板教下的口诀，翻查到了修裱校志一处。上面写的大致就是校内有一座新教学楼落成，这是一件喜事，特请了堂里大师前来主持开光大典。这也是归家捐出的善款，为着善举，在楼内并设一区为小孩学习的地方，免费为穷人家的孩子提供教育和每日为孩童提供一顿膳食，是为善学楼。楼对出风景奇好对着三山宝塔，书香不断。而后，校内整修，把校志交给了沈家，让其把错乱的页码重新编撰，也算为一件善事，故此事归入了善学楼内一档，以彰归沈两家善政功德。主持也说，从善之人，为福悠归矣。

尽管说得隐晦，但盘长生知道说的是归月善堂无疑了。只是自己出入学校这么久了，为什么没见过也没听人提起过善学楼呢？是因为年代久远已经拆毁了吗？

电话响起，他接听，熟悉的声音传来。

"玲珑，你还好吧？"

"挺不错的。"

"听你语气似乎是有眉目了？！"电话另一头传来翡翠微微的喜悦。

"你知道善学楼在哪里吗？"盘长生直接问出了这个问题。

电话那头沉默了。

"你先去到女生公寓 A 区，上到七楼，那里有个回廊，左边的回廊还有一个小阳台，能看见倾斜 30° 的那座山上有座宝塔，塔下是水。水影里会有月亮，当水里月亮的倒影出现在宝塔倒影的右边时，顺着宝塔尖指的地方走，就会发现一座教学楼，那里就是善学楼。"翡翠说完又沉默了。

盘长生一一记下，道："为什么善学楼会离校区那么远？"

"后面的几座山都属于我校校区的范围，以前兴中大学那会儿，学生就安排在那里学习的，还有不少旧校区的痕迹在那边。而那边还是个生态区，风景很好，到了现在仍是同学们美术写生、生态保护参观区、农学院草卉种植试验区呢。到了秋游，学校不想出钱时也会拉到山那边烧烤游玩。"那边传来了翡翠轻轻的笑声，她定是在怀念学校里无忧无虑的象牙塔生涯了。

"那现在呢，主要做什么用？"

"好像是美术楼了。因为里面的教室都挺大的，近代改造加固了，并划了几个小区，让中文系专门研究写作和美术系要寻找画画灵感的学生住。里面有流动的学生公寓，但只能住五十来人，里面还有形形色色的美术工具。但因为太偏僻太隔绝了，一般都不会有学生在那儿长住。也许是时间久、楼龄长的原因，总听说过各式版本的恐怖传说。"

末了，翡翠仍是不愠不火地说："其实从 A 区的后山过去三分一脚程处有一口古井，井边上有条小路，那条小路岔过去是近道，小路修整得挺不错的，还有路灯，别走错最高山顶那口井就是了。我说那么曲折，其实只是为了最后的目的地显得更明确些而已。"

"后山有两口井？"盘长生心里一紧，那不成了三口井了？校志和《阅心小志》提到的只有两口啊。

翡翠听了轻叹了口气："你实地看了会明白的。你在找归月善堂吧。"

"我的心事你一向猜得准。"盘长生打趣。

"我原本也曾想找过，但没有时间。公务一完，我也没再回学校了。"她顿了顿，"玲珑，你是不是有心事？"

"我碰见谷清阳了。"

"她是个好女孩。"翡翠微微叹息。

"我知道了。"

此时的盘长生已站在了善学楼前，肩上斜背着一个运动包，里面装有《校志》和《阅心小志》等重要资料。

难得的是，这里的教学器材真的很齐全，甚至经纬测量仪也有。他现在最需要的就是这个了。把仪器的脚固定好，对准了宝塔进行角度线路的调测，再取出笔来计算了一下，果然和《校志》和《阅心小志》里提到的内容相符。

当站在这里的山头上，连起来的只有两口井，第三口井刚好遮住不与之对应的。难怪翡翠会这样说。

原本以为善学楼对着的宝塔的那座山会很远，原来也不算太远，而且能照出宝塔的那条河就在善学楼对出的不远处，今日的月亮倒影刚好在宝塔的右边。真是天助我也，盘长生心里一喜，想着合该把这件事给办了，如非翡翠早已对归月善堂有所怀疑，暗地里有做调查，他也不可能那么快就确定下善堂的方向。

沿着水里宝塔顶尖的方位指向往善学山左边一直走，山路慢慢地变得崎岖，树木也越来越茂密。沿路根本没有关于庙堂的痕迹，就算庙堂拆毁了，也会有痕迹的，但此刻真的是毫无头绪。

　　树木参天，野草丛生，看得出来此处尽管还是校区范围，但离得实在是太远了，几乎没有人来过的痕迹。走着走着，眼前出现了两条岔道，这一下可急死了盘长生，因为无论是《校志》还是《阅心小志》，或是翡翠的提点，到了这里都断了。岔道一大一小，盘长生拿出刚才计算的图纸，由这里回望宝塔，和善学楼之间形成一个60°夹角，而书里有记载，善堂和善学楼及宝塔是在对应范围内的，那减去夹角的大概空隙度数和误差，还保持在这个范围内应该是小路所通往的方向。

　　盘长生再无犹豫，往小岔道跑去。

　　山路真不好走，幸亏穿了登山靴，盘长生记准了范围从小岔道的枝干处直接爬下去，尽管直接攀爬很危险困难，但这样走避免走小岔道的环山路程，自然省了大半的时间。忽然，又是一条小路出现在盘长生面前，小路再度分岔，一头连接着从刚才大岔道延伸过来的路，一头不知通向何方，形成一个三岔口。这里的地形复杂，暗路又多，真是无法让人省心，一步都不能走错。

　　合了对应范围，沿着尚未明方向的那一头走，地势越来越开阔，再往前走，起了雾，夜里又是那样的漆黑，月亮躲进了云层里。一种寒冷的感觉爬上了他的背，熟悉却又不真实的感觉涌上心头，他的手心黏黏地出了一层汗。他竟然来到了开着"诡门关"冥铺的那条街上，所有的房屋显得那样老旧、破败、迷离，统统笼罩在迷雾之中。发黑的木楼飞檐，脱掉的金漆彩画，曾经兴盛一时的小街统统作了古。蛛网连结，木楼陈腐，踏在木板上发出吱呀吱呀的声响。

　　一切那样迷离，小街已不再是小街，旧的店铺也腐烂得只剩几家房宇尚具规模。他站着的地方，"诡门关"的牌匾已断了一半，只剩一半歪歪斜斜地挂在那儿。而四块木栅板有两块正奄奄一息地躺倒在地，看痕迹是被人撞破的。走进里面，纸钱元宝、蜡像纸人都成了泛黑腐烂的废纸。

店里挂满了蛛网，到处都是灰尘，呛得盘长生受不了。屋内实在太黑，他走上前去，点燃了案几面上放着的一对白蜡烛。

烛火闪动，案几后"唰"地显出了一对身影，分别固定在一对太师椅上。火光照不亮那对身影的脸，只暗暗地映红了身上的衣服。一人穿着民国初的绲银错金边缠枝牡丹大襟上衣，搭配黑素的暗底凤芝纹长裙式旗袍；另一人穿着三四十年代的旗袍，秀雅端丽，水红色连身旗袍，七分的袖子，花边镶滚，胸襟处，手绣一朵银线水仙，水仙小致而纤长，从胸襟处开到了素腰上，十分妥帖灵巧。这一切都和梦里的一样，只是水红色的旗袍上结起了厚厚的灰，锦绣的旗袍统统变得暗哑，失去了丝绸的光滑，薄如冥纸，那光线触及的金丝片，像极了焚烧的金色衣纸，烧掉了金色银色的那一层，下面的人就接到金灿灿的衣服了。

风涌进来，蜡烛暗了暗后，忽地猛烈光亮起来，盘长生抬头，旗袍的上面，诡异的红唇露出难以名状的恐怖笑容……

盘长生倒退了两步，她们的脸上血淋淋地划开了无数的刀痕，结着丑陋的血痂子，一条条，一横横，犹如脸上爬满了无数的蜈蚣。

在这样诡异的气氛里，盘长生有种想吐的冲动。

忽地，肩头一重，盘长生跃起躲开，一个七八岁的男孩站在了他身后，男孩苍白诡异的脸向上抬着，他的眼睛没有看向盘长生，而是看向盘长生头顶上挂着的几幅画像。

借着烛光，盘长生终于看清，这是个阴童。归家人的手艺真的那么好，能把阴童做得跟活人一样？

他曾拜访过老北京的一些老手艺人，他们对于旧时的殡葬仪式都很熟悉，手工活儿也是很不错的，他们都提起过制造阴童的一些方法，例如用绢子、面粉、软胶塑这类东西塑造阴童的身体和头部，做出来柔软异常真的很像真人，一点没有塑料的硬邦邦之感。手摸上去阴童的皮肤细滑，还富于弹性，手感很好。他们都言，旧时的老北京又属归家人的手艺最好，那些阴童的柔软度奇好，只是如何做出来的一直是行内秘密，连他们也不知道。

盘长生一边检查一边回想，手碰到阴童的脸上真真柔软，弹性也算不错。再往下检查，阴童的一只手保持着刚才拍他的姿势，另一只手却别扭地负在了身后。盘长生想搬动阴童，没想到居然挺沉的。

翻过背面，阴童的手紧握成拳，双手有被捆缚时挣扎过的痕迹。阴童是活人？盘长生的脑里顿时像炸开的锅，谁这么残忍？归家吗？看着男童握成拳的那只手，手上还细细地画了一圈镇鬼符。难怪，难怪要画镇鬼符，用这样残忍手段去对付一个小孩，难怪害怕鬼魂的报复。

盘长生冷笑，能把死人保存得这么好，而不腐烂就只有灌水银了。其实在学校明墓内看见明代女尸时他就有过这个怀疑，事后也收集了不少资料，水银是保存尸身不腐的最好方法。

盘长生检查了男童的掌心、脚心和头部的天灵穴都没发现灌水银的创口，想了想那就只剩下颈部或者从喉咙直接灌进去这一步了。他把男童身上的唐装盘扣解开，露出柔滑的丝绸内衣底子，看见男童的服饰这样华贵，终于明白归家人的生意为什么做得这么好了。忽然，他又摇了摇头，关于归家人的故事他不是在梦里听一个女人说的吗？那在这里，在这个地方，一切都那么真实，明天醒来会不会又是一个梦？

顾不了那么多，盘长生把男童的领子弄开，颈部看起来完好如初，伸手去试却摸到了一条突出的口子，盘长生取来刀子细细地割开，露出了一条触目惊心的缝合线。果然还是选择割开喉咙直接倒进水银最为省事。盘长生感到满满的一腔愤怒无处发泄，天底下居然会发生如此惨无人道的事。

不行，他得冷静下来，他要冷静，还有三个人没救出来，生死未卜，他现在最重要的事是找到归月善堂，那样才有可能救出大家。

"你猜到的，你一早就应该猜到的。"一阵缥缈的声音传进耳膜。

谁在那里？盘长生四处寻找，依着梦中见到的场景跑进内堂，里面也没有人。难道他又出现幻听了？内堂里原来放有牌位的地方如今只有一个柜子立在那里，柜子上同样满是灰尘。他低头去看，发现柜子曾被移动过，柜脚的地上露出了一块不易察觉的干净地方。那里原来应该是立着柜脚的，盘长生小心地移开柜子，在墙根处来回敲敲，有一个地方是空的。他小心地掀开墙砖，伸手取出里面的东西，竟是三个牌位！

他翻过正面写着三个名字，归李氏婉婉、归悔悔、归悔之之灵位。牌位上积了不少灰，当翻看到归悔之的灵位时，底座却是松的，盘长生轻轻晃了晃，里面有轻微的液体流动的声音。他小心掰开，里面藏了一张草纸。

他打开，里面写有文字，说的是：民初时的归家一位妇人和女儿长卧病榻，那都是归家人所得的报应。只可怜归家七岁的小少爷被人杀害，扔在归家门前。归夫人和小姐知道后悲愤而亡，后按着归家传统用蜡封塑尸身，置灵堂前，待七日后抬棺出行、下葬。停灵的第一天深夜，一群人杀进归家，归家老少趁乱跑出，而归夫人、小姐尸身惨遭毒手，归家从此破败。及后民国三十四年的一位小姐也青年早夭，蜡封尸身，也遭仇人所毁。此后，归家再不见后人。最后的题款是：第四代孙归水月祭奠先祖，为先祖所受遭遇正名。为保先祖平安，各先人已按归家家规重塑蜡身迁他处供奉，虽要他移，奈何不得已而为之。此灵位收归藏处，祈求先人得到安宁，不再遭人破坏，如有缘人寻得此处，代为带到归月所在，善之所泽，必有厚福。后面还画了一张路线图。

整张草纸的内容到此结束。

原来外堂摆着的都是惨遭毒手的归家人。历史上的归家人倒是大善人，老北京的旧手艺人都是如此说。自己猜测的归家人把孩子做成阴童的事倒是子虚乌有。但归家究竟得罪了什么人，以至于连死人也不放过，还要把她们的脸面划花呢？

现在他终于知道为什么灵牌底座是松动的了。和学校后山下面的墓门一样，只是这里藏了酸醋，如果是归水月忌惮的归家仇人发现灵牌，一定是狠狠地把灵位往地上摔，一旦用力摔它，那装了醋的小玻璃管子就会摔碎把草纸浸湿，字迹就会不见。从归水月不自己做这些事来推测，她应该是被人监视了，所以才会冒这个风险托付给外人。

他前两次去到诡门关冥器铺都是真实发生过的事，只是前两次到过的旧街道不是现在的这条街道。前两次所见更像是戏棚搭出来的背景，而这里才是晚清民国留下来的街道轮廓痕迹，而且前两次都是谷清阳在身边，是她做了手脚，那《晚清异闻录》卷一和卷三还有卷二的缺页都在谷清阳手上了。她的身份究竟是什么？

回到外堂，趁着烛光明亮看了一眼男孩目光所及的三幅画的位置。他举烛走近看，画上分别画着归家的三房太太。

他把三幅画取下来仔细看也没看出什么古怪。正疑惑间，火星溅起，溅到绢面上，裂开了一道口子，里面还有一层！

盘长生把三幅画都撕了，露出里面的三张画纸，第一幅里画了一幅地图。归水月真的很小心，在这间破屋里只放了蜡烛，得到了灵位也只不过是一半的路线，另一半在这里，看得出这里也只是三分之二的路程，还差了三分一。再举起后两幅画看，画的竟是两幅上好的山水画，功力非常深厚。题款同样是归水月。她真是个奇女子，竟然有这等巧妙心思。

想了许久，仍是猜不出其意，盘长生烦躁地看起手表，已是凌晨四点了。看来此次得无功而回。

正想折回时，局里来了电话，他接起。

"赶快过来，琉璃厂阅微草堂沈家书局！"

现场被保护得很好，现在是凌晨六点钟，漆黑的街道上没有行人，更没人注意到一个穿便服出入案发现场的男人会是一所百年老校的老师。

沈老板坐在里堂的案几上看着书，一切都是那么平静，似乎他早已做好了心理准备。

"刑队，沈老板是怎么死的？"盘长生向刑警分队的刑队长打听，在医院守着晨雅里的两个小伙计就是刑队的下属。

"不好说。"刑队皱起了眉头。

这回答显然令盘长生很不满意。

"还是让李法医跟你说。"刑队拍了拍他的肩膀。

李法医把一张要递交法政科的宣纸交给了盘长生看，并说："屋子没有被人破门而入的迹象，也就说明要么是沈老板熟悉的人来敲他门，沈老板才会开；要么就是根本没人进来，沈老板自己出现的意外。另外，你看沈老板的眼睛，眼睛瞪大，瞳孔扩张，受了很大的惊吓，所以我们暂时认为是受惊过度，引起心肌梗死而死。回去后马上进行尸检，就可以判断了。"

惊吓而死？

"刑队，我希望沈老板的案和我校内的划为同案处理。"盘长生拉过刑队小声说话。

"我同意，另外你让伙计暗里跟着你，结果出来了，并没有人跟踪你。"

这个结果也是意料之中。大队先行离开，得了刑队同意，一切法政暂不拿走，盘长生承诺他一看完马上交还刑队。

盘长生看向沈老板的案几，案几后的官椅上，空空如也，他拿起透明塑料袋子来看，宣纸上用毛笔写着几个字。是几组数字："一二一、二一二、一三一、三一三"。书写起来没有任何的标点符号，也没有空格，就这样写下去的。那究竟是什么意思？

细细回想沈老板的死状，尽管眼神惊惧，但唇边有丝解脱释然的笑意。再看案几上平放着的毛笔字，写的尽管是简单的数字笔横，但却是最考功力的。一点一横，都透出浑厚大气的自然风骨。盘长生放下难过心情，取来沈老板去世前最后看的书，翻到121、212、131、313页，此时才发现原来是本佛经，这几页里都提到相同的内容，就是：佛如是说，凡事种种，皆有定数。故不必悲伤，非外事外人所致，皆是自身结果，识缘玲珑，互为因果，一切所依，渡归善所。日中有昃，月圆则缺，自然万物，始祖之理。谨记慎记。

沈老板看得如此通透，为免他内疚，竟然留下这段文字去开解他。沈老板真是位真正的君子。

盘长生看得明白，凭着"谨记慎记"这四字就知沈老板这段话有两层意思，否则也不会花那么大心思去留下暗示。写这12个数字的力度劲道十足，是在没受任何伤害的情况下所写，沈老板一早就预知自己会出事的。

难道是《晚清异闻录》的诅咒？沈老板从答应帮忙修缮《晚清异闻录》后就出现了怪状。现在盘长生越来越肯定，他把所有的故事内容串联起来，《晚清异闻录》《诡府奇案》和《阅心小志》《校志》里提到的归家应该是同一个家族。

盘长生仔细研究着这12个数字，发现每组都有重叠的字，也正因如此，他才会如此划分为三个字一组。其他的数字组合他也试过了，并没发现异样。

如果合起来呢？！盘长生忽然想到了一个可能，这个可能也是这四组数字给他的灵感，如果将每组的数字完全地重合起来的话就是三三三三，3333页？这个可能太明显了。

忽然，一个激灵，盘长生翻起《阅心小志》，刚好有3333页！难怪他会对这几个数字如此敏感。沈老板啊沈老板，你为什么绕了那么大一个圈来设置解答的方法，难道你也被人监视了？

他把《阅心小志》翻到3333页，那一页所包含的内容是如何鉴赏名画的一些方法，其中有一种画十分特别，那就是铺叠画，那样的画分开看是独立的一幅画，但留白的空间也大，一幅画中，它所留白的部分也有讲究，所留白部分很有特色，有些则留得很少，但几幅画合在一起，又会是一幅全新的画。

后面还有讲解，盘长生马上从包里取出那两幅画，把它们完完全全地重合在一起，举高而看，宣纸透明错开，形成了一幅新的画，而且这幅画的景色非常熟悉，直指学校那几座后山……

原来还是沈老板看得通透。

他手摸着《阅心小志》，只觉这页特别厚，细细看了，这一页竟是糊上去的。按说里面真的记载了重要的事，撕开了岂不是那一页就毁了。盘长生抱着试试的心态，把纸举高，透过炽亮的白炽灯，终于看清了里面糊着的字。

厚厚的一本《阅心小志》掉落地上。

盘长生的脑海里烙印着八个字：魂兮归来，以血洗冤！

第十一章
红嫁鞋
GU DONG XIN NIANG

一阵恶毒的敲门声把刚睡没多久的盘长生吵醒了。

门开了，谷清阳正要闪进他的房间，却被他挡住了："男女授受不亲，这门也不用关了吧。"

谷清阳仍是满脸坏笑："现在什么年代了，咱俩算得了什么。再说，学校也公认了咱俩是金童玉女的一对。"

门还是由着谷清阳给关上了。

"什么乱七八糟的东西，你脑子尽装些不健康的内容。"盘长生对她没辙。

"哎哎，我看你才满脑子不健康的东西。"谷清阳嚷嚷开了。

盘长生连忙去拉她："注意形象。"

话还没说完，唇上触到了一片冰凉。她柔软晶莹的唇贴着他的唇，他痴痴地呆住了。接着就是一痛，她胜利地亮出她尖尖的小虎牙。

"这样还要注意形象吗？"她仍在笑，双手钩着他的脖子，他实在是太高了。

"胡闹！"盘长生连忙推开她，抚着唇上的伤口，血丝渗进唇齿，竟有几分甜的味道。他瞥了她一眼，她是个很直接很活泼的女孩，明朗得一如她的虎牙，总是那么得意。她跟翡翠真的很不同。

只见她狡黠的大眼睛一转，琥珀色的双瞳十分清亮："昨晚出去鬼混，混得什么收获啊？"

听她一说，盘长生眉头一挑，又舒展开来，不让她瞅见他的心思。他昨晚的动作明明很小心，怎会让她察觉了。

"你家的玲珑把我们三人看得是死死的，整夜瞪着绿油油的眼睛看着我们。半夜起来，我被吓得差点摔下床去，还以为见鬼了。"原来她看透了他的心思。

"还记得我在医院说过的话吗？"

"记得，怎么？"

"我怀疑我们里面有内奸。"盘长生看着她一字一句地说。

谷清阳注视着他的眼睛，那对琥珀色的眸子有些委屈，他不信任她。

"沈老板死了。"盘长生不顾她，自个儿说了起来。

她只轻轻"哦"了一声，随后抬起头，眼里亮晶晶的，看着他问："就因为那天我问你如何懂得装裱手艺活吗？"她没把"所以你就怀疑我"说出来。

看着她无辜的眼睛，他温和地说道："沈老板帮我装裱《晚清异闻录》，所以我估计他看了那册书。最重要的是，他还没够时间就出事了，所以我看诅咒提前了，我担心你会有危险，"盘长生的脸红了起来，眼睛往地上看去，"而且当时就是你、林七月和苟定远在场，我说那话时心里存了事，你问我就脱口答了，只怕我们这群人之间会有暗暗留了心的人。"

"我身份不明，你怀疑我也是正常的。"她笑了笑，眼里有抹惆怅，晶薄的下唇被虎牙咬出了一个小窝窝，让盘长生不忍。

她接着道："只是你真的要往下查下去吗？做警察的人那么多，你……你可不可以放手，让别人来查？"

"为什么让别人去查？你能告诉我吗？"盘长生放温和了语气，他从没见过她这么不开心、这么犹豫、这么认真。

"我担心你会出事。"谷清阳很认真地看着他,手覆上了他唇上的伤口,喃喃着,"你难道看不出来这案子筹划了有几年了吗?其实翡翠早注意到了,她也曾试图找出真相,终是无果。你接着去查,所以能很轻易地找到归月善堂在什么地方,因为那是翡翠寻找过的路线。但你根本不知道那里隐埋了多少不能见天日的秘密,幕后人找了那么久仍不能找出归月善堂在哪里,为了找出归月善堂那幕后人不惜一切手段。而你没有佩枪,这样的你有多危险,你知道吗?!"

她第一次和他说了那么多,那么详细。原来背后还有人在找归月善堂。

"那里究竟藏了什么?沈老板曾托付我一定要找到沈笙,我不能有负别人所托。"

"你真的那么想找到答案?"

"是的!"

"历史的答案让它仍旧尘封在过往里,不好吗?"

"这和历史有关?"盘长生再一次疑惑了,这个谜题的答案究竟有多可怕,让谷清阳觉得不可以承受,以至于露出那么绝望的神情?

"一切都和归家有关。"谷清阳深情地看向他,忽然一笑,"我们一起找出真相吧,我会帮你的。"

"谢谢。"

谷清阳像想起什么似的,突然跳了起来:"呀,我都忘了来找你的目的了。学校那边又出事了。"

"中文系的女生宿舍里,在一个女生的枕头下出现了一对红色缠枝花纹富贵牡丹嫁鞋。"谷清阳顿了顿,看向在一旁洗漱准备出发的盘长生,"我以前没跟你说,如果红鞋出现在谁的身边,谁就是被诅咒选中的人。而那个宿舍还住着一位同学是我们班上的,她很害怕,这在女生中更引起了恐慌,所以作为班主任你得赶快去安抚。"

徐徐本在听课，课堂中，她忽然就叫了起来，情绪无法控制，还抓伤了同学。

盘长生由谷清阳带着来到教室时，远远就听见一个声音："大家别围着，散开一点，别加剧她精神负担。"

"徐徐，别怕，来，把手给我。"

盘长生加快了脚步，跑进教室，一看原来是苟定远在指挥大局。他的手被抓出了血痕，但他很有耐心地安抚着徐徐，缓缓地拍着她的后背，陪她说话。看得出他是个很心细的男孩，也有魄力。

"徐徐怎么了？"盘长生知道徐徐是个活泼乐观的女孩子，暗道仅因为一对红鞋子和虚无缥缈的校园传说就吓成这样？

见是班主任来了，苟定远马上汇报情况，他也不知道徐徐是怎么了，但现在总算安静下来了。

盘长生走到她身边，温和地问："徐徐，老师在这里。别怕，大家都很关心你。"

徐徐仍在颤抖，盘长生太高，唯有半跪着握住徐徐的手，道："来，徐徐，我们去医务室休息一会儿，大家都陪着你好吗？"

徐徐点了点头，在大家的搀扶下去了医务室。

"做得不错，"盘长生拍拍苟定远的肩膀，"你和几个男生去把徐徐的东西搬到 A 区谷清阳的宿舍去吧。同班同学在一起才好彼此照顾。"

"是！"

医务室里，医生例行做了相应检查，并无什么大问题，只是一时受惊过度。看着站在一旁，容色慌张的女生，盘长生示意她跟他出去。

"徐徐是你的好朋友，你们也住在一起，究竟发生了什么事？"

那名叫赵可的女生咬紧了牙，眼神闪烁，极不情愿提这事。

"我……我……"赵可吞吐了半天仍说不出一个字，她的眼里全是慌张。

"慢慢说，老师会帮助你的。"

盘长生的声音似有种魔力，赵可终于不再焦躁不安。她正要开口，却听见一声大喊："赵可，快回去上课。历史系的事情关我们什么事，快走。"说着就要上前揪她。那是个高个子女生，眼睛冷酷，看着盘长生全是敌意。

"大家都是一个学校的同学，要互相尊重扶持，所以任何一个学生的事都是大家的事，也是我的事情。"他站在了她俩中间，高大的身躯挡住了高个子凶狠的眼神，看得出赵可很怕她。

"老、老师，我还是先回去上课了。"

"是不是觉得那凶巴巴的女人很古怪？"谷清阳从房间内探出头来，那神态让盘长生忍俊不禁。

他连忙拉了她到徐徐床边，笑着说："徐徐，你真该看看她那猴子表情。"

谷清阳很无奈地做了个搞笑的鬼脸配合盘长生，徐徐真的笑了，笑出了泪花："老师，你真是个好人。"

"哎哎，徐徐你这样就不对了，你没看见定远那小子的紧张样子，咱们都是一等一的好人啊！"

大家都被谷清阳的话逗笑了。陈稀月也走近徐徐身边，双手握着她的手，道："以前大家都躲着我，觉得我是个怪物。只有盘老师不这样看待我，现在我也能和大家成为朋友了。所以徐徐有什么事和大家说，大家都会帮你的。"

"谢谢大家！"徐徐激动起来，眸子也越发清亮，几个女孩子感动地拥在了一起。盘长生看到如此温馨的一幕开心地笑了。

室内，大家都安静下来静静地坐在椅子上听着徐徐说起她看到的事。

几天前，中文系里多出了一册古书，学生们对古文同样感兴趣，还可以增加许多写作的数据、素材，所以对中文系的人来说，也是很具吸引力的。

"一开始，大家并不知道那册书就是《晚清异闻录》，如果知道，我们一定不会看的。"徐徐说着，眼神慢慢暗淡下去。盘长生握紧了她的手给她力量。她顿了顿继续说下去。

赵可班上的班长李可居是神秘探险社的社长，是一个对什么事都很好奇的女孩。当看到那册古书里提到了一个故事，故事是说归府的，大家开始怀疑会不会是历史系里的那本带了诅咒的禁书时，书已看了一半，而书册上又没写是《晚清异闻录》，大家在班长李可居的带领下继续往下看。

里面提到一个叫魏瓷的女人，在她出嫁的当天晚上，她被归家的人静静地从后门抬进归府。古时迎亲历来都是正门进的，只有侧房或者冥婚才从后门进。因按着阴阳学说，正门为阳，后门为阴，住宅前阳后阴，阳门挡邪诸如此类的说法民间流传极多。

那顶轿子红红的，轿内的女人也一身披红，连娇小的脚上都穿着一对头儿尖尖的红嫁鞋。只是那抬轿的人，穿着白衣裳，戴着尖尖的白帽，真像那勾魂的白无常。他们一边撒着纸钱一边进入月亮门，停下了轿，动作利索地把地上的纸钱全部捡起悄悄地退了下去。

在新娘房里，魏瓷换下了红嫁衣，平铺着放在床上，她看见她的房间后门上已挂着一套归家人指定的嫁衣，只是那套嫁衣是套冥服。她化好了妆，被奴仆迎入了新房，新房也是惨白的一片，只房门前挂着一对红灯笼，其他的都是白的，连龙凤烛也是白的。象征喜庆的唯一的那点红此刻看来是如此诡异。

外面摆了四十四桌，来往庆祝的宾客都是那么安静，唯有一丝丝诡异的丝竹之声偶尔飘进耳内。尽管她害怕，但想起温文尔雅的归老爷，她微微地笑了。没有人知道在魏瓷的心里是多么深爱着归老爷。

其实归老爷年纪也不算大，刚过而立之年，只有一位夫人，如非归老爷救了魏瓷父亲一命，这世上就没有魏家了啊，所以她的命也是归家的。等了许久，终于等到归老爷进房来了。二人尚不能说上两句体己话，他就被从皇宫里来的人叫了出去，魏归两家在皇窑供职，出的瓷器有问题，现下皇上龙体大怒，要归家烧出最美的红釉色。

　　拿着一堆红亮的瓶子，归老爷感到很压抑，这已是第四次遭到退货了。刚才公公放了话，如果再烧不好，烧不出令皇上满意的颜色，那归家就要人头落地。看着归老爷踢倒在脚边上的"美人脸"，魏瓷捡起细看。

　　"这'美人脸'的红烧得很好啊，皇上为什么不满意？"

　　"红釉有许多种眼色，豇豆红、美人脸都是出了名的。尤其是美人脸，那种红才诱人，像美人含蓄的脸、微笑的脸，若有似无，时而明丽、时而娇羞，但皇上就是不喜欢。"

　　归老爷在房中踱步，急得不行。归家是一个大家族，如果归家出事，真的会连归老爷堂哥家那一脉也不得保存。归老爷终于在书柜子前停了下来，颤抖地伸出手去，取下了一本书。

　　书很久没翻阅了，他此生也不打算再翻阅的。那本书就是一个毒咒，让看过的人着魔疯狂。但书很干净，他的脸色越来越难看，手停在了一页上。

　　"老爷，你没事吧？"她问。

　　"我们一起逃走吧。逃得远远的，再不回京城了。"

　　"老爷，你到底怎么了？"

　　"走，我们收拾行李马上就走！"

　　"老爷，"魏瓷冷静下来，一字一句地说，"我们逃不了的，还有我的家人，我的父亲，他们世代都是皇窑厂的人，从明代开始就是了。他们根本逃不出皇窑厂督陶府的。"

　　"是啊，我们世代都是明代的人啊！"归老爷颓然坐倒在地。

　　他说话的声音太小，魏瓷没听清楚，忙扶起他："老爷，你说什么？"

　　"没什么。我累了，睡吧。"魏瓷见老爷睡着了，疑惑地拿起那本书看，只看了几眼，手一滑，书掉在了地上……

徐徐说到此，就停了下来，看向众人的脸。她的眼睛里有抹惶恐和不安。大家听得疑惑，脸上全是迷茫的神情，唯独盘长生了然，低声说："好了，不说这故事了。想必你也已经明了，这就是《晚清异闻录》的内容。"

徐徐咬着苍白的唇点了点头："李可居她们也是知道了的。"

这一段对话听得大家是云里雾里的，也不知个所以然。盘长生见大家不解，简单地解释了一下："在瓷器界里，关于瓷器的烧造，红釉就如故事里所说分许多种名目，而有一种是最艳丽最夺目的红，也叫'美人红'。"

顿了顿，见大家都听得认真，盘长生继续说道："那是被禁止的烧法。釉色的变化除了靠原材料、技法，还靠火候，因此釉色是极其繁复变化多端的，如变色釉就是个例子。在前朝就出过了能烧造出美丽的红，为了保全作为窑工的父亲的性命，窑工的年轻女儿以身殉炉，以血肉精神和火融合烧造出满身皆是血肉精骨的红色釉。那釉色十分纯正艳丽，美得如美女的脸，百看不厌，灼灼生辉。老窑工的命保住了，他就以女儿为这种红命名，就叫美人脸。我研究过，尽管书里没明说，但看得出归老爷要烧造红色瓷器是为了庆祝老佛爷大寿，不过是打了皇帝的旗子而已。老佛爷向来心狠手辣，如果她的生日里得不到喜庆的瓷器做寿，恐怕归家的下场比死还要痛苦一百倍。"

"所以为了保全夫家和自家亲人的性命，魏瓷走上了这条绝路，我说得对吧？"盘长生再次看向徐徐。

徐徐脸上血色全无，点了点头，又摇了摇头："为了她所爱的人，为了她的父亲，是她自愿的。但她的意愿是由归老爷亲手点炉，想必她认为死在最爱的人手里也是种幸福。到了最后，归老爷也是迫于无奈，含泪答应了这一请求，但点炉当天归老爷却被召进了皇宫，归老爷以为事情有转机，让大家都停下来，他先进宫去，等他回来再说。但点炉仪式却没停下来，等他一走，归大夫人马上执行。"

"什么？！"大家惊叫出声。

徐徐继续道："所以都说她死得怨，她被拖进窑炉的那一天，穿的正是那套自己亲手缝制的红嫁鞋。在被拖打的过程中她的鲜血一直流一直流，把她红色的嫁鞋染得更红，红出了血来。火一点上，她叫得那样惨烈，而她的血使火燃烧得更旺，她在血和火中下诅咒'她会回来的'。接着，她凄厉狂笑，直到最后没有了声息。从此后，归家有参与这件事的奴仆和那位归大夫人的门边上、枕头下都出现了她死前穿过的红嫁鞋。后来那些奴仆就大批大批地死了，最后连归大夫人也死了。而归家从那时开始也慢慢地败下去。"

盘长生问她："你何以确定看的就是《晚清异闻录》那本书，我想你也应该是第一次翻阅。"

"历史系发生了那么大的事怎能不知。尽管学校方面有心禁止此事的传播，但人的口岂是能压制得了的。后来学生死亡失踪的事越演越烈，历史系里开始流传关于鬼嫁娘、红嫁鞋还有玉覆面的恐怖故事，我们这些女生根本是怕得不行。"

徐徐又陆续地说起前两天发生的事，那天李可居从外面回到宿舍，满脸心事，嘴里念念叨叨的。李可居这个人脾气大，不好惹，所以徐徐也就没有搭理她。当时李可居闷闷地往床上爬，突然就是一声尖叫，她几乎要从架子上跳下来，满脸惊恐，指着上铺喊："鬼啊，鬼！"

大家心里就慌了，因为大家看过《晚清异闻录》已是秘而不宣的事实，大家鼓了鼓气，用铁架子把枕头拨开，一红色的物体掉了下来，那竟是一双红嫁鞋。徐徐当场就吓哭了，因为历史系的人就是因为收到了鞋子才失踪的。

就在那时，宿舍外响起了走动的声音，"噔噔噔"地恐吓着每个人的神经，声音离她们宿舍的大门越来越近，大家惶恐不安地在猫眼里眺望，门外没人，但脚步声就像一根针，一针一针地插进大家的耳膜，狠狠地刺下来。

随后的几天，大家越来越不安生，都见到了"鬼魅"。今天上午历史系没课，徐徐因为害怕一个人留在宿舍就随中文系的一起上课，班上很安静，大家都在聚精会神地听老师讲课。

一阵风吹来，教室的窗户"吱"一声开了，徐徐惶恐地盯着窗看，四周很安静，平常上课时大家私下说话看课外书的很多，今天为何特别认真？就在这时，窗外飘进了歌声，咿呀地唱着什么"七月节，鬼门开"之类的调子。

徐徐瞪大了惶恐的眼，死死地盯着关紧的门和开着的窗。窗上映出了一双血红的嫁鞋，那双鞋，那双鞋跟着她来了。

正讲述着当时的情景，徐徐此时瞪大了眼睛，眼睛血红血红的。

"一曲江雪长，唯我独钓，听那心事长；唯我独钓，一心清如雪长。"谷清阳轻轻吟唱，那歌声如干净的雪气，如傲梅的清香沁人心脾，使人想起了宋·林洪《冷泉亭》的诗"一泓清可沁诗脾"。

徐徐在歌声中安静了下来，盘长生若有所思地看着谷清阳，她和翡翠是好姐妹，难怪会唱这首歌。翡翠与谷清阳的容貌身影不断地变换，他终究是忘不了她。盘长生重重地叹气。

谷清阳看着他，她的容色变得苍白，歌声戛然而止。

究竟还有多少人看过《晚清异闻录》，幕后人在校园内传播这本书，就如在打攻心战，把诅咒传播开去，让大家不战自乱，目标如此散漫，让人防不胜防，谁才是入了网的鱼？

盘长生站在沈家书局里，细细地寻找，因为惹上《晚清异闻录》的人是收到了红嫁鞋才失踪的，所以他要找到那双鞋。

沈老板给的提示太少，盘长生坐在案上理不出头绪。抬眼看去，只一日，书局变得昏暗，了无生气。沈老板的书房结上了蛛网，工人走的走、散的散，一个百年老字号眼看着他起高楼，眼看着他宴宾客，眼看着他楼塌了……

一个白影从纸糊的木门上飘过，盘长生一惊，站了起来，不知不觉中天已经黑了。他离开案桌，把门打开，外面没有人。正要转身，肩头一沉。

"没有吓到你吧？"

原来是谷清阳。

"你太紧张了，长生，你很多天没好好睡觉了吧。"谷清阳不无担忧地看着他。

"你怎么来了？"盘长生被她一说真有点困了，揉了揉眼睛。

"我既然答应帮你找到归月善堂，当然要先知道目前发生了什么事。"

盘长生把事情经过告诉了她，眉锁得更紧。

"放心吧，学校方面稀月看紧了，她是个可以信赖的人，没人跟得了我们。再加上你的威信，现在连徐徐也站在我们这边了。"

"你提到沈老板当时正在看佛经，"谷清阳稍一沉吟，"那佛经原来应该放在哪里的？"

盘长生一经提醒，恍然大悟，连忙开始找起书架上的书来。书架上的书很多，什么古籍都有，但都是分门别类的，唯有一本《女箴》是说女子懿德的书却放在了历史书堆里。其实这也没什么不妥，但就因沈老板一生严谨，尤其他是个书痴，每本书看完总要放回原处放得整整齐齐，不可能犯糊涂，除非他故意。于是，盘长生把书翻出来，在相应数码里翻看却也没发现。

"《女箴》是用来规范古代女子的言行举止的书，也是女子看的书，会不会和女子有关？"谷清阳换了一个思路去思考。

盘长生想起，他和沈老板并非至交，但沈老板却说起自己和自己已故妻子的往事，难道在暗示和他妻子有关？

于是，盘长生走到神龛处，上面放有沈老板妻子的灵位。神龛贴着墙放，盘长生把它移开，果然贴墙的部位有个木格子。

两人深呼吸，一把拉开了格子。一双艳红的鞋子静静地、躺在那儿，在那儿嘲笑。果然，如盘长生所料，这件案子是同一个人所为。

"你觉得沈老板在临死前为什么要费那么大的劲去布下这些谜语等着我

们去解开，而不直接和我说明？"盘长生看着谷清阳，眼睛炯炯有神。

"因为他知道自己已经被监视了。"

"聪明。"盘长生狡黠一笑，"而且他在等时间，他知道我们找到答案需要时间，要去归月善堂更需要时间，时间拖得越久，幕后人就越急，越急就越容易露出马脚。就现在而言，我觉得幕后人已经等不及了，所以大量地抛出《晚清异闻录》一册书，扰乱我们的视线，也让整个学校自乱阵脚。"

"那我们应该怎么办？"

"现在就去归月善堂。"得到所有的路线，盘长生要在第一时间找出失踪的学生，再回去处理校园的事。

他们是从沈家的地道里出去的。那双红鞋里放着一张字条，就是书局的秘道所在，从秘道里出去，哪怕真的有人跟踪他们，跟到这一步也就跟断了。趁着时间尚早，他们一定要尽快到达那个地方。

一路曲折，他们终于站在了真正的诡门关的那条路上。刑队已经传来了信息，那条路的前身就是公主坟，也就是《诡府奇案》里归家人所住的那一带，乃至整所学校和连绵的后山都在公主坟的范围内。所以说，所有的校园恐怖传说都是从归家人开始延伸。

再次取出那两幅山水画，将它们合并在一起，沿着画上的指引走，走到了尽头才明白竟是一块绝地，哪有半分庙堂的踪影。他们面前的是两座断裂开来的山，深不见底，而下面是长长的河流。河流倒映着月亮，就那样静静地看着他们。

两口井所夹的经纬范围是包括了这里的地域，而后面斜对着的就是像归字部首部分的山。而宝塔倒映在水里和月亮相结合，宝塔是阳刚之物，方方正正的，倒像个日字，日＋月＝明。

"是啊，我们世代都是明朝的人啊！归老爷颓然坐倒在地。"《晚清异闻录》里归老爷的话，归月＝归明，明墓，所有的一切瞬间点亮了盘长生的思维。

"我明白了。"盘长生点了点头，又摇了摇头。

"明白什么？"见他简直就是疯魔了，谷清阳摇了摇他。

"这件事如果一旦解开，将会震惊整个历史界，你说得对，历史还是让它归作尘土的好。"

谷清阳担心地看着他："那你还打算公开它吗？"

盘长生凄凉一笑："如果这个社会已经认定了这样的模式，并且对人有向上的力量，那你还忍心去把人们的信任打破吗？"

"那我们应该怎么办？"谷清阳似懂非懂地看着他。

"交由上天去决定吧，如果有天意的话。我们走吧。"他决然地往悬崖边上走过去。下面是一条平静的河流，很平静、很平静。

"这里根本没路。"谷清阳有点急了。

"你看，"盘长生指着对面的悬崖峭壁，"你看到了什么？"

对面的山体有一面笔直地往山下插去，像一把利剑，更像一块巨大的镜子。石面上结起了花岗岩晶体，难怪山体上有一处会如此光滑平整。仔细看了许久还是没能看出什么来，恰恰此时浮云散开，被遮住的月亮又探出了头。

霎时，清辉满泻，河面上浮光掠影，山与山之间，天与山水之间真是个好所在，自然地融合在了一起。那镜面模模糊糊、影影绰绰地映出了一轮明月和宝塔，不仔细看真看不见，没有月亮，没了这个机缘也是看不见。

映在镜体的宝塔尖指着对面的山体的一个地方，也就是他们站着的峭壁下的一个地方。

"看来我们得长了翅膀才飞得下去。"谷清阳无奈地开起了玩笑。

"我看未必。"盘长生往回走。

他们按原路走回，不多会儿又回到了公主坟那条孤苦无依的小道上，一个戏班庙堂安静地守在那里，如一个在等候的情人，在等着她的旧人归吗？但她可知道，旧人作了古，再也回不来，只有他的梦魂才能归来，依旧缠绵，梦回萦绕。

戏堂边上还是那口古老的井，张着一张干枯的苟延残喘的嘴，在痛苦地呻吟。盘长生坐到了井边上，他想起了晨雅里的两次投井，尽管对于那两件怪事他始终没法弄清楚，但他有种怪异的灵感，指引着他这样做。

"你想跳下去吗？"谷清阳指着那口井。

"那你呢？"盘长生反问。

"你跳，"她看着他的眼，一字一句，坚定地说，"我也跳。"

盘长生抬眼看她，她就站在他面前，亭亭玉立，神情淡定，还有完全的信任。这又是何苦呢，他心里一痛，她待他种种一如当初的自己，都在守望着一份无望的爱情。他不再多说，翻身下去。

她，比他更快，抢先一步跳了下去。"咚咚"两声闷响，盘长生压在了谷清阳身上。谷清阳痛得直咧嘴。

盘长生大怒，一把扯过了她："谁让你先跳的，万一有危险怎么办？"

"不是没危险嘛，我信得过你。再说真有危险，那我更要先跳。"声音戛然而止，她不能再说下去。

"傻瓜，走吧。"他站了起来，走在前头。井底不深，盘长生坐在井边投小石子下去时就已知道。但井底铺满了大小不一的石子，她的身子挡住了盘长生，所以他并不知道。她的手被石头突起的地方撞脱了臼，但此刻只是忍着不作声，她不想耽误时间。

一直走，地势在往下斜，不多会儿，狭窄的通道开始变宽。越来越宽，终于由只能容一人过的小道变成了一个宽阔的大洞，洞里还有立顶的四根红柱，柱体很粗壮，要三个成年人合抱才抱得过来，而木料是上等的楠木。

"这里就是主殿了。"盘长生看向四周，洞里太黑，什么都看不见，只感觉到很空旷。他把手电筒打亮，才发现，沿着山体而凿出了一座高约六米的大佛像，走近了看，原来真的是地藏菩萨。菩萨座前设有供台，放有铜炉。

供台上布满了厚厚的灰尘，台前还有软蒲供人跪拜。正殿两旁还有几个洞眼，里面各供着各方菩萨。

二人在善堂四处寻找，没有发现失踪的人。这让盘长生着实迷惑。

"难道我们理解错了李成的意思？"他脱口问道。

"应该不会，我很了解李教授，他绝对不会留下无用的线索。"

不多会儿，他们到了水月洞天府。那里是观音殿，但走进山洞，洞里的门楣写的却是"善堂藏经"。两人对望了一眼，皆认定此处有蹊跷。两人走近观音像前，观音的双手捧着观音净瓶，一手是横着的，一手却是竖着的。竖着的手，四指微曲，只一指向天指着。

"仙人指路？"谷清阳低叫出声。盘长生把手电筒照向指的地方，石壁顶有一个只能容一人钻进去的小洞眼。"呀，这怎么进去嘛？"谷清阳吐了吐舌头，左手不自觉地握住了右手脱臼的地方，关节处已变得肿大。

"你在这儿等，待会儿我拉你上去。"盘长生立马一冲，提身往墙上跳跃横走，直直地跳起两三米高，在墙壁上游走数秒，借着力已抓到了殿横梁廊上垂下的帷幔，帷幔离地足足有五六米高，若非他有这身手，还真抓不到。

盘长生沿着结实的帷幔往上爬，终于爬到了横梁廊上，从那里进入洞眼还有两米高，幸而那里的石壁并不平整，都是凹点，盘长生把帷幔绑在腰间，继续向上攀爬，不多会儿终于进到洞眼。随后解下帷幔，从包里再抽出一截绳子绑住帷幔，把它扔下去，结果还差一头才到地，不过只要用力往上跳就能抓住了。

但谷清阳跳了几次仍是够不到绳子，后来急了，拼出了吃奶的劲，勉强够到了，还没往上拉，就又掉了下来。盘长生唯有脱掉衣服绑在一起，绳子勉强到地。谷清阳把绳子往腰上一捆，盘长生用力一提把她拉了上来。

"你的手怎么了？"一拉她进了洞，盘长生就抓起她的手看。

"哎呀！"谷清阳痛得直咧嘴。

"知道痛了吧。"盘长生把衣服往她嘴里一塞，手一用力，"咔嗒"一声响，还来不及喊痛，手已经接上了。他再拿衣服给她简单地包扎固定，尽管样子难看，倒也科学，"你有伤在身，跟紧了我。"

两人弓着腰爬行，不多会儿往上爬了一级进入了一间密封的平台，像极了寺庙里的藏经阁楼，再往里走，就是藏经阁。

"搞得这么绝密，难道这里还放了武林绝学不成？"谷清阳忍不住打趣。

一架子的书放在那里，都布满了灰尘，呛人的味道经久不散。走到最里处发现上面供着归家的所有灵位，独独缺了三个。

"要不先把那三个放上去看看。"俩人无法，也唯有先放上去。这也是归家后人的托付，把三个灵位放上去。归家的先人灵位终于重聚了。紧接着，"嗒"的一声响，随后就是轰轰隆隆的声音，整个石阁楼震动起来。摆放灵位的那堵石墙移动了，盘长生可不敢松懈，眼盯着石门移动。

"扑哧"一声笑，清脆地回荡在石室里。

"放心，我原是理工科的，化学还不错，这里不会爆炸。"

盘长生回头狠狠地瞪了她一眼。

谷清阳满脸无辜地说："那天就是想去阻止你的，我并不知道图书馆那条秘道通向那儿，所以从后山的枯井里下去，希望能和你会合，谁料你动作那么快啊。不过当时我就想，以你的聪明才智铁定是炸不死的。嘿嘿！"

"哎呀！"谷清阳又是一声尖叫，因为她踩到了一个软软的物体。

盘长生忙拉了她往后挪，自己则半蹲下检查："是一个昏迷的人，还有气，脉搏跳动不算太差，亚健康状态，有轻度脱水现象。"

谷清阳马上从小型背包里掏出了一瓶水。盘长生让她打手电筒，接过水，迅速地灌他喝下。并按他人中，施救了好一会儿才见那人悠悠醒转。

一开口就是——"你们终于来啦！"

第十二章

通灵
GU DONG XIN NIANG

"李成，终于找到你了。"盘长生的声音里充满了关切。

"你果然是值得托付的人。"李成摇了摇头。

"你怎么会在这里？"盘长生心中有太多的疑惑需要人解答。

李成把一本破旧的书递给他："就是为了这个，差点连命也没了。"

原来是一本《民国异闻录》。

"背后的人也在找这本书，还有整册完整的《晚清异闻录》，这些看似志怪的晚清小书其实隐藏了一个相当惊人的秘密。"

"清阳啊，也多亏你这孩子懂我。"李成爱怜地摸摸谷清阳的头，"盘先生，我知道的并不多，能找到这本书也是靠了机缘。你我二人相交，我也没把你和警察相熟的事说破，所以才能方便你我两方人马从中取事，我能知道的就是课题组里的人有问题。"

原来李成靠着手头上的线索找到了这里，他一心要找出谜底，见到门边上有个机关也没多想就按了下去，他一进去密室，门也就关上了把他困在里面。

"谁有问题我也说不上来，陈晨提出的观点就很奇怪，她对于这件事是最热衷的一个。"

"李教授你这样一声不吭地躲起来，会让我们很担心的。"

李成再喝了一口水，半晌才道："那是因为诅咒，这个诅咒不除，大家都会有危险。你还记得严心的手机吧？"

盘长生点了点头。

"那是我的手机。"

谷清阳一听，瞪大了眼："怎么会这样？"

"我在学校里大肆说有诅咒杀人只是做个样子，好让幕后人放松警惕，以为没人怀疑到是他。那天严心来找我，我俩的手机刚好是一样的，混乱中搞错了。所以真的有人在以诅咒这个幌子来确定下一个杀人目标的话，你们不觉得我就是下一个目标吗？！"

原来如此，当初盘长生还以为"下一个是你"指的是自己。

"我本来是想一个人解决这件事，但最后我发现并不是这样。幕后人似乎不打算放过一些人。"

"什么人？"盘长生紧张起来。

"我说不清楚，"李成叹气，"我原想救出钱剑锋，反而差点丢掉了自己性命。"

"你失踪有几天了，到底发生了什么事？"

"钱剑锋在《晚清异闻录》卷二里发现了一张地图路线，但他没告诉任何人就自己按着地图找了去。我发现时已经迟了，他根本就不知道自己惹上了杀身之祸，我本想去找他，中途却出现了意外，受了伤以至于躲在这里，一昏倒就是数天。"

李成说起了他的遭遇。

当时他们一组六人在讨论着这册晚清奇书，发现了些问题。一是书里很隐晦地表明了归家这样一个大家族很有可能藏下了一大笔宝藏，但是宝藏藏在哪里却有待考证；二是归家的发家史，归家在历史上到底存不存在，如果不存在，那这笔宝藏自然是子虚乌有，如果存在归家究竟是如何积累下如此庞大的一笔财富；三就是鬼嫁娘、玉覆面、冥器崇拜的目的根源何在。

　　就是按着这三点方向，大家一起研究谈论，陈晨提出了一个古怪论点，她言之凿凿地说归府一定存在。但讨论组最起初的看法是，这只是一册地方志怪集，单从归府古怪诡异的举动就可以推断里面多少有了夸张虚构的艺术成分，至今还没发现哪个地方有这么奇怪的民俗。李成为此还找了许多专家研究，连少数民族的一些古怪风俗也考究了，真的找不出有这样一个冥器崇拜、鬼嫁娘的风俗。玉覆面倒是有的，古时候的帝王贵族为保尸身不腐，穿戴玉衣玉覆面。但玉覆面为何和这两样怪俗结合在了一起？陈晨又提出了她的构想，玉覆面或许就是解开这两者的钥匙。

　　而谷清阳则提出玉覆面可从它的眼睛处着手，因为历史上作为冥器用的组佩玉——玉覆面是和冥服配套在一起才完整的，从这里入手，加上陈晨的观点，鬼嫁娘的嫁衣如果缺了作为新娘盖头的玉覆面，那嫁衣也就是不齐全的了。所以得出了玉覆面等于是鬼嫁娘的一整套嫁衣的一部分，它们之间有密不可分的联系，只为何眼睛处出现了差异？历史上的玉覆面是冥器，其眼睛部位是实体的，但《晚清异闻录》一书上却明确地提到新娘的玉覆面眼睛部分是配了荧光石的。这样的区别，是为了区分冥器跟婚器的用途，还是另有深意？

　　在大家都陷入胶着的情况下，李成的一个亲戚在很偶然的情况下参与进来。起因还是钱剑锋读懂了《晚清异闻录》卷二里的一段文字，文字是关于归家镇鬼符的描述，钱剑锋把它描绘出来，而苟定远也是李成带的学生，也是李成的外甥，正巧见过这组图案线，于是钱剑锋借了苟定远的那样东西来看，看完后没多久他就失踪了。

　　在这段期间里，陈晨的精神状况也出现了问题。她对归家的事情异乎寻常地痴迷，认定归家背后隐藏了一个大谜团，她经常出入一个叫诡门关的地方，大家问她发现了什么，她又不肯回答。后来在课题组的周围开始出现一对红嫁鞋，大家也陆续地出现幻觉，再后来陈晨失踪后课题组私底下找了警察报案。先是派了沈笙来查，随后他也失踪了。直到找来了盘长生，但李成感觉到危险离他越来越近，而且直觉告诉他一定是懂古玩这一圈里的人策划的这几起谋杀，身边的熟人都有嫌疑。

　　直到苟定远无意间说起钱剑锋找过他，李成忽地想起地图的路线，于是借失踪来躲避谋杀，更想尽快找到钱剑锋。

　　于是，李成在校志室翻找了校志，里面提到了归月善堂，但归月善堂是很隐匿的，明面上大家能看懂的只有善学楼。他不放弃，在善学楼附近观察，发现其实这一带都是风水宝地，按堪舆术来看，附近山峦起伏连绵是个龙脉所在，而且龙头直插地底，是个地龙，于是他从后山古井里下去探寻，果真发现了明墓所在。

　　这个明墓的走向还非常奇怪，四通八达，最后通到了李成的办公室和图书馆。而苟定远给李成看的图案是一组类似植物藤的镇鬼符线符，其植物藤环绕方式像极了北方星宿组成的龟蛇图，那是玄武，坐镇北方。而后山这一带的外形就很像那个图案，于是李成找到了诡门关那条旧路上。

　　但那时却出现了怪事，李成在诡门关冥器铺里遇到了鬼魅。那民国时的旧路已荒废到只剩一条破烂的过道，所有的房屋都差不多只剩下顶梁柱，那间诡门关也不例外，烂得只剩了一楼，进去里面更是呼吸不畅，灰尘满屋。

　　里面连鬼影都没有，但一想到陈晨说起是从诡门关里得到的《晚清异闻录》一书，李成就打了个寒噤。除非陈晨遇到的是鬼魂，这里哪有半点人留下来的气息。他在外堂里堂都看了看，后来那双红嫁鞋出现了，就停在门外边，那是个穿着绚丽旗袍的女人，正冷冷地盯着人看。李成吓得失去了魂魄，他身子一晃，手碰到了外堂的案桌，紧紧抓住了案桌一角。像是听到了一声叹息，他猛地回头，破开的屋顶投下了一缕月光模糊地照着他的身后，太师椅上坐了个血肉模糊的人。那人也穿着绚丽的旗袍，幽幽地抬起了头，和站在外面的女人很像。

他回头，门外哪还有人。他看着那女人站起来，向他伸出枯白的手，他跌撞着跑出去，神志早已模糊，连翻身掉进了古井也不自知。过了许久，他醒来后沿着井底爬，连他自己都很意外，居然是在这样误打误撞的情况下找到了归月善堂。

"可以说你们是在我的基础上找到了这里。"李成大大叹出了一口气。

"你是怎么上去的？这里离地面这么高。"谷清阳全是不信。

盘长生把地上的软钢鞭递给谷清阳："靠它。"

"咦，怎么这么眼熟？"

"嘿，那是老子偷这小子的，我看着好使，所以找了个神偷手趁着他去京博时，在门口街上趁着人多偷的。"

"难怪我们刚才上来时，有这么好的工具他也不用，我那时还纳闷呢。"谷清阳笑起李成是个为老不尊的家伙。

"我根本使不惯这东西，还是他第一次来找我问话，拉开斜包时我一眼看见就知道是好东西，也就打了个坏主意。"两个人吵吵嘴倒也热闹。

整件事里，苟定远充当了什么角色？他为何会有和《晚清异闻录》一书相关的东西？每一个遇到危险的人，身边都会出现红鞋，又是为什么？目前最紧要的是赶快找到钱剑锋和沈笙，拖得越久，他们也就越危险。

趁着还没天亮，盘长生带了李成出去。他们商量好，这段时间还是不要让李成出现为好，就当他仍在失踪，甚至已经死了。

偌大的校园里没一个人走动，连课也没人上了。盘长生与谷清阳早已是饥肠辘辘，又渴又乏，只想往宿舍走去，倒头就睡。

但一路走来，可谓是人迹罕至，连平常最热闹的阶梯教学楼都空空的，只有一个班在上课，但学生的注意力全然不在课堂上了，不断地看着时间。

"学校可能又有事了，你快回去休息，我去看看。"盘长生说道。

"咱俩在沈家已经歇过了，现在还是搞清楚校园的事要紧。"谷清阳一刻也不愿意离开他。盘长生停下脚步，看向她。阳光洒在她头上、脸上、眉上、眼上，掩不住的一丝倦怠与憔悴。她乌黑的青丝透着光越发亮了，让人忍不住想伸手去抚摸。

风吹着，她额边的几缕绒发随风轻抚着脸庞，她被看得不好意思，伸手想拨开细细的、毛线团一般的小小绒发。

"先回去休息，我下午找你。"他说着手揉了揉她的头发。毛毛的绒发撩拨着脸，更痒了，她忍不住"咯咯"轻笑了起来："你弄得我痒痒。"

她抬眼，看见他弯弯的笑眼，窝着一池的爱怜。她点了点头，也就自个儿往宿舍走。

"小心一点，如果觉得心慌气促，记得播放《清心小谱》。"盘长生把一张音乐碟交给了她。

分手后，谷清阳懒懒地回到了宿舍。宿舍的三个女生醒了，但仍窝在被子里，小猫玲珑倒热情，从猫窝里出来，跳进她怀里撒娇。

"玲珑啊，玲珑，如果我是你就好了，天天黏着他，往他怀里钻。"

大家一听都笑了，徐徐红着脸说她："你已经是天天都黏着你的那个他了啊！"说着用手指了指墙壁，隔壁就是盘长生的房间。

绯红漫上谷清阳的脸，一直红到了颈上，雪白的颈项，看得见细细的、青色、蓝色的血管，那样透明，透明得连那抹红也多了分晶莹。

大家瞅着她有趣，一心想逗逗她，还是林七月替她解了围："我们就别逗她了，都散了，都散了，爱干吗干吗去。"

这话说得暧昧，大家又都大笑起来。谷清阳一把拉过被子遮住了头脸，害羞地窝进了壳里。小猫玲珑跳到她被子上，眼睛一闭，又开始了它的美梦。

手揉了揉眼睛，谷清阳睁开一看，呀，天都黑了。房子里静悄悄的，大家都出去了？她下了床，连小猫玲珑都不见了。口很渴，全身烫得难受，她摸了摸额头，有点烫。喉咙越来越干，身子像被火烧着了一样，她站起身想找水喝，但水壶里没水了。

无法，唯有拿了保温杯去水房那里取水。谷清阳睡眼蒙眬，看什么都是恍惚，脑子不清醒。九楼的水房专门供给热开水，和七楼以下的不同，里面没有厕所。

谷清阳身体十分不适，脚像灌了铅，走得极慢，觉得四周很黑，想来她一觉睡到了晚上八九点了。头上的灯闪了闪，"吱"一声电流通过，灯就亮了。暗红的灯黏稠着一汪的血，红得人眼睛更糊了。

"你看见我的鞋子了吗？"一个女孩穿着旧校服裙子在低头寻找着什么。

谷清阳被吓了一跳，定睛去看，原来是个穿着整洁，样貌清秀的女孩："同学，你在找什么？要不我帮你找找吧。"

那女孩不答话，仍旧低着头在细细寻找着什么。

谷清阳被晾在了一边，尴尬死了。想走开，但见女孩找得很焦急，腰身躬着，脸都快贴到地上去了。

莫非她是高度近视，在找眼镜？谷清阳打算帮她找找。

谷清阳手搭上了她的肩膀，闪电般地缩了回去，她的身体好冰冷。谷清阳定了定神，想必是自己太烫所以才会那样觉得。

"你好烫啊！"女孩低着头说话。

"是啊，我发烧了，所以身子也跟着热。你在找什么，瞧这天黑得，我帮你找找，找着了快回去吧。"

透过水房笼着的模糊阴影里，只见女孩慢慢地点了点头。

女孩往水房里面找去，渐渐地看不见她的脸，慢慢地连头也看不见了，阴影下只看见没被黑暗笼着的身体和四肢。不知为何，谷清阳觉得冷，身体不自觉地抖了抖。

"觉得冷吗？"

不等谷清阳答话，她接着回答："一会儿就不冷了。原来我也像你那么烫，不，比你还要烫呢，现在也就好了，不烫了。我那会儿热得受不了，连鞋子也挣脱了。我的身子好热啊，我拼命地挣扎，你看，这木板上的抓痕都是我抓出来的，因为实在太难受了。"

谷清阳早已吓得清醒了一大半，她一步步地，一步步地往后退，想退出水房。女孩似乎察觉了，阴恻恻地笑了："你不是要帮我找鞋子吗？我的鞋子还没找到呀！那是双嫁鞋，红色的，有了它我就能穿上它嫁给我的心上人了。"

"呜呜呜，"说着，她又低着头哭了起来，"有了鞋子我才走得快，我才能找到他，他变心了，他不要我了。"说完头一抬，血肉模糊的脸上五官黏稠地挤在了一起，像被烧过的皮肤脓流了一地。

谷清阳忍不住一声大喊，跑了出去。

她一路跑一路喊救命，头好沉啊，眼睛越来越模糊。女鬼在身后不远的地方痛苦地爬着，身体扭曲在了一起，手爪着地面，发出可怕的、尖锐的刮击地面的声音。女鬼用力地向她爬来，每爬一步，女鬼的身后就显出了一道爪痕，地上流着腥黄的血脓。

谷清阳拼命地跑，路依然不到边，红色的灯泡，带厕所的水房，被烧死的女孩，这里是7楼，是7楼！她快虚脱了，终于倒了下去。手碰到了软软的东西，她看见了，她的手边是一堆小石头，石头边上是一对红色的缠枝花纹富贵牡丹嫁鞋。7楼，704房，她记起来了，在意识迷糊前的最后一刻，她记起来了：三年前，曾有同学私下传过的诅咒，七字禁区。她的眼皮一重，昏迷了过去。

另一头，女鬼开心地笑了……

　　"喵——"一声猫叫，谷清阳睁开了眼睛，迎上的是一对焦灼的眸子。那眸子如此的清敛，汪着一潭水，窝得很深很深，是他抱着她。"我真的变成了玲珑了？"她喃喃地道，身子拼了命地往盘长生怀里钻，真像只不安分的小猫。动作牵动起伤口，她痛得皱起了眉，神志却依旧模糊。

　　"哎，"稀月叹了口气，"清阳真以为自己成了一只小猫了，可以永远窝在老师怀里。"

　　大家想起今早她说过的话都很感慨，盘长生早已明白她如小猫一般的心意。他紧紧地搂着她，害怕她再受到伤害。

　　他把谷清阳抱回床上，再探她额头，真的发烧了。

　　"究竟是怎么回事？"盘长生感到烦躁。

　　"老师不是刚去了校长室，学校如今的情况就是这样了。不止清阳一人中邪啊！"徐徐满脸担忧。

　　"中邪？这是校园，以后不要再说这样的话。"盘长生抬起头，眼神凌厉。徐徐被班主任一批评，马上涨红了脸，低声答了："是。"

　　"七月，还是你说事情经过吧。照实说就是，别说得跟说书的一样，添油加醋。"大家何曾见过一向温和的盘老师如此严厉，都吓得不敢再像往常那样和他亲近。林七月也就如实说起了事情经过。谷清阳一直在睡觉，睡到下午六点多，那时天都黑透了，大家刚打了饭和热水回来，还帮她也打了饭。大家结伴去的，回来后不见了清阳，以为她和盘老师出去了也没在意。

　　大家各忙各的了，不多会儿就听见了不远处传来凄厉的大喊。当时宿舍也没关门，所以听得清楚，一声比一声凄惨，她们也就跟了出来。四处又黑又静，大家都关紧了门，谁也不愿出来看看。经过八楼时，甚至还听见房门后宿舍内的人说，一定是小薇回来找替死鬼了，谁都别开门。

　　"我们跑到七楼就看见老师和清阳了，事情的经过也就是这样了。"林七月说完大大叹了口气。听完后，盘长生对学生们的冷漠心态感到寒心。

过了许久，谷清阳终于醒了，盘长生探了探她的头，嘘出了一口气，烧终于是退了。

"我怎么在这儿？"

"难道你不希望在这儿吗？"盘长生抱紧了她。她就这样靠着他睡了一天？还是两天？真想就这样有他伴着一辈子啊。睁眼看了看四周，原来是在他的宿舍里。她的脸红了，脸上也是讪讪的。他打趣，"平常伶牙俐齿的，不知个羞。小丫头，今天怎么倒扭捏起来了？"清阳羞得把头往他怀里钻。他抚摸着她的头发，许多的话头此刻都不敢说起，唯有说些逗趣的事。还有三天就是清阳的十四天之期了。他把她抱得更紧，生怕她出事。

他的脑子一刻也没停下来，全在思考着问题。这次的意外，如非自己及时施救，谷清阳的生命就危险了。虽然三天后才到她失踪的日子，失踪后的第七天才是遇难日。但他敏感地发现，从晨雅里被救活后开始，对手就在开始修改他（她）的杀人方案。让人防不胜防，抓不住规律，而对方随时都会出手。

再加上现在校园内一片混乱，大家早已失了分寸。谷清阳不是开始，更不是结束。"你在想什么？"谷清阳看见他皱起的眉头，就觉得心里难受。

"我想你该吃点东西了，你先躺着我去给你把饭盒弄热。"他刚想起来，身子却被清阳抱住。病中的小女孩都特别依赖人，盘长生无法唯有哄了她放手，把徐徐她们帮忙打的饭盒递给她。

谷清阳接过，打开了盖子。

"啊——"一声尖叫，饭盒滚落地上，里面装了一只红色缠枝花纹富贵牡丹嫁鞋……

校园内的学生全都成了惊弓之鸟，惶惶不可终日。许多同学都反映碰上了"不干净"的东西。整个历史系成了人人讨伐的对象，都说就是因为历史系的乱碰了东西，把那些不干净的东西都招进学校里来了。

甚至鬼魂在找替身的传说都出来了，把学校搞得乱七八糟，让圣洁的高等学府蒙羞。

而学校还有另一支团体在蠢蠢欲动，那就是中文系的李可居搞的一场活动。说是活动其实不然，说是法事倒更贴切些。她召集了年级里的同学，一到晚上尽搞些稀奇古怪的东西。

但是却有越来越多的同学加入这个社团。

夜深了，盘长生组织起历史系四个年级的男学生，编了队伍在学校的主要干道上巡视，学校方面作了安排，树林处、小公园等地方就由保安通宵巡逻，务必把学校弄上正规，在最短的时间内恢复正常工作学习。

盘长生把谷清阳带在了身边，他实在放心不下她。还有三天，不管幕后人怎么想，有没有改变杀人方案，他都必须坚守，尽管疲于应付，也要坚持下去。

他回想起下午谷清阳出事的情况，他刚从校长处回来，在八楼就听到了凄厉的救命声，他跑了上去，眼见着谷清阳从九楼跑下来，一直跑，跑到七楼，她的身后、附近，根本就没有她提到的女鬼。最后，她倒在七楼禁闭的宿舍门前，那里是归溷和小薇住过的房间，除了已经被他挪动过的石阵，没有鞋子，没有那双红色缠枝花纹富贵牡丹嫁鞋。

谷清阳昏迷后，突兀地爬了起来，在地上爬着，想要寻找什么东西，他被吓到了，赶紧跑过去。就在一刹那，她竟然越过了围栏要从7楼跳下。如非他快了一步拉住她，后果不堪设想。

他把所有诡异的事情在脑里过了一遍，他也在李成的办公室门口见到了鞋，而后又见到了穿着红衣裳吊死的女鬼。紧跟着，在沈家书局也找到了那双鞋。那双鞋更是沈老板对他的提醒，那个诅咒无处不在，几年前就已经开始酝酿。

李成、沈老板、谷清阳，甚至还有归水月，他们通过各种隐晦的方式去向自己求助，他们都被人监视了，包括他自己。所以幕后人远不止一人，一人不可能监视这么多人。而从沈笙的失踪来看，连一个男警察都可以制伏，幕后人要么是个脸熟的人，要么就是个身体强壮很有头脑的男人。而在盘长生身边监视这么久却没暴露身份行踪，这个人也应该是个熟悉的面孔，能够经常出入校园和他身边而不引人注意，那只能是这里的老师和学生。

幕后的人到底有几个？而谁又是可以信任的？经过分析，幕后人的形象依然是模糊的，没有准确范围的影子。

"呀——"一声尖叫，盘长生和谷清阳循声跑去，只听见一个男人的声音，大骂着，"这个学校疯了，这个学校疯了。"

"同学，发生什么事了？"谷清阳一把拉住了跑过来的两个男生，甜甜地问。

男生果然中了美人计，只顾看谷清阳，问什么就答什么。"喏，你看那边，"一个男生指向山脚的地方，隐约见有闪闪的烛光，"中文系那婆娘在搞什么仪式，吓死人了。"盘长生和谷清阳对望了一眼，让两个男生赶快回宿舍不要乱跑了。两个男生不满地低估了句，"这个鬼学校谁还敢乱跑，不是看在国家重点高等学府的份上我立马就休学了。"

"听过百鬼夜行吗？"盘长生并不看向她。

"好像是日本的民俗。"谷清阳并不知晓，所以唯有眨了眨眼睛。

"那是日本平安时代的民间鬼传说。白天是人的世界，到了夜晚就是鬼怪的天下。一群群的妖魔鬼怪会行走在大街上，十分热闹，鬼怪们横行天下，无所畏惧，废墟里，街道上，鬼怪们纷纷出现，就像庙会一般，人称'百鬼夜行'。如果活人看见了就会受到诅咒，很诡异很痛苦地死去。"

"呀！怎么想到说这个，又不是作诗要讲应景的。现在气氛已经够好的了。"谷清阳顺手指了指教学楼后一行行的白蜡烛。"气氛好所以适合讲鬼故事。"盘长生很难得地开了个玩笑。"这可真算是冷笑话了。"谷清阳耸耸肩。

"所以并不好笑,跟紧我!"他一把拉过她,不准她离了他半步。烛光闪烁,倒映在教室半开的窗户上,每一次跳动,都拴紧了每个人的心。白蜡烛燃得黑夜模糊而凄清,阴冷冷的火光,开始发糊的白色身影,染进了满天的恐怖气息。

走近了,窗户上突兀地映出他和她的身影,身影糊糊的,拉得长长的,他们的衣服被映出了惨白色。走得更近了,跳动的火光里,他和他的脸那样苍白,苍白得看不见五官,只有一个模糊的轮廓在烛光中慢慢消失。

谷清阳心一寒,不敢再看向窗户,她怕她会很认真仔细地去辨认窗户上属于自己的轮廓,然后窗子里的她对着自己笑,而那眼睛、鼻子、嘴巴再也不是她的样子了。"别看,有我在,别害怕。"盘长生懂得她的心事,拉了她的手,手心中透来了一股温实的力量。沿着蜡烛往山上走,这是后山的另一面,从这里上去毗邻图书馆。白蜡烛每隔几米插上一对,形成了一条蜡烛小道,一直延伸至山上。而此刻的谷清阳觉得一点也不浪漫,处处透着诡异,心里恨恨地骂道:这李可居到底在搞什么鬼,这样糊弄人,想吓死人吗!

"看来你搞的东西和她比起来,真是小巫见大巫了。"

蜡烛小道果然通向图书馆,到了图书馆前刚好一百支蜡烛。他们做了一件很诡异的事,就是百烛夜行。这和百鬼夜行有着很相似之处,如果没记错,李可居她们定是在讲关于鬼怪的事情,讲够了第一百个,就会发生意想不到的事情。这些都是日本的民间传统,可在这所学校里为什么会出现日本民俗的东西?

"今天我在校志室翻阅到了一些东西,"盘长生像是随口而道,"七字禁区,小薇的事件被校方定为了七字禁区。档案里记载的内容是,有人听见,小薇被火围困，求救时说的是日语。"

"什么？"谷清阳不可置信地看着他。

"她是个日本人！"盘长生又说出了一个令人震惊的理论，"应该说至少她在日本生活过一段不短的时间，因为求救时明知道大家不一定听得懂日文仍本能地说出了日语，那是人焦急时，最本能的反应，她说日语的时间绝对比国语久，所以我这样推定，而今晚这个阵和日俗又是那样关系紧密。"

"那她们想干什么？"谷清阳仍是一脸迷糊。

"如果没猜错，李可居可能想通过讲够一百个鬼故事，引开鬼门关放出冤魂。她应该是想找到归溺或者小薇，问清楚校园究竟发生了什么事。这等于是日本的通灵术，和中国的问米差不多。也解释了为什么她们这个百烛夜行一搞就搞了几天，因为这种通灵活动要晚上才能进行，而一个晚上也讲不完一百个鬼故事。"盘长生对这种迷信活动深恶痛绝，这样跟慢性、恶性催眠没有分别，每讲完一个鬼故事就会将恐怖压抑无限扩大，哪怕没有什么事发生，也会越来越压抑，越来越恐慌。只怪学校领导方面都把这个烂摊子交给了他处理，对学生搞迷信活动也不管了，都推给了他。

正想着，他们已走到了图书馆。馆门紧闭着，里面黑暗一片，他们从后门弄开了锁头爬了进去。

漆黑的夜里，月光照不进图书馆。他们两人沿着楼梯往上走，终于在一扇关闭着的门前，透过玻璃看见里面亮着的蜡烛。

蜡烛的火光很微弱，仿佛那簇暗淡的火苗随时会熄灭。

房间里面黑压压坐了许多人，她们的手上都捧着一支白蜡烛，看不见她们的身躯、脸色，只看见模糊支离的人头。

人群围着一个人，她突兀地站在人群中间，举着一支最大最亮的白蜡烛。

门开了，没有声音，谁也没注意到有两个人进来了，混在她们当中。

其实人群里的人不算太多，但他们为什么感到身边有无数的人影呢？谷清阳被这阵势给吓到了。

为首一人，举着蜡烛说话："他们该进行仪式了。"那声音尖锐，在白蜡烛中透着一股诡异。是李可居的声音。

"社、社长，这样做怕不怕——"赵可的声音带了颤抖。

"现在学校大乱，冤魂作祟，如果不问清楚了，咱们怕是连怎么死也不知道了。"李可居的声音透着不容更改的坚决。

见事已至此，大家唯有依着做。黑压压的人群开始退后，挪腾出宽松的地方来。一个颇大的木盆置于其中，盆里放满了细沙，另外还有一只用竹子做成的竹圈，相传竹子贯通灵气，颇有通灵之本。故在竹圈上还带了一只乩笔，固定在竹圈上。

两个女孩扶住了体积庞大的乩笔，还有一个女孩站在旁边，手里拿着一个本子和笔在等候，而李可居站在木盆后，指挥着大局。她们的脸色被烛光映得苍白而诡异，每一个表情都那样模糊，模糊得好像她们都在笑，挑起的嘴角，笑得很诡异。

"她们在扶乩？"谷清阳从没见过这种通灵方法，但她看过宋代《梦溪笔谈》，里面有提及扶乩。

四周那样地静，大家循声回头怒目而视。盘长生捏了捏她手心示意她不要说话，幸得厅内宽阔，微弱的烛光照不亮太远的地方，所以大家并不知道是谁在打搅作法。他在手机上编辑信息，然后递给谷清阳看，她们确实是在扶乩。扶乩始于南北朝，扶乩有三法，单人乩，双人乩，多人乩，此时她们进行的是多人乩。

扶乩笔的两人只是互相轻轻地握着笔，两人都处于身心放松仿如入定的状态。"笔真的自己会动？"谷清阳比了个大概手势，因为这种扶乩法在二三十年代就已经失传了的。盘长生不答话示意她看下去。

李可居命令站在她身旁的赵可点蜡烛。赵可哆嗦着把蜡烛一支一支地围着木盆插成了一个圈。她拿着蜡烛的手抖得厉害，把木盆照得变了形，细沙粒粒闪着寒光。盘长生从口袋里摸出了什么就往谷清阳脸上抹去，清阳气得作势要打人。正在这时，赵可说话了："社长，我怕。不如换人吧。"盘长生见是时候了一把将清阳推出去，她恍然大悟接口道："社长我胆子大，不如让我接替赵可点烛。"

"此时换人大为不敬，而且赵可做这通灵大使也不是第一回了，而你还是生手。所以还是由赵可操持方为稳妥，这事儿戏不得，烛圈为辟邪灯，一盏也灭不得，否则恶鬼就会从缺口逃出，很可能会死人的。不怕万一，只怕一万，还是熟手来做的好。"李可居为难地摇了摇头。谷清阳无趣地退下。"大家站好护住烛圈，知道这些禁忌就不会有问题。"李可居再一次提醒大家。而大家的脸上惧意更深。

只见李可居高举蜡烛置于额前，身子躬成45度，口中念念有词："童女立定叩请，请出来，请出来。"

声音低沉阴郁，如地底下传出的声音，让人遍体皆生寒意。当大家都在静静等待的时候，赵可听见了一声叹息，她的脸色大变，身子一抖，脚步不稳带起脚风。幸得李可居眼疾手快扶住她，才不至于弄熄蜡烛。

大家的脸色都很难看，犯了禁忌冤鬼不走，是会被缠身不得好死的，这和碟仙差不多。为什么不请操作容易的碟仙问事而要找出几近失传的扶乩占卜法来通灵呢？舍近求远这是谷清阳想不通的道理。在烛光中，她的眉头高高蹙起，直到她听见极轻极轻却又丝丝入耳的一声叹息，全身一抖，根根毛管竖起。盘长生感觉到了她的异样，用力掐她手心才回过魂来，背脊早已是冷汗淋漓。

有鬼？！

这是谷清阳的第一反应。盘长生在她手心写了个"晚"字，她忽然就想明白了。因为《晚清异闻录》里一开篇就记载了一首恐怖诡异的歌谣，里面就提到扶乩。难道李可居知道什么他们不知道的内情？

大厅内关紧的窗"啪"的一下，猛地被吹开，蜡烛闪了闪，握笔者脸上露出了恐怖的神色。四周太黑，唯独被烛光照亮的两人，她们惊恐的表情被无限地扩大。她们的眼珠子都要掉出来了，死死地咬住了唇，怕叫出了声。两人手上的笔开始慢慢转动，而一旁的观者开始作着记录。

看见下面的人一阵惶恐，李可居心里别提多得意。她们两个果然不愧是自己调教出来的，演戏演得那么逼真，其实这一切根本就是她的计策，她李可居天不怕地不怕根本就不相信鬼神。她学习成绩平平，人也长得不漂亮，就靠着够豪爽在学生会占到了一席之地。她要成为学生会主席，那样就能得到保送出国的机会。而借了《晚清异闻录》一书诅咒的风波，组织这一场保护学生的假运动，那大家都被她弄得神魂颠倒，都听她的，那她就大权在握了。

观者从一大堆歪歪斜斜的字中选出了正确的信息，李可居把字牌亮给大家看，上面写着：我已来。

所有人的脸色变得从未有过的凝重，赵可哆嗦着护着烛圈，刚才被风吹开的窗子早被学生关上了，并且守在了窗前。几个男生只是不明白，仪式举行前，明明扣好窗栓子的，为什么还会被吹开。他们不敢再想，只怕再想会自己吓坏自己。

越想，人心越慌乱。"唉——"一声叹息飘来，所有人都慌了，他们后背冷飕飕的，像是有一千一百万条蛇爬过他们的背脊。笔转得快起来，像有巨大的力量揪着两个可怜的女孩挥动着无影的手写下了密密麻麻一行字。

一对红鞋悄无声息地出现在一边，赵可最先看见，大叫了一声——"红嫁鞋"，大家乱作一团，烛圈的火"嗖"的一下全灭了。只剩李可居手上捧着的没灭，幽幽地照亮了她的脸庞，白得吓人。

大家全都蒙了，李可居此时也慌乱到了极点，尽管她不信鬼神之事，但顾忌总还是有的。犯了禁忌还是可以挽回的，于是，她口中大声而急速地念道："莫恋尘世，从哪里来，回哪里去，好来好去，莫怪莫怪！"正想把蜡烛放在木盆中间，把不干净的东西定在盆内再行请走。

一个红色的身体显露出来，就在李可居的身后，所有的人全吓得退开，李可居尚未察觉。身后的红衣一晃，苍白的脸只看见下巴上红唇诡异的一笑，最后一支蜡烛灭了。

谁也看不见谁，但叹气声阴恻恻地徘徊在耳边。李可居早已是大急，好不容易点着了蜡烛，见阵法已破，只好把大厅内的灯全开了。大家在强烈的光线中好久才适应过来，全缩在了墙角，离得李可居远远的。

李可居大怒，都怪那几个男的不得力，破坏了她的大计，她指着他们大声吼道："你们吃屎的吗？连窗户也看不好。"

"冤枉啊，我们早把窗子关紧了，它是自己开的啊！"

此言一出，四下慌乱不已。唯有盘长生抬头看着屋顶若有所思，这是图书馆的最顶层，上面皆为木梁，连屋顶也是砖木构造的仿古建筑，整座图书馆在外看来是古色古香的殿宇式楼房。

"喂，看什么？"谷清阳推了推他，现在是他充分发挥的时候了。果然，他站了出来，脸色沉敛，厉声道："你们当学校是什么地方，在这儿搞些怪力乱神的勾当。这次我不追究，再有下次，所有的人都给我记大过处分。"

大家全然没有被他唬住，所有的目光都停在了他的身后。他回头，那里躺着一对红嫁鞋。李可居拉过握笔的两个女孩低声责备："不是让你们演戏吗，怎么会抓不住笔？！"

"社……社长，这次我们根本没动，真的……"她俩早已吓得哭了起来，李可居咬紧了唇说不出半句话。"社长，"赵可哆嗦着走到李可居身边，指着木盆道，"我不敢记。"

盘长生率先一步走近木盆，只见木盘里零散地写着一些字，但都看不清，唯独有四个字尽管歪斜得厉害，但还是一眼明了，正是：以血洗冤！

"啊——"一声尖叫，赵可吓得昏倒在地。盘长生此时头脑一片空白，只记住了李可居和那两个女生的对话：笔是自己动的！

此时大家心里都清楚，烛圈如果灭了，就会有冤魂停留不走。以血洗冤，已经说得很明白了，归溷、小薇、陈晨、严心所有死去的人都回来了。她们都死得怨，所以回来找替身了，要以血洗尽她们心中的怨恨啊，学校已笼罩在血色恐怖中了。她们谁都活不了……

"哈哈，"一个女孩站了起来，手舞足蹈，"蝴蝶，好大好鲜艳的蝴蝶。嘻嘻。"

所有的人均感毛骨悚然，哆嗦着看着起舞的女生，她已近疯狂。盘长生走上前拍她，她仍在数着蝴蝶。为什么是蝴蝶？盘长生大感棘手，忙拿出袋里的MP3把线控耳麦塞进她耳朵里，里面放着《清心小谱》。慢慢地，女生安静下来，眼神呆滞，傻坐在地上。

盘长生什么也没说，他再看了一眼木盘，里面凌乱地堆着看不清笔画的字符，除了"以血洗冤"四字外，还有一个7字。只是笔画过乱，很可能把7错看成Z了。他马上想到了"七字禁区"这个词。

"李可居，明天上午十点到我办公室找我。"都是这个麻烦学生搞出了现在的麻烦，明天他得好好问她话。

"凭什么，真是的。"她的小声嘀咕没逃过他的耳朵。

"尽管我是历史系的老师，别以为我管不了中文系。现在太晚了，大家都散了吧，注意安全。男生留下帮忙把刚才生病的女同学带去医务室。"盘长生冷峻的目光扫过，所有的学生都迫于他的威严乖乖地回去了。

第十三章

七字禁区

GU DONG XIN NIANG

一夜折腾，好不容易休息了六个小时，盘长生就得起来工作了。

医务室送来了十多个学生，都是神志不清醒，嘴里喃喃有词地念叨着蝴蝶。还有一个精神很不好，有暴力的倾向，见人就咬，被送到了市医院去了。

盘长生带领历史系的男生在校园内作了询问调查，原来这些发病的学生发病前行为都很古怪，偷偷地看过一本书，而且看得很入迷。

盘长生在全校范围内搜缴《晚清异闻录》一书，无论是原本还是仿本一律没收。他说，翻查书页时，看一眼觉得有嫌疑的就收走，统一交到他处，千万别仔细看。此外还让查书的男生收书时戴上 MP3，听一些佛经或者《清心小谱》的曲子，那可以稳定心神。

大家正在汇报情况时，一个男生从校园公厕处走出来，他的头脸缩到了高高的衣领子里，眼神闪烁，慌慌张张的。他的手紧紧地交握在胸前，大衣很长很宽，灰色的布料使他看起来越加鬼祟。

他一看见盘长生和一群学生站在对面，低头转过身就往厕所后面的路走。

"同学请等一下。"盘长生大声呼叫，但越叫他就跑得越快。

大家马上反应过来，跑上去想抓住他。谁料他露出凶狠的目光，与围住他的人对峙。

"她来了，她来了。"忽然，他满眼放光地看着大家的身后。大家全身皆是一震，都不敢回头。寒风刮过，大家全身都起了鸡皮疙瘩。原来他们追出这么远了，跑到了公园里，而盘老师没有来。是盘老师害怕了吗？所以把可怕的事情交给他们做而自己开溜了？

他们的心里转过了许多的念头。

"你们听，她来了。"被众人围住的鬼祟男生诡异地笑了起来。

"十五过，鬼门关，善恶到头终有报。好人走，坏人来，端水照脸谁是人？冥烛照，衣纸烧，明天太阳就到来。谁是人？谁是鬼？血色人间无忠良！"

大家心悸连连，想起了《晚清异闻录》一书中开头的那段歌谣，此时此刻真真切切地听到了那声音，那女人从《晚清异闻录》这本古书里走出来了。他们都不敢回头，怕会像古书里提到的二毛子那样生死不明。

他们视线所及的不远处有棵树，树叶掉落了大半，狰狞的枝桠上挂着一双红色的鞋。

"鞋……女鬼……"一个男生声音里全是颤抖，话还没说利索，就被旁边的男生"哇"的一声吐的血喷到脸上。眼睛被腥重的血糊住，他以为自己的眼瞎了，挥出双手不停地挥动求救，"我的眼睛，眼睛！"

校园里，看到这一幕的学生惊叫着四处逃散。盘长生快步向前，把矿泉水瓶里的水往满脸血的男生头上倒。苟定远远看见也赶了上来帮忙处理，那吐血的男生回过神来，由苟定远带上来的另一队男生扶往医务处。

而鬼祟男生早已被盘长生制伏，听他说话，不像是意识思维不清晰的人，盘长生决定好好问问他，于是一帮子人进了一个空着的教室。

满脸血的男生没什么大碍，只是被吓着了。

放在他面前的确实是一双红鞋，但是一双已经破了个大口的红皮鞋，残旧不堪，显然不是那双做工精美的针绣平底红嫁鞋。

"这双鞋只是一双很普通的鞋，穿破了，也就随手往楼下扔了，尽管是缺德了点，但你们究竟是怎么回事？"

当听男生们说完整件事的过程，盘长生陷入了沉思。他们竟出现了同样的幻觉？这怎么可能呢？如果一人见了还可以说得过去，一群人都见到了，难怪会认定是鬼神作祟，只是不明白为什么会这样。

"我一直跟在你们身后，也跑进了小公园，你们都没看见我吗？当时他趁你们发呆时想逃，我也就拉住了他。跟着苟定远也过来帮忙了。"盘长生指着那名叫易数的化学系男生说道。易数仍是一脸古怪的表情看着大家，双手紧紧地裹紧那件灰色大衣。

"当时我们只看见四处一个人也没有了，小公园里的树一排排地压过来，连天都是灰的，处处都透着诡异和压抑，压得我们透不过气来，接下来的事，老师也看到了。"

"当时我们好像进入了另一个空间，四处都是灰冷的，脚下的泥土就好像埋了一地的死尸要等着出来，我们就像梦魇了，连呼吸都呼吸不了。"另一个男生插嘴。

"真是黑色星期四啊！"另外一个男生也在叹气。

盘长生不由分说地从易数的衣服里抢过一册书，里面的内容果然是《晚清异闻录》。很明显这只是仿本，《晚清异闻录》里的一些故事零落地夹在这本仿书里。和他从学生处收缴上来的仿书一样，都会有一段诡异歌谣，而且全都是《晚清异闻录》卷二里的内容。卷二在他手中，从目前的情况来看，四处散播恐怖的人手里也只拥有第二卷。

"黑色星期四，黑色星期四……"盘长生嘴里念念有词。脑袋发涨的他挪开眼睛，看向窗外。

一张诡异的脸飘过，血红的嘴诡异地笑着。接着"咚"的一声，物体坠地了。

大家急忙跑到窗台去看，地下一摊鲜血，一个女孩仰面朝天看着他们。

她的脸是狰狞的，戴着一张玉覆面，一身素缟，只脚下穿着一双红嫁鞋。

四周无人，这个寒冷的冬季，学生都躲在房间里。也好，这样恐怖的一幕，还是不要看见的好。盘长生伸出手，心猛烈地跳动了一下，生硬地掀开面具，不是谷清阳。他的心终于恢复了正常的跳动。

只是这个平日嚣张的女孩，她如花的生命就这样断送了吗？盘长生开始责怪自己。昨晚凌晨，如果他再坚持点，能当即询问她，或许她就不会出事了。

李可居，对不起。他在心里默念，再次伸出手，把她突出欲裂的眼睛合上。刚合上，她的眼睛忽地睁开，嘴角流出一丝血，她头上的鲜血溅红了大地，她的冤屈充斥了整个校园。她的眼死死地瞪着这个人间。

"安息吧，我一定会帮你找出真凶，并绳之以法！"他再度伸手把她的眼合上。她的眼终于合上了，只听见远处传来一阵叹息，那声叹息含了复杂的情感，里面有惋惜，有无奈……

而此刻盘长生的心里明明白白地知道，幕后人已经改变计划，原来的每个人都去得很干净，而现在，幕后人在以血洗冤，用最惨烈的方式去表达，表达每个人心中的愤怒。"7"终究是一个轮回，轮回到四年前的那两起残忍的自杀案里。

盘长生坐在宿舍里，静心思考。这是个可以住六个人的宿舍，而此时只住一人，所以空间就显得尤为大。

宿舍里只放了一张架床，上下铺的，等于有两个床位。贴着架床摆了一个衣柜，中间摆放了一套桌椅，除此之外，别无他物。

手上的红嫁鞋轻如鸿毛，但压在心中却重于泰山。看了许久，盘长生依然没看出个所以然来。但是有一点，他是注意到了，那就是只有在看过《晚清异闻录》的情况下，并且红嫁鞋和诡歌谣同时出现时，人才会出现幻觉，通俗点讲，也就是见到鬼魂了。

谷清阳安静地坐在床边，她抱着膝，下巴搁在膝盖上，就如一只可怜巴巴的小猫。她的长发垂了下来，越发显得脸小、眼睛大。那双琥珀色的眸子安静地注视着他，在灯下晕着一抹淡淡的光彩。被她看得不好意思了，他轻咳了一下。

明亮的光线突然就没了。公寓区一片黑暗，又停电了。尽管现在是下午两点多，但这里的光线一向很差。谷清阳麻利地取来蜡烛点上，她拉了一把椅子轻轻地在他身旁坐下，举着蜡烛为他照明。她本就细眉细眼的，此刻在烛光的映照下更多了分恬淡、清凉。

"还是猜不透吗？"她低着头，手拂过鞋面，不经意地触碰到了他的手。她抬头，对上的是他的双眸，他连忙移开视线，他怕自己会在那双琥珀色的眼睛里沉溺下去。

"我不明白他们为什么会喊蝴蝶。总觉得这是一个关键，却又解不开。"盘长生用了商量的口气，这让她很开心，因为他开始对她有了依恋。

蜡烛忽地噼啪爆响，火星溅到了鞋面上，灼开了一点面料。

原来绣花鞋绣得如此精妙，烧开了才发现用的是多层次绣面，一眼看去是缠枝牡丹，换个角度看竟有许多的蝴蝶纹隐藏在鞋面里。若非烧开了一个层面，还真看不出来。谷清阳拿起带尖钩的小刀挑起几根线，一只蝴蝶的形象就清晰起来。因为线绣压得繁复，就如一只蝴蝶的身上压了几根线，要用透视才能看清蝴蝶。而线的走向……细细研究了，竟是一种符号，这种符号由多个线符组成，眼睛看多了必然会模糊疲劳，产生一种模糊感，刺激脑皮层做出多种想象。举个例子，就好比现在的抽象画，在歪曲的构图里，换个角度去看就能看见画家隐藏起来的东西，如：达芬奇就在他的作品里，耶稣的裹尸布里就暗藏了达芬奇自画像。很明显，加入了《晚清异闻录》里诡歌谣的刺激，人脑里就会做出搜索反应，搜索出相近的内容，例如蝴蝶、鬼嫁娘等等。

盘长生对刺绣这种小女儿情怀的东西并不热衷，所以也不擅长丝织品等物的辨别。至于明代缂丝则是由于太出名才会有所了解，也正因这样才迟迟猜不透红嫁鞋的秘密。现在，终于破解了第一个谜团。

"这就像是《黑色星期四》这首杀人曲子，情绪低落的人听了就会自杀，这首令世界惊恐、遭到禁播的曲子尽管造成了许多人自杀死亡，但也不是听过的人一定会自杀的。"谷清阳拿过鞋子，现在她已经完全不怕这对鬼鞋了。

"别深看，这种用了特殊咒文隐回字法绣成的图案，看多了是具有杀伤力的。"

"难怪我说这些线像是绕着一个个回字去绣的。"谷清阳吓得忙放下它。

"不止，还有些字符号在里面。"盘长生看向窗外黑乎乎的世界，叹气，"只怕这一系列的反应就是'旅鼠效应'了。"

"旅鼠？！"谷清阳脸上露出了惊恐。

"没错！幸亏我们发现得早，阻止了同学们深入去看《晚清异闻录》，不然心理暗示加深的话，看过的人都会做出自杀行为，这一行为名称就叫'旅鼠'。现在校园里乱哄哄的，许多人都出现幻觉，这只是旅鼠效应的第一步，如果事态发展得不到控制只怕很多人会莫名其妙地自杀。"

"那有什么对策？"谷清阳也认识到了问题的严重。

"幕后人不知道还有多少册《晚清异闻录》卷二的仿本，而且红嫁鞋随时出现，歌声也跟着响起，这个人一定是这个学校里的人，所以才能隐藏得那么好，那么自然。"

"学校里的人那么多，那岂不是很难排查？"

"别泄气，总会有办法的。"

想到不知何时会要了她命的杀手，或许就是她身边熟悉的人，谷清阳的身子不由自主地颤抖。盘长生轻轻地搂着她的肩膀让她安心。

下午四点还有课，是由盘长生带队到博物馆去看看馆藏，想辨认出古物真假，就得多看、多观察、多摸、多思考，所以一定要大量接触真品才能掌握好这一技巧。

三点集合后，盘长生就带着大家坐了公交车赶往京博。赶上今天人多，博物馆里挺拥挤的，盘长生吩咐大家不要走散，跟着大队，他一边走一边讲课。

虽说他们这个专业听起来挺生僻的，不过他们运气好，赶上了国家盛世，"乱世黄金，盛世收藏"，现在家家户户嘴边上都挂着"要捡漏""要收藏"什么的，如果能学有所成，这门专业还是很吃香的，而且前景会越来越好。所以大家都学得很认真，希望能早日出师。

苟定远家境好，一家人都热爱收藏，所以他哥哥苟定均和馆长也算熟悉，碰巧今天苟定均也过来看展览了。

人群里，苟定远远远地就看见哥哥了，于是把他也拉到班上大队里来。

盘长生作为老师率先和苟定均打招呼。

眼前的这个男人长得十分俊秀，身为男性的盘长生也不得不赞叹很少见过长得如此好看的男人，除了子剔透。苟定均穿着一身剪裁得当的休闲西装，就那样慵懒地靠着栏杆。细致的五官都显得很放松，唯一双眼炯炯有神，人只随意地站在那儿，那气势还真是渊渟岳峙。

"哥，你怎么过来了？"苟定远拉了拉正和自己老师说话的苟定均。

"中午吃饭时收到你短信不就过来了，这么健忘。"苟定均摸了摸弟弟刺刺的平头。苟定远尽管长得不错，但和哥哥比起来，差距一下就出来了。在苟定均眼里，他永远就是个长不大的小弟弟，所以这个溺爱的动作到了现在也还是改不了。苟定远抗议："哥，我不小了。"

大家都笑开，而苟定远被大家一笑也忘了想说的事。中午的时候尽管他有发短信，下午看展览，但是是给谷清阳发的，他一直喜欢谷清阳，但碍于痴情的徐徐，所以一直没有开口。眼看着谷清阳和老师越走越近，而这位老师又年轻又有学问，他也就坐不住了，借着下午展览之机想约谷清阳单独来展馆会合，没想到或许发错给了哥哥。

古物奇谭·

古物新娘

"清阳，你没收到我短信吧？"他问。

谷清阳嘴一抿，酒窝浮现："没有啊。哈，说了什么的？"

看着她甜美的笑容，苟定远脸上一红，忙移开视线："也没啥，就是搞笑短信，我见有趣就发给你了。"

等他走后，盘长生神色暧昧地看着她，低下头靠近她耳边小声说："哟，小鬼头还会撒谎。"

谷清阳扭捏地扯住他的袖口，踮起脚也学着他那样靠近他耳朵小声说："我是有接到他的短信。我知道徐徐喜欢他，我不想他误会什么啦，所以就忽悠掉他的约会。"

在苟定远看来，这对璧人的窃窃私语是那样亲昵暧昧。

"弟，你喜欢她？"苟定均看着不远处的两个人，对弟弟说。

"不是啦，大家都是同学。"

随后的参观，苟定远都心不在焉。

盘长生是个很通情达理的老师，所以也就让苟定均一路随着弟弟。

"苟先生很有学问啊，改天我真得好好讨教讨教。"盘长生温和的脸上是淡淡的笑容。盘长生给人的感觉总是很舒服的，斯文安静，就像冬日的太阳平和温暖。

"哪能和盘老师比啊，我们只是有兴趣所以也就胡乱恶补了些皮毛知识，都是很门面的东西了。"苟定均也笑了起来，眼睛却仍看着展馆里的一具玉覆面。

"苟先生对组佩玉有研究？"盘长生也就顺着他的喜好说下去。

"前些年收过一两件，我喜欢同批号出来的器物，上面的线纹挺好看的。"

"就像苟定远带来学校的那只玉杯？"

苟定均一怔，眉头拧了拧，笑道："定远那小子把我的玉杯偷出来了，之后被我批了一顿，主要是他想知道器物的来历，所以带去学校想问问教授。"

161

盘长生生点了点头，没有答话。所谓的"同批号"就是同一个墓穴出来的器物，哪怕不在同一个墓坑，在大编号上都是同一个系列里的。正因这一点，盘长生有留意到，并让警方查了拍卖行的相关记录，加上翡翠的回答，他也就知道玉覆面、苟家的玉杯、翡翠送他的子刚玉牌、《晚清异闻录》和《民国异闻录》、红嫁鞋、冥服婚衣、明代缂丝都是同一批号出土的文物。只是有一点，《晚清异闻录》和《民国异闻录》都是后来民国中期时有人故意放进了学校的明墓里的，后来又取出，现下也不知道散落在什么地方。但终究是一个地方出来的东西，都列在一个编号组里。

盘长生找来的专家暗中已经探查过明墓，这个墓没有被盗过的痕迹。"桥中盛景"之一的荷花座砖雕上刻了些玉覆面、红嫁鞋的抽象符号，里面记载的内容很古怪，并非对先人墓主生前的叙述赞扬，而是对学校后山与之相呼应的另一边山道的描述，其中提到了一个地名，公主坟。而河流中漂浮的女尸，她们身上的布料全是明代缂丝制作，就连红嫁鞋也有缂丝的技法影子在里面。所以，在他的第一节课堂上，他就向班上同学发问：知不知道什么是明代缂丝。

大家在休息区欣赏着仿制的名家书画，馆长邀了盘长生进办公室聊天。

"您和苟先生熟吗？"盘长生开门见山，长话短说。

"他对带有镇鬼符线符的文物很感兴趣。"

"哦？"盘长生挑了挑眉，双手拿起馆长刚从陈设柜里取出来的玉覆面。他右手拿起放大镜细细观察，果然看见了玉覆面双眼部分一圈纹饰精美的阴刻线线条，"玉覆面是墓主人才佩戴的冥器，为什么会在墓主自己身上用上了镇鬼咒？"

"小盘，这可就是你只知其一不知其二了吧。"馆长拿起绒布细细地擦拭着玉覆面，"这线符是加了两层密咒的，如果是用在墓主身上那是防外邪入侵的符咒，但如果用在冤魂身上，则是防止冤魂报仇的诅咒了。"

盘长生听了锁紧了眉。

看着盘长生脸上淡淡的忧郁，馆长不知道该不该说，他是很心疼这个身形单薄的孩子。

"这是翡翠从福建那边回馈回来的消息，也算是一种历史上的发现了。"

盘长生只觉眉心猛地一跳，连声音都颤抖了："什么？她在福建？！"

馆长点了点头。此事凶险万分，翡翠一个女孩子如何能独自行动，盘长生急得如热锅上的蚂蚁，只差没立刻飞到她身边。

门开了，盘长生一脸轻松："同学们，经过老师的努力协商，馆长终于答应让大家分组进去看一看真品，大家触碰文物时小心一点，可得把握机会好好研究了，明天把心得交给我。"

大家一声欢呼高兴得全蹦了起来。而他也巧妙地掩饰过去，他来此处就是为了查案接收消息的真正目的。

苟定均随大家一起谈论起一些学术界的事情，苟定均听的时候多发言的时候少。聊起玉覆面的事情，苟定均提出的论点还相当有水平，他觉得玉覆面应该归类到冥器崇拜里面去找寻，这样能找到这个民俗的概率就会大很多。

"京城果然是卧虎藏龙啊，苟先生竟然对文物如此有研究。"盘长生很佩服这个年轻人，要知道他有鉴别文物的能力全是从小就培养的，是唐宋元安排了许多名家一对一教授的。

馆长拍了拍盘长生肩膀，镜片一闪，眼镜后的眼神隐晦难明："小苟可是李成教授的得意门生，想想啊，你也毕业多年了，我都老咯。"

"苟先生以前也在广播大学就读的？"盘长生一惊。

"我是在北大历史系读的大学，那时李教授还是受聘于北大的。后来他年纪大了，也想回到自己的母校，所以才转回广播大学的。但是论文博专业的话广播大学要更有名气些。"

原来如此，盘长生点了点头。随后谷清阳来找他，他也就借故离开一下。

机灵如谷清阳如何不懂把握时机，他俩躲开了众人的视线来到馆长单独的办公室里，里面还有个密室，进去了，一个人背对着他俩坐着，他的手里还拿了一本书。

"终于来啦！"李成转过身，微笑着看着他俩。

"苟定均是你的得意门生？"盘长生开口就问，谷清阳听得莫名其妙。

"还是我外甥。"李成的回答很随意淡然。

"苟定均惹上什么事了，你怎么那么紧张？"谷清阳也急了。

"说不上，但总觉得他这个人怪怪的。"盘长生低着头，看不出他是何表情。

一沓照片堆在桌上，盘长生拿起细看，照片拍得很专业，换了好几个角度去拍，终于有一张的角度是能清楚看见某些信息的。

这就是李可居遇害后警察拍下的照片，通过寄给馆长让盘长生看见。现在的盘长生一举一动都得小心谨慎，不能让人看出他和警察有来往。

李可居腰上压了一摊血迹，而挪开她的尸体后，在左腰部位有个像"9"又像"6"又像小写"g"的血字符。

"你觉得是什么意思？"谷清阳眼睛一刻不离地死死盯着照片上的血字。

"七字禁区。"盘长生看向她。

她不自觉地挑了挑眉："那应该是'7'字啊？"

"她是第六个，所以留下了'6'字，矛头直指'七字禁区'，这也是她临死前留给我们的最后线索。"听了盘长生的话，李成也点头表示同意。

"《民国异闻录》里有什么发现吗？"盘长生问李成。

李成点了点头："我想我们能找到钱剑锋，他就在公主坟里。"

第十四章

星月拱日

GU DONG XIN NIANG

看完馆藏，大家散了后，盘长生和谷清阳在馆长的掩护下，避开众人眼目迅速地离开。

一路上谷清阳都很很静，瞪着眼注视着前方的路，盘长生见她紧张，也就问道："你知道京博馆藏里的玉覆面怎么找到的吗？"

"听馆长提过，是民国时在京郊公主坟地界上的一个古墓里找到的，"谷清阳眼睛一亮，"公主坟！"

"没错，就是那里！"也就是翡翠送他的子刚玉佩出土的地方。

"那个地方你找到了？"谷清阳仍是一脸不信。

盘长生没好气地戳她的脑门："笨丫头，已经推测出来这个公主坟在什么地方了。"

"那学校方面呢？"谷清阳一副打破沙锅问到底的样子。

"旅鼠效应只怕会越来越严重，校方早出动了警察维持治安。"

"这么大的事社会媒体那方面怕是瞒不下了。"谷清阳叹气，手上传来温实的温度，他握紧了她的手。

"广播大学是百年老校，培养出了许多名人，这样神圣的书香门第，它的声誉一定不会受影响的。"

车子开了许久，终于停了下来。下车，天已经黑透了。

绕着山路走了许久，终于找到了一个隐蔽的山口。钻进去后，谷清阳才发现四处都有盗洞。从一个小小的盗洞进去，谷清阳放低声音问他："国家怎么不对这里进行保护开发？"

"因为有了《民国异闻录》一书，专家们连日商讨才确定下大致是这个地方，国家方面还不知道的。像玉覆面这样的国宝是解放后从海外收购回流的，所以它的出处只是说在京郊发现，但没有具体的地址。学校明墓里的荷花砖雕那里描述了一个地方的经纬，专家结合全市的地理得出了这样的推论。我和李成教授都认为，苟定远的玉杯，加上《晚清异闻录》一书里钱剑锋研究出来的线符就是来这个墓的正确位置。而李教授只是看出了钱剑锋所转换的线符路线的一部分却没有完全看明白。所以只找到了有'诡门关'的那条公主坟旧路上，却迷了路差点丧命。"

盗洞很长，没有一丝亮光，盘长生拉稳了谷清阳怕她掉队。

"这个墓是被前人所盗，到了现代除了钱剑锋应该没人进去过了，只怕会有机关，你得小心仔细。"

终于进入了墓甬道，甬道十分开阔，可见墓的大气。甬道两旁刻着仕女图案，但全已模糊不清，这和墓曾经遭到外人入侵，带进现代空气有关。看仕女的装饰可知这是个明代墓葬。

见谷清阳扯他衣角，他失笑道："学校的墓你都敢进，还害怕这里闹鬼？"

谷清阳吐了吐舌头，这人也太不懂怜香惜玉。

他俩在黑暗的地下世界里仿佛永远走不到头，两边的仕女舞动着优雅的身姿，惟妙惟肖的双眼随着他们的走动而走动。

如果说学校明墓里是机关吓人，那这里的墓穴就有一种真正的恐怖味道，他们身后犹如尾随了许多的人，影影绰绰。谷清阳感到脖子一凉，猛然回头，一道黑影闪过。她努力地使自己镇定，但飘过的那道影拖着长长的裙摆，像极了古代女子的裙袍。

盘长生拉了她继续走，两旁的高大仕女似乎一个接一个地垂下眼帘，眼珠子斜斜地看着她。她感到自己的身体像被无数的人用视线透视了无数次。

"丁零"一声清脆的声音在幽静的地下世界里响起，音色清越，像叶子上落下的一滴露珠，谷清阳的脚被死死钉在了地上。

"怎么了？"盘长生皱起眉头。

"你有没有听见环佩叮当的声音？"

"别多想，墓里有些古怪声音也是正常的，太安静了反而不对劲。我们继续走吧。"盘长生紧了紧腰间的软钢鞭。

谷清阳乖乖地转身正要迈步，又是"叮"的一声，静谧里还带了"嗡嗡嗡"的振音。她的手紧紧地挽住了他，很用力，使得他感到了辣辣的痛觉。他也停下了步子，倒要看看是什么来头。他的手习惯性地摸摸她的头，正要说两句安慰话，就感手心被扎得痛，悄悄一拨，从她发间取下一件东西。

那是一支明代镶玉嵌珍珠明式珠钗。钗子是一只通体修长明丽的蜻蜓，蜻蜓身上还嵌了蓝绿色的琉璃。眼睛处是两颗圆润晕黄的旧时珍珠，身体是和田羊脂白玉，而透明轻盈的翅膀则填上了两色琉璃和玻璃翠，琉璃烧得极薄极细，透明稀薄如蝉翼，而翡翠也是翠得极透明，如此明艳的色彩搭配反而衬出了冷色调，显得蜻蜓栩栩如生，脱俗冷艳。

蜻蜓连着钗身，而翅膀部分更是用了活动的相接扣法，使得翅膀扑扇扑扇地颤动，非常生动。而钗身则是取了万年珊瑚制成，颜色红中泛蓝，蓝里透紫，随着翅膀的扑扇，折射出不同的色泽。

谷清阳何等伶俐，马上明白过来摊开他的手，那美丽异常的发钗呈现在她眼前。那种妖娆的美态灼痛了她的眼睛。她的眼睛茫然地穿过他的身体落在前方不远处。盘长生拉了她走到宽阔高大的主厅，厅壁上画有一幅画，画中的女子雍容华贵，体态大方，步摇金簪插满光润饱满的额头，灼灼生辉。

"是她，就是她！"谷清阳有点语无伦次，甩脱了他的手跑近那面墙。华贵女子的头上簪着一支钗，钗头上扑扇着一只透明艳丽的蜻蜓。

"冷静点，别自乱了阵脚。我们见到的幻觉都不过是某些经过了特殊处理的对象所引发的，就像红嫁鞋、《晚清异闻录》里的诡歌谣，我们要破了那个疑团，世上没有鬼。"

她的手紧握住他的手，他的手因为紧握珊瑚钗子而微痛。

"这也是幻觉吗？"

钗柄握得太紧，带动了蜻蜓的翅膀。盘长生看着她沉默不语，一时不知如何解释。因为他也不能解释，为何她的头上凭空出现了这支发钗。

正厅里有五个洞口通向五个地方，应该是通向两间耳室和一间主墓室，多出的两条通道有可能是耳室也有可能是陷阱，盘长生拉了她往最正中的墓室走，他一步一步走得仔细，琢磨着会不会是蝙蝠或者蛇之类的生物经过时刚好把发钗掉落在她头上。想着，连他自己也摇头，真的是无意掉落，有个重量值的，所以才会使人发现。但是谷清阳自己一直没发现头上多了东西，可想而知那应该是有人把发钗轻轻地别在了她发上，轻得连她自己也感觉不到……

如此乱想着，身子不由自主地震了震，连他也感觉到冷了。

窸窸窣窣的衣裾摆动的声音响起，那声音从头顶传来，他们置身在空旷的墓穴里，却感觉到了他们的身边围满了"人"，她们穿着迤逦拖地的长裙，摆动着灵活的腰肢，手托托盘，盘里放满了珠宝美食，在他们的身边轻轻地飘过，她们看不见他俩，只专注做着自己的事。

谷清阳的身体剧烈地颤抖起来，她摆脱了他的手，一步步、一步步地后退，退到墙壁靠着，仿佛只有这样才能找到心灵上的依靠。

地下太黑太黑，黑得盘长生无法看清头顶上究竟有什么东西，只余衣裾裙摆的晃动声丝丝入耳。他走到谷清阳跟前，她慌张地作了个噤声的手势。

他紧紧握住她的手，但她却迈不动步子。

"嘘，小声点，别吵醒了她们，她们都睡着了，没有看见我们呢，别打扰了她们梦游。"谷清阳的眼睛瞄向发出裙裾响动的地方，她小脸煞白，虎牙把晶亮的唇瓣咬出了血。

"人比鬼更可怕，我们继续走吧！"盘长生是见过大世面的人，如何会惧怕眼前这缥缈虚无的景象，他只牢记了唐宋元的那句话：人比鬼更可怕！

地上一点闪光引了她过去，原来是一面古朴的小镜子安静地躺在地上。

镜子为仿唐代的瑞兽葡萄镜。因到了元明以后，铜镜铸造业已经开始衰落，所以镜子多无纹饰，且大多粗糙，形状为圆形。特别在明代，仿造汉镜和唐镜的风气很盛，但纹饰模糊不清，已无汉、唐铜镜的昔日风采。

所以，谷清阳手上的这面铜镜铸造得十分精美，纹饰生动有加，瑞兽踏祥云吐瑞气，虽为小器，却也瑰丽大方。

镜为圆形，卧兽钮，镜面分两区。内区刻有六只瑞兽攀援葡萄枝蔓，六只瑞兽形态各异，层叠其中，透刻立影，每只兽分外通透清晰；外区纹飞禽、异兽同向穿梭于葡萄枝叶之间，生动活泼。葡萄藤蔓相织，繁复华丽，颗颗葡萄圆润有泽，泛着錾金的铜光，透出一股皇家的贵气。图案立体感极强，纹饰虽繁却层次异常分明，阴刻透刻技法运用得炉火纯青。把镜面翻过来，上铭：国势昌运，子孙绵延，寝永世昌。

镜子会反射一定有透光的地方，谷清阳正想着，"叮当"一声，又是绵长的幽幽回音穿流于深穴中的黑暗中。她把镜子照向裙裾"簌簌"的地方，静，黑暗里那样静。

"你干什么？"盘长生夺过镜子，镜里红光一闪，如轻纱一般的红色裙摆消失在镜子里，"别自己吓自己。"

"你看到了？你明明看到红色衣裙飘过的。"谷清阳咬紧了唇，握紧的拳头抖个不停。

"好了，控制住自己的恐怖幻想，否则事情会越来越糟的。镜子不是制造鬼物的工具，只有人的心才是真正的心怀鬼胎，它只是照出了你心里的'鬼'而已，看着我。"盘长生把她僵硬的身子扭向他，她的眼睛看着他的眼睛，"你可有做亏心之事？"

　　良久，她摇了摇头。

　　"那就是了，老话说得好'不做亏心事，不怕鬼敲门'。如果你心里仍不好受，那你可以换迷信的想法去想，这是一面冥镜，专门陪葬死人用的，从铭文来看应该是皇室用品，且有强大的辟邪作用，也可以称作'辟邪镜'。古镜的种类繁多，有日月镜、十二生辰镜、尚方御镜、辟邪镜、仙人镜、神人镜、宜官镜等，这就是你现在最需要的'辟邪'，这样想会不会好点？"

　　听了盘长生的话，她的脸终于有了抹血色。

　　"你不是说这是迷信吗？迷信也信得过？"

　　"那从科学角度来说：镜子还有医用价值。明 · 李时珍在《本草纲目》中称：'古镜（指铜镜）又名鉴、照子。主治：惊痫邪气、小儿诸恶。'因古镜背面多铸有图案或文字，李时珍认为镜上'文字弥古者佳'，这样说，心里舒服了吧？

　　"其实古人认为镜子能'辟邪'，主要是因为镜子有反射光线的作用。可将所谓不利的'煞气'反射回去。在现代住宅中，室内镜子不宜对着有尖形建筑物、屋角的方向，这样至少在视觉上不舒服。"盘长生取过她手中的镜子细看，何以镜子会出现在这个地方。按理说这个墓曾被盗过，宝物早已被盗光了，退一万步来说，就算还剩一些没被盗墓贼翻出来的宝物那也不应该出现在这里啊！

　　盘长生知道唐代有一种铜镜叫透光镜，从可考据古籍到存世出土或流传有序的铜镜来说，也只有唐代时制有透光镜。透光镜镜背的字迎着太阳或灯光时，都可以明显地映射于墙壁之上。而这是面仿唐的镜子，而且镜壁打造得巧而薄，它会不会……

心思一转，他立刻打开手电筒往镜背上照去，光线经由镜背反射到墙上出现了一幅地图。更妙的是，铜镜上的铭文经由光线折射拼合在墙上的"国势昌运，子孙绵延，寝永世昌"三行字竟组成这座地宫的地图。他们现在所处的位置是墓厅，从正中墙上画着的那位古代华贵的女子身下进去就是主墓室，主墓室里配了四个耳室，上下左右各一个，往上的耳室从地图来看标得很隐秘，或许葬了某些重要的对象或信息。而往上耳室的秘密走法他也紧记心中，此刻，他有种欣喜，因着这个耳室的重要性和隐秘性，或许尚未遭人盗过。

他放下手电筒，举着的铜镜放出幽蓝的亮光，这里应该有光源，否则在如此黑暗的环境下，铜镜是不会反光的。那光源的地方又是哪儿？地图中好像没有指示。他再次亮起手电筒照向镜背，地图幽幽地浮在墙上。仔细辨认了许久，才发现右边耳室比左边耳室要小一些，而且奇怪的地方是右耳室边还多标了个小小的圆圈。

那里会是什么地方？盘长生关上手电筒，顺着铜镜反射蓝光的折亮度来计算，确实是右耳室方向透出的极微弱的光线。

"我们先进主墓室……"盘长生话尚未说完，身前不远处飘过一个红色的身影，轻纱薄裙，青丝环佩，本是极动人的婀娜身影，此时却生生地将人的心胆揉碎。谷清阳尖叫着发足狂奔，她原本站着的地方分明悬着一套粉红轻纱宫裙，一闪，没入黑暗中。他们身后两米就是墙壁，除了穿墙过壁，人不可能突然消失。那个飘过的古代女子还算是人吗？

来不及多思考，盘长生全速往谷清阳奔跑的方向跑去。在这个诡异的地下世界，他不能丢了她，她不同于翡翠，她只是个普通的小女孩。

"别再跑了！"盘长生狠狠地一把拽住她。力道之大，让她生痛，懵懂迷惘的双眸渐渐透出清澈，她总算回过神来了。因着一拽的力道，她重重地往他身上压来，他双手一扶，稳稳地把她搂于怀中。此刻是如此静，静得能听见她"怦怦怦"的心跳声音。她的脸红透了，挣扎着起来，口不对心地分辩："我……我是因为害怕。"

心底的一只小鹿忽地腾空而起，不轻不重地往他心眼尖儿撞了一下，麻麻的、痒痒的，他不喜欢这样的感觉，却又留恋于那异样的温柔酥麻。他连忙放开了她，他的心到底是怎么了？

"我们身在这里，身边没有引人产生幻觉的载体红嫁鞋，也没有诱发载体的诡歌谣，那我们看见的真的是……"谷清阳克制住恐惧，带了理性的分析，但话头依然又绕了回去。

盘长生干脆也打开了门面而说："说真的，我也看见了。也曾想过会不会是鸟类或蛇架了古代的衣裙经过使我们错认为是古代女鬼，但也被我一一否认了。虽然此刻我想不出答案，但请相信我，我们一定能活着出去的。答应我，别再乱跑。"

看着盘长生明亮有神的眼睛，她淡淡的酒窝随着唇瓣的抿紧而浮现出来，她点了点头，把手一伸，满是稚气地说："那你拉着我走。"

他接过她软软的手，不自觉地捏了捏，生怕软软的小手再次松脱他的手，悄悄地不见了。当他们想回头的时候，发现路被封死了。

"明明刚才没有这道石门的！"谷清阳大惊。

盘长生摸索片刻："这是死门，凭我俩之力是没有办法推开的。在门外应该有按钮，一按，门下来了，里面的人也就被锁死了。"

"是谁按的按钮？"她死死地拉住了他的手。

从一踏进这个墓开始，她就觉得浑身不对劲。他拍了拍她手背，在密室四周找寻，手电筒被开到了最亮，依然一无所获。

谷清阳忽然放声大哭，哭得气喘连连。

"乖，别哭。这里是地下，氧气本就不足，你再哭，会缺氧的。"盘长生无法，只得像哄小孩一样哄她。她的脸因呼吸急速而变紫，她倔强地哭着，吐字不清："我身边出现过红嫁鞋，我是被诅咒选上的人，你跟我在一起，被我连累了，只怕你我出不去都得死在这里了。"

"真是胡话。"他让她靠着，一手轻拍她背，她的脸贴着他心口，他强而有力的心跳稳稳地鼓进她心里，两个人的心跳频率慢慢接近。

"好了，你也不慌张了，那就想想怎么出去吧。"黑暗中，她只听见他沉稳的声音，"你现在能看见什么？"

她在黑暗里认真地看了许久，终于发现一抹幽冷的蓝光从他们头顶不远处传来。

"有亮光就有出路？"

"从透出的光亮范围来看那个洞可以容一人钻进去的。"

"那不和学校公主坟路上的归月善堂一样？"谷清阳的声音里带了喜悦。

"没错，从墓的设计来看应该是同一个人。墓形的地理位置也应该是'星月拱日'和学校的明墓一样，估计不错的话三个地方都应是同一个人设计的。"

盘长生沿着墙体凹凸，很艰难地爬到了壁顶，但洞口离墙却有一段距离。他单手抓着墙壁，靠着钢鞭，他慢慢地爬将过去，终于钻进洞里。接着，他用钢鞭拉了谷清阳上去。

"哇，想不到这里这么美。"谷清阳昂着头，贪婪地看着头顶的奇景。

原来光源是一面像镜子一样的湖。此刻他们就身在湖底，琉璃加玻璃镶嵌其上，透明带蓝的琉璃玻璃使得澄清的湖水分外美丽，点点的潋滟水光就如洒落湖里的星子，揉碎了皎皎月亮。

"想必此刻的月色是很好的，把湖底都照亮了。"

谷清阳赞叹不已，看着一尾尾灵活的小鱼在水草丛中游弋嬉戏，有些则鼓着呆呆的眼睡着了，分外有趣。

"如果你喜欢，等了结了所有的事，我陪你回来看这满湖的星月。"

对上他弯如新月的笑眼，她点了点头。路就在前方，她跟着他走，手被他牢牢地牵着，她最后回头，想把这里的一切牢牢地记住，她怕，怕再没机会和他并肩坐着，欣赏这安静的人间美景。

"这里是第二座'星月拱日'明墓。这里有月亮笼罩，应了这一格局，湖里的点点光亮就是星子，我们往前走，应该就是太阳所在地主墓室。"

"想不到从这里走一样能通往主墓室。"

"想不到的东西还有很多呢。"盘长生脚步随着谈话一起停了下来，出现在眼前的是两条岔道口，一条要细小许多，斜斜地往上通去。他拉了她往前走，不多会儿路口越来越窄，两个人并排过已极为勉强。

"等等。"他拉了她退回到原来的宽阔区，从脚边捡起一块石头，用力地往前面狭长的过道扔去。

"啪"的一声响，地板裂开，手电筒所到之处，裂开的地下全是钢针倒刺，"嗡嗡"的声音回荡脑际。

"不好！"盘长生脸色大变拉了她往来路跑回，一把把她按倒在地。

无数的长箭"嗖嗖"喷出，狭长的过道成了一片箭雨地狱。有些箭更脱离了方向直直向他们飞来，幸而只是落在了旁边，没有伤到他们。

许久，箭终于停下来了。他们站起来，前面不远的地上厚厚的一层箭铺满地面。她看向前方，忽然一道蓝色鬼火一亮，披着散乱长发的人头"嗖"一下从壁顶垂了下来。

"鬼呀！"谷清阳吓得拽了拽他的衣袖。他正要说话，怪事发生了，所有的箭"嗖嗖"地起来，飞过狭长的过道。

他脸色沉重，拉着她退回到岔道口："你看清楚了吗？"

"好……好像掉了一个人……人头……"

"只有骨头才会产生磷火，那个估计是人盖骨。而且人骨里面应该有一块巨大的磁铁，把所有的箭都吸了回去。听！"

又是那阵冰冷刺骨的"嗖嗖"声。

"收集回去的箭发动第二波攻击了。"

"以此循环，一直射出箭来？！"

"没错。"盘长生点了点头，"启动机关的就是地裂开，连环的机括就会转动放出箭来。等一段时间后又放下装了磁铁的人头来进行吸收回箭，再发射。"

"所以我们只有很短的时间经过这个过道？"谷清阳总算得出了结论。

"没错。我们只有五分钟时间，且过道又塌了一半下去，更是难上加难。"

听着他的话，谷清阳的眼神慢慢暗淡下去。

"放心吧，我们以后一定能看到方才的人间美景的，你还那么年轻，还有很多美好的事物等着你去看。"

"说得自己很老一样。"谷清阳踮脚，举手刮了刮他的鼻子。

两个人等了几轮，几次回流后箭已比之前少了许多。他们抓紧时机快跑至狭长的过道前，停在裂开的地板口子上。

瞄准对面的一根钢针甩出钢鞭，借着力，盘长生跳了过去五六米远的安全地方，再一甩鞭，卷住她一拉，她也就跳跃了过来。一气呵成，十分成功。他们刚跑出没多远，箭雨又开始发动攻击。

"幸好我运动一向不错，跳远更是次次都拿满分，不然我的小命就悬乎了。"盘长生庆幸。

再往前走不远，主墓室终于就在跟前。

"钱剑锋真的会待在如此多机关的古墓里吗？"

"按分析他在此墓的可能性十分大，而且刚才的机关是我们第一次触动开启的，所以他未必遇到过什么致命的机关。再者，他也是学考古学的，且成绩十分优异，对于墓葬机关他也有一定的认识，不会破解应该也懂得避开，他活着的概率非常大。"

"喊，不被吓死也饿死啦，都这么多天了。"谷清阳撇了撇嘴。

"有同学说看见他失踪前买了大量的压缩饼干。"

走进主墓室，里面只安静地停放着一具棺椁。棺椁层层叠叠，竟是套了五层的，谷清阳此时充分发挥出了她的求知欲望，走近棺椁细细研究。

忽然，脚上传来一阵被什么东西噬咬的痛觉，她低头一看，吓得跳起，一骨碌地带出了一具脸色乌黑，肌肉扭曲的干尸，牙臼凸出，唇边黑色的肌肤扭裂开，露出黄黄的牙骨。此人的头上仍拖着一把头发，发上斜斜插了一支极小巧的羊脂白玉簪，身上的衣裙朴素低调。

一时无法分辨出此人的身份。

"别动！"盘长生一把拉住谷清阳，不让她的脚放下来。接着，他从她的脚踝处小心地掰开干尸的手，原来是她踩到干尸宽大的衣袖被手绊住了。

盘长生把女尸放平，谷清阳满是疑惑："这是什么人啊？"

"盗墓的，还是陪葬的？"她眨巴着眼睛看向他。

"哪有盗墓的穿这么长的裙子。"盘长生看也不看她，低着头研究。

谷清阳看着完整如新的棺椁，觉得没有一点破绽。

"应该是陪葬的吧，你看这棺椁都没开过封。这里这么空，估计是以前的盗墓贼见这棺椁难开，为了省事也就拣了棺外重要的就走了。"

"有点道理。"盘长生环视主墓室四周，确实有搬动东西的痕迹，"这女尸始终是身份未明，她的衣饰头饰都是极简单的，但我就是说不出哪里不对劲。"

"她不是陪葬的吗？"

他戴上白手套，仔细地翻查女尸身上的衣服，十多分钟后，他唇边的法令纹终于缓缓松开，露出了一丝微笑："你来看。"

那只是一块巴掌大的布料留在了女尸的腹部，这块布料用真金捻线而织，十分华贵。从断口来看，是经外力撕扯碎的。不大的布料里还能看见金凤高贵的头部闪闪的金冠和一朵碎开来的金银牡丹。

"这就是'明代缂丝'？"谷清阳想起盘长生上课时说过的内容，那时她还尚未确定学校明墓里一群陪葬女尸身上精致的冥衣就是"明代缂丝"。如今这里的布料更加精美绝伦，让人挪不开视线。

盘长生点点头："这块布料应该是一件寝衣，穿着的人一定富贵非凡，而且这只是外寝衣，还有中寝衣和里寝衣，而外寝衣的上面还会裹着一匹华丽富贵的经布。经布上绣各式佛祖观音罗汉像，还有纯金簪字，记录下宝贵而存世稀少的佛典经纬。每一针每一线都非常讲究，图案之繁复瑰丽，层叠之立体深奥是件真正的国宝。"

他顿了顿继续说："慈禧身上就裹有一件，那时孙殿英盗慈禧墓，得了这一匹经布，由于布匹实在是太长太重，于是把嵌金字、金佛像，和整匹布上镶嵌的珠玉宝石全数撕剪下来带走。后来经过多方修补才把这批经布修补好，那时的人一来图方便，二来也不知整布的价值才是至高无价的，生生把这匹国宝撕破让人心痛。如今还能遇见真是机缘啊，可惜这匹布或许永世不得见了。"

谷清阳也感叹不已，随着盘长生一起检查尸身。

"为什么经布在此，却不见主尸？是那主尸仍在棺椁里，还是当初由于种种原因，主尸根本就没有下葬？如果说主尸在棺椁里，那棺椁一定是被盗过了，只是前人用了什么方法，以至于我们也没看出来？"

这些都是考古的范畴，但考古的推测有时是会有上百上千种可能的，在没有新线索发现之前往往采用千百种可能里最符合线索加物证后推测出的那一个。

"暂时来说，我们只能确定她就是真正的墓主人，至于她是否是顶替别人而死当作墓主下葬我们不得而知。但此刻，整个地宫里，她就是真正的墓主。这个墓被盗过，所以应该是当初的盗墓者把她从棺里拽了出来，抢完她身上值钱的东西也就随意扔在了棺椁边。至于为什么又费力气把棺椁给合上，那可能是盗墓贼对墓主的挑战，是讽刺后人的一种举动了。"他看了看女尸，又指了指完好的棺椁，"此刻它不就是一个玩笑吗？以为棺椁没被盗过，所有的后人都被那帮盗墓贼玩了。"

"何以见得这是墓主？"这次轮到谷清阳大皱眉头了。

"你来看。"盘长生翻开女尸衣领子让她看清楚。女尸的脖子上有一条很深的割痕。

忽然，她就明白了："你是说盗墓贼为了拿她口中含着的宝物所以把她的颈割开！"

"聪明。"他握着她戴了手套的手轻轻地压在割裂处，"这里割开的伤口皮肤都是结在一起的，并没有翻开，证明是死了很长很长一段时间以后才割开的。"

顿了顿，他接着道："从牙齿来看此女年龄在三十岁到四十岁之间，没有中毒的迹象，腹部有箭伤，那才是致命原因。穿着富贵，如此可以推测不是陪葬。陪葬的形式有些是活埋、毒死、割颈等，大都要求全尸。从她的割口判断应是她含了宝物所以被割断的喉咙，因为死人的嘴是很难撬开的，割裂颈喉取宝物则方便快捷得多。"

他翻了翻干尸身上的衣料说："再者，她身上的布料也应该是撕扯而破的，因经布的结是连着腰部上的寝衣的，所以留了腰部这一块，最后就是她的里寝衣其实也算不得普通，还有发间小小的玉簪是和田羊脂白玉，两只兽在奔跑的动态被刻得栩栩如生，虽只有半身和飞扬的鬃毛也想象得出兽的下肢是如何的健步如飞了。玉头饰上雕刻兽类是在全世界范围内第一次出现，证明的确存在过这一型款，所以只这小小的一件也是价值连城了。可能是簪子太小，所以没有被盗墓贼发现反而幸存了下来吧。"

第十五章

情动

GU DONG XIN NIANG

解开了墓主人身份的谜，二人准备折回原路，往来时岔口的斜道去上耳室。回过头，前方一片黑暗，手电筒闪了闪，电源明显不足了。

"糟糕。"盘长生暗骂了句，只好先把灯熄灭。

他拉了她的手往前走，尚未来到主墓室的通道口，两团黑影闪出，挡住了去路。

"谁？"谷清阳条件反射伸手去挡，手却触到了异常油滑的肌肤。尚未来得及尖叫，两盏白蜡烛"嗖"地点着了，出现在他们面前的是一对生动可爱无比诡异的童男童女。童男童女每人双手捧着一盏蜡烛，惨白的脸，血红的唇，唇边咧开一缕诡异的笑。

"阴童！"谷清阳脱口而出，"他们怎会突然出现？"

盘长生一直在仔细观察，忽见火苗颜色突变，硫磺由黄转为蓝，复又火红大亮。

"小心！"他一把拉过谷清阳躲到一边。

阴童嘴一张，喷出一口烟尘，灰黑的烟尘像有生命一般，遇火复苏，慢慢变大了一块，黑压压地朝他俩而来。他们俩以最快的速度跑出耳室，跳过凹下去的钢针阵，到达了岔道口，急忙从岔道边上跑上去。

"前面会不会有机关啊？"谷清阳问。

"地图上显示上耳室是唯一没有机关却也唯一没有宝物的地方。凡装有或通向存放宝物的路上都有机关，我一直很注意主墓室的动静，没告诉你是怕你慌张，只是没想到机关会以这样的形式突然开启发难。"

他们一路跑，脚上沾了水也不自知，身后的黑雾，铺天盖地而来，扩张的范围越来越大。水已经深到了膝盖，在寒冷的冬季越加寒冷。

"我们走进死胡同了。"前面是深深的河水，淹没整个墓道。盘长生的脑海里飞快地闪过地图上标出上耳室的几缕波浪纹线符。

回头，黑雾已经近在眉睫。

"相信我。"盘长生抓紧她的手，眉宇间全是坚毅。

"好！"

两人相视一笑，纵身跃进河里，河越来越深，刚开始时，两人还能浮上水面换气，眼看着后头黑雾遇水则化，两人心头轻松不少，但黑雾前赴后继地往水里扑，仿似认准了他俩的方向紧追不舍。

谁也无法预料黑雾还要多久才被水化清，而他们只能继续向前游。水面已经没到了石道顶，谷清阳显然无法闭气了，脸色越来越苍白，手脚开始胡乱扒水挣扎。盘长生大急，以眼神示意，就快到陆地了。

谷清阳看着他，摇了摇头，拨水的手渐渐缓了下来往水底沉去。盘长生一个翻滚，俯冲接住她，拖着她全力向前游。

前方依然没有旱路，意识模糊的谷清阳见他越游越慢，越游越往下沉，为了不拖累他，再次挣脱了他，任由自己往水下沉。

他如一尾灵动的鱼，腿用力一蹬，身子在水里转了一个圈，拉了她往前游。她的身躯渐渐地靠在了他身上，细长有力的手，张力十足，只一紧，她已经在他怀里，他的唇带了河水的冷冽覆盖上来。来自他体内，来自他心灵骨髓的呼唤，他灵魂的呐喊，使她吐出了深深一口水，咽在喉头心尖的一口浊水，他的吻复又覆盖上来。两人在水中紧紧拥抱缠绵，如两朵并蒂双生莲，划水、旋转、沉浮。

陆地，终于见到陆地了，石道底开始上升、曲折。

"只要再坚持一下就好了！"他以眼示她。是啊，他没有骗她，石道开始升高了，水开始浅了，腿上有了知觉，用尽全力地蹬水，他们终于见到陆地了，一仰头，寒冷的空气灌入他们的胸腔五脏六腑，冷得嘴里吐出一圈圈白色的气雾。

脱水而出，全身像灌了铅般沉重。谷清阳倒在地上就是一阵干呕，许久才呕出一肚子的水。

盘长生拍着她背，让她好受些。

"呀，好痛！"她冷不丁冒出一句话来。

盘长生眼尖，发现她厚厚的外衣领子多了一个洞，一把拽过她，扯住她外衣往地上一撸，掉出一颗手拇指盖大小的藏青泛着金属色的硬壳虫子。

虫子正欲发动进攻，盘长生眼疾手快，以手电筒用力一抢，把它打进水里。虫子开始在水里挣扎，慢慢地变小，变成了一粒肉眼可见的黑色米粒沉下水底。谷清阳脸色大变："这……这是什么？"

他不语，只以手指了指外衣，她看见外衣上几粒米粒大小的黑色东西，慢慢变大，忽然展了展金色的翅膀，体型复又变大许多。

盘长生再无迟疑，用钢鞭把外衣甩进河里。

"这就是古代的一种'噬骨虫豸'，这种虫豸生命力极顽强，遇冷就会缩小，使自己处于冬眠状态，如果没有外来温度它会一直以虫卵形式休眠，此时它的生理机能降到最低，但一遇上温度就会苏醒觅食。"

"如何觅食？"谷清阳的声音里全是颤抖。

"这种虫豸可怕之处就是会咬破人或动物的皮肤，钻进活物生体里，进行啃噬，会让活体生不如死，慢慢被啃噬而亡，是极残忍的一种生物。我曾在唐宋元的古生物大全里看见过它的大致模样。它的牙犹如钢齿，除了硬金属做的外衣，其他材质的衣料都能咬破。"

"别、别说了。"谷清阳寒战连连。

"一定是刚才我们跳入水时，你起跳慢了，外衣上沾上了一两颗'黑雾'，遇了水它就萎缩御寒，上岸后，吸收了人的体温，使它又复苏了。"盘长生边说边脱下自己的衣服让她披着。

"难怪现下说起盗墓的书里都提到要点上一盏蜡烛，有毒气灯灭了，就跑，是为'鬼吹灯'。"谷清阳一脱险又开始了她的趣逗盘长生的贫嘴生涯。

盘长生笑了："那不过是小说为了显得神秘恐怖而说的罢了，真要遇上险事，单靠一盏蜡烛根本没有半点作用。"

两人稍作休息继续赶路，幸而这防水手电筒先进，不然这一路就得摸黑了。谷清阳说起，总觉得这个明墓比起学校的明墓要诡异万分，连机关也是层出不穷，这里才像是真正的墓，学校的反而做不得数了。

盘长生听了，点了点头："所以我估计这里才是主墓，学校的明墓应该是衣冠冢或是故弄玄虚、扰乱视听的疑冢。"

这一路上真如盘长生所想，一路平稳安全，再无半点机关。

走了大半夜路，谷清阳早已疲惫不堪，只强忍着不说出来。盘长生退了回来，扶着她走，温言道："快到了。"

穿过过道，上耳室到了。两个人环顾四周，这样的一个耳室，只有十五平方米，一眼到头，什么也没有。

"我们会不会找错地方了？"她问。

盘长生一言不发，低下头来，举着手电筒慢慢寻找，良久站起来，说道："不会。"

他的手上沾了些碎屑，她瞪大了眼睛仔细瞧，不由得惊叹："压缩饼干饼屑！"

他点了点头，观察地上的饼屑，心中已然有数。

"呀，我想到了好主意，顺着饼屑找不就能找到他了。"

盘长生无奈地耸耸肩："大小姐，常识，常识！"他孺子不可教般痛心疾首，忍不住敲起她的脑壳。

"哦，对呵！蚂蚁会把饼屑给吃掉的，所以还是找不出他在哪里。"

此时的盘长生杀人的心都有了，手上加重了力气，给了她一个大大的栗暴："如果蚂蚁吃完了搬完了这地上的饼屑，又会往哪里走！"

"呀，我知道啦！"谷清阳一激动蹦起老高，为自己的聪明头脑高兴不已。在十多平方米的小室里找蚂蚁不是件难事，一会儿就被心细的谷清阳发现了蛛丝马迹，在耳室右边的墙下围了大量的蚂蚁。

果真是得来全不费工夫，这凹凸不平的墙面上竟然有不起眼的按钮。

"我来，我来！"谷清阳用力一按，石门转动过来。里面亮堂堂的，原来顶上有一个圆盆大的洞口，透出月亮的光来。地上高起的石榻上斜窝着一个人，他露在榻外的手上捏着一点饼干，地上掉了一大块，许多的蚂蚁都围着饼干转。他的脚边还有一排开了封的饼干，也惹来了许多的蚂蚁。

"钱剑锋！"谷清阳大叫出声。

盘长生一个箭步上去，把钱剑锋扶了出来，在地下放平，他的生命体征尚算稳定。盘长生马上为他实行胸外压和人工呼吸，手重重地敲击着他的心脏。如此这般折腾了许久，他终于有了知觉。盘长生连忙喂他喝了水，他睁开眼，看了看谷清阳，又看了看盘长生。

"他醒了。"谷清阳高兴地揪住了盘长生的衣袖一直晃。

谁料，钱剑锋用尽全力一把推开她，声嘶力竭地狂吼："你们受了感染，别靠近我，别靠近……"话还没说完，他又昏了过去。

"他一定是吓出毛病了。"谷清阳很不满地撇了撇嘴，以为盘长生一定会说些什么，他却看着她沉默。

谷清阳不解地在他面前挥挥手，他握住了她的手："我一直在想，虫豸是连铁都可以咬穿的，为什么只咬破了你的衣服，要知道，它的牙齿要咬穿衣服加皮肉，钻进人体内只是一分钟不到的事情。"

"你别吓我！"她"噌"地抓住了他的手，那样用力，让他感到皮肤上传来了深切的灼痛。

"或许事情还没有糟糕到那一步，如果虫豸真的钻进了人体，早已是万虫咬噬，生不如死了。"他安慰着她，她腿一软倾倒在他怀里。

她柔软的发丝贴在他的脸上，微凉。她的耳根传来了淡淡的腥臊，盘长生心里一"咯噔"，忙拨开她的头发。

"别乱动。"他声音急促，只见她的耳根处果然有一点芝麻粒大小的红色伤口，几乎细不可见，而她耳旁周围的皮肤已经变得透明了许多，看得见一缕缕的绿色血液在流动。

糟糕！盘长生心急如焚，当下绝不能表现出什么来，只要不激动，毒素是可以有效控制的。他放下手，笑了笑："看把你吓得！"

谷清阳没料到他是在唬自己，俏脸飞霞，俏生生地别开脸，眼波流转，温柔地抬眼看他。

"这时候你还有心思开玩笑，"她的声音几不可闻，"你好讨厌。"

他此刻多害怕这美好的容颜会在他面前瞬间消失，他紧紧地搂紧了她。

"你怎么了？"谷清阳也紧紧地搂着他的脖子回应他。他什么也不能说，甚至不敢看他琥珀色的透明眸子，那双眸子那样清澈，那样无辜。他正要答话，谷清阳软软的唇吻住了他，小巧的舌头生涩地试探着，他竟如此迷恋于那种甜甜的危险的味道。

她仍是调皮的，生生地咬住了他的唇，咬出血来，而他只任她咬，哪怕痛得入了心入了肺。

"我要你永远也不会忘了我。"

这话为何听着如此难受，生生地要把人的心撕碎。他放下了她："不许说这么不吉利的话，否则我一定会尽力忘记你。"

"好好好，我不说。"她晃悠着小手要往前走。

"密室有月亮照射，证明这里是直通地面的！"

看着他没好气的样子，她吐了吐舌头，他铁定又是在那儿恨铁不成钢了。

圆盘大的洞口被盘长生以硬器生生地砸出一个能容一人过的大洞。

"我先爬上去，你在这儿守着。待我放下绳子你就把他捆上我拉他上来，委屈你在此等一下了。别怕，这里再没危险了！"

"嗯。"她比了个V的手势，眨着亮晶晶的眼睛，弯弯的眉眼如一双半开着的美丽的水晶小花，分外活泼，惹人怜爱。

折腾了大半夜，等他们三人回到馆长家时已快七点了。因着是深冬季节，天尚未化得开来，黑丝绒般的天幕氲着些水雾，慢慢地、一点一点地透析出浅黑、茶晶黑、紫蓝、浓蓝，深浅浓稠，透着灰与白的皇城，越发显出皇家气派来。

故宫里，宫殿的明黄檐角，飞檐斗拱，斜斜地伸出红浓的宫墙，融入了浓蓝的深空。馆长一夜未睡，站在窗沿上看向那巍峨的宫殿，和中轴在线那高高的天坛、苍葱的景山。他的眼睛没有半分挪移，直到手机响起。

"这孩子最好送医院看看吧，毕竟在墓里待了许多天，还是慎重些好。"

盘长生也觉得是："那就拜托馆长了。"

盘长生一直欲言又止，待到谷清阳进卫生间梳洗去了，他才拉了馆长进书房。听了盘长生的话，馆长一脸凝重，从藏书里翻出了一本，翻到指定页，问："是不是虫豸？"

"是。"盘长生点了点头。

馆长立刻拿起手机拨出了一个电话，待电话结束，转而回答盘长生："我有个兄弟就是搞古生物研究的生物学家，他说了现在需要清阳的血液，他会马上过来。清阳的情况很不好。"

"最坏的情况会怎样？"盘长生压下了急速的语调，一脸平静。

"说不准，最坏三个月内她体内营养将会消耗完，衰竭而死。"

"嘭"的一声。循着声音看去，谷清阳站在了书房门前，手里还托着托盘，脸上还挂着晶莹的笑容。额间的湿发贴着粉嘟嘟的脸，水珠一颗一颗地掉落下来，狭长的杏眼弯弯地眯起，粥洒了一地，碎碗扎到了她的脚，流出了偏绿的血液，而她仍旧托着托盘，空洞的眼睛绝望地看向他。

盘长生知道事情严重，忙去扶她。

"别沾到那些血液！"馆长一急站了起来，伸出的手在空气里挥动。

"不怕。"盘长生低头对着谷清阳露出阳光般的笑容。

谷清阳在温暖的目光中回过神来，连连退后："你别过来，会感染你的。"

眼看着她激动的情绪得不到控制，再退过去，只怕她急起来会开了门往外跑。盘长生一个箭步上前，搂住了她："傻孩子，我不会有事。你安静地听我说。"他用力地抱紧了她，她挣扎，但怕连他也感染了，静了下来，由他紧紧地抱着，她感觉到了他平静的外表下，那颗跳动不安的心。

"我一定会想办法救你的，你千万别有任何情绪起伏。"

她随着他调整呼吸，此刻的她反而不怕了，只要他安心，让她做什么都可以。

"待会儿就会有专家来为你检查身体和抽血，你千万别紧张。"

谷清阳乖乖地点了点头。

专家很快就到了，他小心地为她处理了脚上的伤口，再为她进行身体检查，接下来的事也一切顺利。置放在桌面上的试管，里面浓稠的血混了一丝绿，得了专家林岩的允许，盘长生和馆长二人进入了馆长家里的实验室。

"你们看。"林岩指了指在火上加热的试管，试管处于密封的钢化玻璃箱里，只余一根导进氧气的管子，"大家小心了！"

三人中只有林岩离玻璃箱离得近，试管里的血液开始发生了变化，慢慢转变为绿色，颜色绿得很深，发生了变化的血液似乎有了生命，缓缓地从试管口倒流出来，流到了玻璃箱底。

林岩仍在继续加热试管，整个玻璃箱里起了雾气，里面想必是很高温的。原本浓稠的血变得稀淡，原来浓稠的地方变为了一颗芝麻大小的黑色小粒，总共有三颗。林岩的神情变得严肃起来，微拱了腰，手用力伸在半空，等待着时机，手上道道突起的青筋，道出了他此刻的紧张。

黑色芝麻粒在扩大，此刻馆长的眼睛瞪得大大，所有的人都屏住了呼吸。芝麻粒努力地挣扎，只听"噗"的一声响，展开了金属色泛青的翅膀，再"噗"的一声响，头伸了出来，咧着三只可怕的、带了锯齿的牙齿。三只虫豸纷纷飞起要扑出来，林岩把管子从氧气瓶子里拔出来接到水喉里，扭开了加了冰压冷了的工业冰水。

虫豸尚来不及反应纷纷冻在了满缸的玻璃冰水里。林岩不等二人发话，马上从一旁架子上取来一支试管倒进一些溶液，三只虫豸身体开始变得透明。林岩的眼睛透出喜悦，可只几秒钟工夫，虫豸的身子又恢复了正常，不再透明。

林岩的喜悦一下就被抽空了。他唯有注进冷凝气，把冰水冷凝成冰，三只虫豸卡在了冰里，闪着诡异的泛青的金属光泽。

"你们也看到了吧，"林岩摇了摇头，"这种生物很难杀死。"

"如果是这样，那为什么这种古生物现代却没有了？"盘长生盯着虫子思考着。

"因为这种虫豸的繁殖率是极低的。"林岩指着三只虫子，"你看，这两只虫豸撞向玻璃，从这里的角度看不出，其实里面的玻璃有些微的裂缝，这种虫只要有足够的时间一定能啃破玻璃飞出来。再看这只，"他又指了指另一只，"这只有点呆吧。"

见他如此幽默，盘长生也忍不住笑了笑："这只看起来确实呆。"

"但只有这只是感染源。"

"什么？"盘长生一惊。

"这只是母的，另两只是公的。母的没有公虫豸那么锋利的牙齿，而且产卵的时间也是一年一次，但一定要有活生物体为媒介。它会通过咬噬，把精卵放进活物体内，通过血液循环，吸取活物体内的营养。它会慢慢发育成胚胎，再发育成虫豸。当体内温度达到了一个数值，它就会苏醒，开始咬噬活物，活体的营养不够它们吸收就会互相残杀，原本就不多的个体，可能到了最后只剩一两只活着爬出生物体内。出来时若是遇到冬季还会死亡。而且重复感染率也低，三天后，当第一个受感染者的血液变回原来的红色，那就不会再对任何人进行感染了。所以头三天里，别让任何人碰到清阳的血，都不会有问题。这也说明了虫豸的成活率极低，但也因为现代里是没有这种病菌存世的，所以人们没碰见过也就没有办法研究出对付它的办法。这种病菌存活于墓葬里的多，等于是为了守墓而设置的机关。"

"所以为什么人的情绪不能紧张，因为一紧张体内就会发热，就会加速它的生长。已经完成生长的，遇了热就会苏醒。"馆长说道。

"是。"林岩点了点头，"你对生物学也很了解。现在是冬季，所以我们的时间长些，之前我已经接触过这些虫豸，专门研究出这种溶液，原本以为能将它杀死，谁料还是功亏一篑。但已比以前好了，起码能让虫豸减缓生长，我马上给清阳注射。"

盘长生一把拿住了他的手："会不会有危险？"

林岩冷冷一笑："被感染已经是无药可医的了，这支针液是和医院里的科研室共同研究出来的，如非早有了对付这种病菌的准备，今天她就铁定没救了。我也不怕坦白地告诉你，现在是死马当活马医而已。"

盘长生一怔，松开了手。

　　"你放心，每隔两天我会为她打一次针。可以拖缓一年的时间，只是这一年里，她的身子是会越来越差的，因为只要虫豸在体内，还是会吸取养分的。而且我们不能忽略病菌会不会抗药、产生进化等风险，在虫豸还处于胚胎时期我们都称它为C病菌。我们要在扣除了风险的情况下尽快找出研制解药的方法，越早服用解药也就越安全。"

　　另一边，医院里钱剑锋的情况也稳定下来了，检查出他没有受感染，身体机能各方面也还正常，只是身体出现了缺水情况，在医院打两天的盐水补充就可以了。为了不打草惊蛇，谷清阳仍旧住回了宿舍，因为得了告诫，所以尽量和宿舍的姐妹保持距离。

　　"这种病菌只要没有血液接触都没有问题，不是很碍事的。"想起了林岩专家的话，谷清阳不自觉地往床里缩了缩。

　　京博的馆长办公室里，馆长、李成教授和盘长生，还有一名警察在谈论着什么。刑警队长发言了："我们暗中跟着钱剑锋有好几天了，也没有什么发现。对了，学校现在怎么样？"

　　盘长生一手转动着水晶烟灰缸，一手玩弄着烟，随意说道："眼下终于是控制住了，失踪的人也救出来了，可以说是完成了一件事了。"他玩弄着手上的烟并没有想吸的意思，轻轻一搓，尚未燃烧过的烟蒂生生掐断，"只是事情还没有完结吧！"

　　馆长也提及了C病菌的解药研制得很不顺利，在那三只冰封的虫豸身上试验了几百次依然没有结果，林岩说差了一味配方。

　　"幸而清阳那丫头心态保持得好，体内的病菌也一直没有产生抗药性。这么年轻的丫头，要看开生死真不是件容易事啊。"

　　大家都沉默不语，盘长生心里想到了钱剑锋，钱剑锋能看出谷清阳受了感染，他一定还知道些什么的，在他身上下工夫或许能找到配方。

见大家都还在讨论着这件事，一时也说不出个所以然，盘长生坐到了电脑前，开始上网。

他的手指已经熟练地键入了几个关键词，回车键一敲，出现了几千条相关信息。网上已经有许多人在谈论鬼嫁娘、《晚清异闻录》和广播大学的事。

盘长生迅速地浏览着网页，忽然手停住了，瞳孔猛地一缩，只见标题上写：诡府珍宝。

他急速地点开网页，里面有一段古体的小字。

吾常闻婴啼之声，声声凄切骇人。彼大学初立，师生不明所以，深感惶恐，病者十数人，长此以往，如何了得。家有幼女，未尚出阁，年十五且有异人之能。颇懂驱鬼之术，只言归家造孽太深，恐非几道镇鬼黄符所能救，除非家破人亡，归家人尽，方能脱轮回报应之命数。

后，归家人殁。婴啼之声始停。兴中大学越旺，兴中之事亦越盛。校长于民国19年（1930）览完该卷四，特作此记录，夹于该卷之中。

上述文字就是提及归家珍宝的内容，里面究竟是什么珍宝没有提，只是以"珍宝"二字笼统地概括。写了如有兴趣可以商议的话语。跟帖的很多，皆问是不是《晚清异闻录》里的归家。也有些是白撞的，想要和帖主取得联系的，一页一页跟帖看下去，一个马甲为"狙击者"的留言引起了盘长生的注意，正是一道镇鬼符，而这组镇鬼符变换而得的路线就是钱剑锋早前已经研究出来的路线，后来李成还有盘长生都分别到过的地方——破旧公主坟道上的那家"诡门关"。李成还在那里出了事。

盘长生的唇微微一挑，扬起了一丝笑，再看发帖时间，赫然就是钱剑锋被救出明墓之后。

盘长生不死心，再继续翻看了论坛早前的内容，果然看到了许久前，狙击者发的帖子，帖子的目的也是直白表明对归家珍宝有兴趣。狙击者发帖的时间是陈晨刚得到《晚清异闻录》卷二的时间。

那时这个古玩论坛尚未有那么多关于《晚清异闻录》的内容，而到了如今，论坛早已分出了一区专门谈论《晚清异闻录》。

盘长生灵机一动，在总论坛里键入"陈晨"两个字。不多会儿，关于陈晨的所有发帖和留言都集中了起来，有许多标为已删，但还是从仅有的几条信息里，看出了陈晨作为历史系的学生，对古文物有着狂热的热爱和追求，她在寻找一些古书以作学术研究用。

盘长生立马示意馆长过来看，馆长看了也唏嘘不已。馆长也是聪明人，马上知道了他的意思，打电话给论坛的联系人，并问明了一些情况。

"被删的内容涉及陈晨隐私，是她自己要求删除的。至于内容，版主说了，是一个马甲为'婴灵'的神秘人给她留言，有一卷古书，不知她是否有兴趣。有的话和对方联系，但得先破出一个谜团，才有资格得到这卷书。"

"什么谜团？"在场的人都来了兴致。

"就是破解书卷里线符的内容。"

"这卷书就是《晚清异闻录·卷二》吧。"盘长生轻描淡写。

"没错，那线符也就是《晚清异闻录》里的线符，也是破解这本书的关键，你不就靠了线符里暗藏的地图找出了李教授和钱剑锋嘛。"馆长赞赏地点了点头。

一切明朗开来，从一开始陈晨就欺骗了他们，误导了他们查案的方向。只是还有两点盘长生很疑惑，一就是陈晨为什么要这么做？这样做的作用很明显的就是为了隐藏起了"婴灵"这个人，对于"婴灵"的这个心思陈晨究竟知不知道。二是他自己为什么会两次梦见到过了"诡门关"？并且根据提示，从古井下去找到了"归月善堂"？

婴灵，为什么用这个名字做马甲？盘长生再往深去想，《阅心小志》《晚清异闻录》《诡府奇案》《校志》都有意无意地提到了婴啼，难道这就是用"婴灵"的原因？！

第十六章

婴灵

GU DONG XIN NIANG

　　轻轻的敲门声打断了盘长生的思路，门开处，露出了一张精灵般的小脸。

　　小脸粉扑扑的，化了很淡的妆，噘起的小嘴闪着粉红色的唇彩，只一双眸子露出了一缕倦意。

　　"来啦！"

　　盘长生走到门外，握住了她的手。

　　"你的手太凉。"说着，他把她拉进了房间里，安置在暖气烘着的位置上。

　　林岩候了许久，见她到了，连忙为她打针、做检查，一切都在有序地进行着："这种虫豸的源头我找到在哪儿了。"

　　此话一出，所有人都注视着他。谷清阳的脸上瞬间焕发出光彩，盘长生握了她的手，让她镇定，千万别激动。

　　"在福建。大家也知道，那边有许多碉堡一般的土楼，住的都是些少数民族。他们擅长养虫，再加那边的天气湿润温热，适合虫豸生长繁殖。但这种生物的种群一直不大，像是跟族长手里掌握的一种养虫训虫方法有关，族长手里有一味药物配方是专门克制这种虫的。"

　　"钱剑锋也是福建人。"盘长生忽然想到了他。

　　听了此言，林岩眼光一闪，敛色道："那些少数民族并不在福建大城市或著名景点里，一般都在深山里面，而且有个别人是感染过这种C病菌的话，他的血液就会是解药。"

"我也是福建人，而且住的村很偏远。"谷清阳答话。

"难怪。"林岩脸露惊喜之色，不住地点头，"按我估计原来你有受过感染，但接种并没有成功，但也在体内产生了抗体，可以长时间抵抗C病菌。这也是你为什么这么长的时间里，病情仍然稳定的原因。"

听了这句话，大家都安心不少，但林岩仍提议要尽快找到解药配方。

趁着大家说话的当儿，盘长生开始查阅数据，不多会儿，把三幅图都打开，其中有一幅大图里有许多座土楼的各式形状构造。

"这里怎么这么像A区怡心小园？"谷清阳指着其余两幅小图里的单独的一栋楼房说道。

"这里就是你住的宿舍。"盘长生看向她点了点头，手指在桌面上轻敲。清脆的敲击声听在耳里尤其舒服。

良久，他才说话："我一直觉得A区这栋楼感觉上特别奇怪，果然是对的。它就是跟着这座形状改造的，尽管有些四不像，但仍算是土楼的一种。"说完指着大图里各式土楼里的其中一座给她看。

李教授也凑了过来，半眯起的眼睛，看得分明："确实很像。"

"建造这栋楼的设计师是谁？"刑队凌厉的眼神一闪，他和盘长生想到了一块。刑队马上打电话回局里，交代下去尽快找出设计此楼的人。

安静的房间里，突然传来了"嘀嘀"声，是QQ响了。盘长生连忙点开，对话框里出现了两幅图，一幅是一座规模庞大的土楼和宗庙群，一幅是更为刺眼的照片"大拔步床"。这床分三进，每一进的图案纹饰都和他见过的一模一样。照片旁边配了文字，这是从当年的拍卖会场里得来的资料。此床是《民国异闻录》里提到的那个明墓里出来的文物之一，由于它体型巨大，所以拍卖当天不在会场当面展出，只播放录像拍摄到的拔步床画面。就在有人决定拍下这件藏品的时候，工作人员进库房登记，却发现拔步床早已不见了，完完全全的凭空消息，后来也一直没能查出是谁偷了这么大的一张床。

电话响了。

"喂，翡翠你在哪儿？"

听见盘长生的对话声，谷清阳一怔，眼里的晶亮暗淡下去。

"一切都好，发给你的照片看了吗？我就在那群土楼碉堡里。"那边的信号很不好，一阵杂音过后才听清她的声音。

"那张拔步床眼下已消失于世了，唯有这张照片还是从巴黎博物馆里传送过来的。它和你身上的子刚玉佩是同时被盗出的文物，但拍卖的时间上不同。而且此床的用途和这边的一个奇怪风俗有关。"

"我见过那张床，一模一样的，但是它总是莫名其妙地出现而后又消失。而且你提到的'福有悠归，归月善堂'能抵挡诅咒，究竟是怎么回事？"

"我想我知道是怎么回事了！"而后又是绵长的沉默，盘长生心里一紧，电话里传来了一声若有似无的叹息，"是藏头藏尾诗，'复归堂'，我现在在复归堂，那是谐音和藏头藏尾诗，无论是藏头还是藏尾都是同一个意思。"

电话那边又是长久的沉默，盘长生静静候着，他随意抬眼，对上了谷清阳关切的双眸，他视线一闪，目光仍停留在屏幕上。

"还记得《民国异闻录》里第七个盗墓贼吗？他后来又回到了那个墓里，并没有死，成功地活了下来。他把一些重要的秘密写成了一封信，就放在'归月善堂'里，藏在了地藏菩萨的身上。他是唯一的幸存者。在这里有归家人留下的一些书籍，其中有一册京郊往事提到了这件事。"

"归月善堂我去了，地藏菩萨是刻在墙上的一幅画，如何藏有对象。"

"顾玲珑你一向比我聪明，你再想想吧。对了，剔透有可能会苏醒。"

盘长生一怔，唇边绽开了一抹笑纹："祝你幸福。"

"对不起。"翡翠说完，轻轻地挂了电话。她的叹息透过天空大地远远地传到了他的心底。傻瓜，爱就是永远也不要说对不起。

盘长生握紧了拳，想起了翡翠时常念起的词"回首重到旧时明月路，袖口香寒，心比秋莲苦"，他何尝不是心比莲心苦呢！

"成全了别人，苦的永远是自己了。"谷清阳轻轻地倚在他身旁。

原来他的一切，她都懂得。

"你也何尝不是苦了自己。"盘长生茫然地抬头。

谷清阳轻轻一笑："只因是你，我甘之如饴。"

"傻瓜……"

归月善堂里，盘长生在地藏菩萨身上细细地寻找，但终是一无所获。他对着墙上重重一捶，手捶出血来。

谷清阳拿出手绢帮他包扎，她的脸在他手上轻轻摩挲，一滴泪悄悄地滴在了他的手背上。

"女孩子为什么总有流不完的泪水。"他为她拭去泪水。

她终是"扑哧"一笑，嗔道："因为女孩是水做的骨肉，所以总爱流泪。怎么，这样就不耐烦了？"

他也是一笑，无奈地说："大小姐，我怎敢对你不耐烦。你不能有情绪波动，听话。"他像抚摸小猫一般地抚着她小小的脑袋，"究竟藏在了哪儿？"

"地藏菩萨以己之身代世人下地狱，地狱不空誓不成佛。地狱不空……"谷清阳嗫嚅着。

盘长生眼睛一亮，在地藏菩萨的脚底下拼命地挖起土来。

"哎，你做什么？"

"乖乖站在那儿等着。"

地藏菩萨的脚下果然是空的，掀开一层木板，里面藏了一封泛黄的信封。打开而看，盘长生脸色露出了难得的微笑："原来如此！"

"我们要尽快动身去福建，回你原来住的村里，那里有救你的解药。"

原来，那七个逃出明墓的盗墓贼之所以会死，是因为在墓里感染了不同的病毒。而每种病毒发作的时间和方式都各不相同。所以第一个盗墓贼是身体机能衰竭而死的；第二个是意外身亡，信里有记载，是他在河边走时不小心摔进了河里被淹死，但他的水性十分好，其实应该是他突然病发了；第三个是疯癫猝死，这可能是因为病毒的发作导致他出现了幻觉，吓死了自己；第四个是属于意外了，如非遇到飞机出事，他会出现怎样的情况无人知道；第五个自杀身亡，和病毒里的致幻物质有关；第六个，他为什么会回到这座庙里来没人知道，但他死后，他的五脏六腑已经全空掉了；第七个盗墓贼，他本来就是一名留过洋学医的人，是他发现了六人离奇死亡背后的不寻常，是他对六人的尸体做了解剖检验，他发现了四种病毒，四种病毒都会不同程度地侵入脑神经，造成人的神经优克（抑郁）、不同程度地出现幻觉、心脏衰竭、五脏六腑慢性中毒，最惨烈的那种病毒更会从内里把人身体吃空。

第七个盗墓贼多方查探发现了许多的秘密，只有归家人有解药，归家人和墓主人有千丝万缕的关系，归家人是一族人，而不是一家人。他千里迢迢去到福建终于寻到了解药。但他答应，关于归家的事，会随他到生命的终结一起归于尘土。

归月善堂和归家人曾有来往，所以，第七个盗墓贼把这一切埋在了这里，兑现了他对归家人的承诺。

只凭着这封信，历史上有归家存在的假设终于成立。这世上没有鬼，更没有什么诅咒，盗墓贼的死，不是因为诅咒，而是因为前人故意在墓里培养出来的病毒。

期末考试已经考完，也快到放假的日子了，这让校方顿感轻松许多，因为学生各自回家，让家人看着，这样安全许多。

　　而盘长生着手准备着去福建的事，林岩等专家已经先一步过去了。盘长生坐在教师办公室里喝着茶，谷清阳则坐在一旁的沙发上陪着他，小猫玲珑窝在她怀里呼呼大睡，她溺爱地一下一下地抚摸着它。

　　整个办公室里氲着六堡茶浓厚的陈仓味，红浓的汤色在他手中轻轻摇晃，茶水不经意地贱到了桌面上。

　　"你是江南人，我还以为你惯喝清茶。"谷清阳看着茶盏出神。

　　"习惯是可以因人而改变的。"他微微叹息。

　　"那你有没有想过改变？其实武夷也有许多名茶，像'四大名枞'：大红袍、铁罗汉、白鸡冠、水金龟，就是很好的茶。武夷岩茶具有绿茶之清香，红茶之甘醇，是中国乌龙茶中之极品。"

　　谷清阳娓娓道来，恬淡的笑容轻溢脸上，熟练地从李成教授的大柜里取出了一小包茶叶，在他身边坐下，灵巧的双手优雅地抬起，经十九道水盘泡，盘着的茶水汪汪清涟，微泛红艳，下手的姿势，一高一低的巧妙，一深一浅的灵犀，水里舒展开的烟碧色茶叶像极了岩峰壁里，幽然舒展的浅浅的叶子，在澄碧清澈的九曲溪萦绕中，叶子依旧朝着那一线天上的日月清辉舒张。山回溪折，有"曲曲山回转，峰峰水抱流"之境。

　　白底青瓷的杯子缓缓递到他面前，水雾萦绕中，她的脸看不真切，但她方才的每一句话、每一个字、每一缕笑意、每一次蹙眉他都那样真切地看着，他多想透过迷蒙的水汽去触摸那模糊的轮廓，那与翡翠极相似的轮廓。是的，不是容貌上的相似，而是气质。他也只是一个凡人，为何不可以去改变呢？

　　隔着蒙蒙的水汽，他多想去吻一吻她模糊的眼睛、鼻子和那娇嫩的唇。她仿佛都懂得他，轻轻地闭上了眼睛。彼此的呼吸近在咫尺，他深深地吻她，那样贪婪，予取予求，抑或只为了对另一个人，刹那的遗忘……

　　他心中忽地一动，推开了她，嗫嚅道："对不起，我不能。"

　　她眼神一闪，嘴角溢出一抹甜腥："明知道我的病情，也不能哄一下我吗？哪怕是骗……"

他指着自己的心比画着："人的心真的就只有这么点大，真的容不下第二个人了。"

谷清阳琥珀色的眸子寒光一闪："我真想剖开你的身体，看看你究竟有没有心。"

"对不起。"

"爱不要说对不起，除非你不爱。所以，你将翡翠对你说过的话就这样轻松从容地对我说。"

"你非要说得那么尖刻吗？你非要我看清了一切吗？你明知她只是我的一个梦，连这个梦你也要击碎？"盘长生像头愤怒的狮子独自坐在一角舔舐着淋淋的伤口。

她嗫嚅："那我呢，你也非要这样对我吗？只因我不是她……你真的不爱我吗？"

盘长生感到痛苦，倘若不爱，他为何会感到这样痛？是的，他只是不愿承认，不愿承认他还会爱上别人。

"你是爱的，连爱也不敢说吗？难道长大了，变成了大人，就连'我爱你'也不会说了吗？你一开始接近我，就是为了案件，待我不曾真心过，做每件事你都算计着，这样你不累吗？如果连爱情也要算计，你真的是个懦夫。"她说完，合上了眼，颓然地倒在地上。

盘长生大惊，他为何这样愚蠢，明知道她不能过分激动，明知道只要说一句话，哪怕只是谎言她也不会这样。他抱着她急电方医生。为何这一刻他会如此害怕，害怕她会离开他，他是真的害怕。

林岩的一位医生朋友和馆长都赶来了。方医生也有参与C病毒的研究，只见他摇着头道："她是病人不能受刺激的，只怕会激发它们的活性细胞。"

馆长严肃地说道："你一向是个聪明的孩子，懂得分寸，如今怎么……"

是的，一涉及翡翠，他就成了一个不知进退的人，他一向就是个EQ为零的懦夫。

方医生在谷清阳颈脖的伤口处注射针液，不一会儿就起了一个小小的硬块，十分钟后，硬块慢慢消失。医生吐出了长长一口气："我注进了新的培养液，新的培养液能有效打破C病毒的供给养分的细胞成分。但她不能再受刺激了，否则病情恶化下去我也控制不住。"

医生看着小瓶子里分离开来的血清和血液样本，陷入了沉默。

"方医生有什么话不妨直说。"盘长生看出他的疑惑。

"我是有些不明白，其实男性的血液还有身体的热量更适合C病菌繁殖，所以如果同时有男人和女人在场，C病菌是会毫无犹豫地选择男性的。再者，清阳也是接过种的人，虽没有成功，体内也存在部分能抵抗C病菌的抗体。而她当时也没有与你远离，这样的情况下，是什么原因促使幼虫在飞行袭击人的过程中选择她而不是你？"

盘长生仔细回想，那时他俩是肩并肩站着准备起跳的，但起跳时，谷清阳跃起的方向却不是直直向前而是倾斜到他这边来，往他后背靠去。原来她是为了保护他，而以自己的身体去抵挡当时尚不清楚是什么物体的袭击。他欠她太多了。

过了许久，谷清阳缓缓睁开了眼睛，她仍躺在办公室里，眼前是一张疲惫憔悴的脸，而那双眸子依旧明亮有神，只静静地注视着她。见她醒了，他的眸子里闪烁着动人的星子。他吞吐着不知如何开口，唇边干燥得裂开了几道口子，他真的是急躁得不行了。

谷清阳轻轻一笑，手捧住了他的脸："瞧你紧张的样子。"

尴尬在她轻松俏皮的话语里消失于无形，她忽然就张开了双手，示意他抱抱，真真像一只赖皮的小猫。

盘长生脸一红，那红就迅速地蔓延至耳根颈脖，谷清阳再也忍不住咯咯地笑了，清脆的声音十分悦耳，她一把搂住了他，笑声颤颤地说："又不是公主抱，你还害羞不成。"见调戏帅哥成功，她笑得更欢了，头靠在他的肩上，她的泪水没有让他看见。

盘长生心中一动，紧紧地回抱着她，紧一点，再紧一点。

这样也就够了，谷清阳无声地哭了，她要求的，并不多。

两人情动，但一声怯怯的哭泣响了起来。两人一怔，看着对方。

"呜……"又是一声哭泣。两人再仔细去听，哭声又戛然而止。

"这声音怎么这么像小孩的哭声？"谷清阳紧紧拽住他的袖子。

盘长生的目光停在了窗外对出的空地上，那里立着一个五六岁的男孩子。男孩子身上穿着蓝色丝绸裁剪的缎面料唐装，脸上惨白，只余一张血红的大口在笑。

"你看什么？"谷清阳正想回头，他抱住了她，固定住她的视线，浅浅一笑："没什么。有我在你身边，别管其他。"

谷清阳一羞，低了了头。他轻吻着她的发丝，拂着她的后背，原来因害怕而身体僵硬的她，慢慢地放松下来。他与阴童对视着，室内的灯灭了，他再看不见外面的情况。

等供电恢复，原地上哪里还有阴童。

但也因此，盘长生多长了个心眼，现在是非常时期，谷清阳再不能受惊吓而影响病情。所以他只能寸步不离地待在她身边，他不希望她会成为第七个死者。

婴灵，它们代表的究竟是什么？

门外响起了轻轻的敲门声，这么晚了，是谁来找他？

原来是苟定远。

"盘老师，我听清阳宿舍的说她在这儿，所以就过来了。我找她有点事。"

盘长生一怔，淡淡说道："你们聊。"说着就要出去。

谷清阳不依，拉了他撒娇："事无不可对人言，不要走嘛。"

这一来让盘长生和苟定远都愣了一下，气氛有些尴尬。苟定远放下握紧的手，说话也有些结巴："小师妹，这个学期也结束了，我们一起回去福建吧，路上也有个照应。"

站在一旁的盘长生尴尬得不行，但谷清阳目前的情况怎能离开了自己，他一急也就脱口说道："我陪清阳回去。"

"老师你……"苟定远倒吸一口冷气，脸上有些挂不住，"其实是稀月、徐徐和七月都想过去玩一下，所以我也就想大家一起回去。"

"如果是这样，不如我们一起过去吧。"谷清阳挽着盘长生的手恳求。

"好。"盘长生宠溺地看向她。

原来她的心里没有他啊！苟定远闷闷地回到宿舍，连路灯也照不亮这个漆黑的晚上。班上几个男同学跑上前围着他问："成不成啊？"

他沉着脸摇摇头："其实小师妹答应了和我们一起去，不过盘老师跟着她也一起来。"

"定远，看开点，感情的事勉强不来的。说真的，盘老师身上有种味道，确实是我们比不来的。小师妹喜欢他，我们也就大方地送上祝福。徐徐一直对你不错。"

"我知道了。"苟定远抬头，看着天上稀落的星星。

一行人正走着，前方闪过一个红影。一个男生揉了揉自己的眼睛，前面的路上一片寂寥。两旁的路灯此时特别亮，白白的灯光照得连地上的人影都有些恍惚。他艰难地咽了咽口水："你……你们有没有看见什么？"

苟定远站在他身后，突然拍了拍他肩膀。

"呀！"男生吓得跳了起来。

大家都哈哈大笑起来。那个男生僵住了："后、后面……"

一个穿着古代红嫁衣、覆着红盖头的女人轻轻地从他们身后走来，一步一步，越来越近，灯灭了。只能借着月亮微弱的光芒看见女人从他们身旁走过，那双红色缠枝花纹富贵牡丹嫁鞋一步一步地走远。

"呜呜……"哭声传来，像是小孩在哭。

幻觉，那一定是幻觉！大家嘴里喃喃有词，苍白的脸上忽然泛出了一星红光，像抓住救命稻草一般，连忙打开手机里的佛经。大家此刻只希望幻觉快点消失。

哭声忽然从四面八方传来，一声比一声凄厉，大家捂住了耳朵往宿舍跑，跑得最快的男生，突然胸口一痛，脚步生生定住，他撞到了别人身上，忙说一声"对不起"，但他的声音戛然而止，因为站在他面前的是一个穿着蓝色唐装的五六岁男童，一张诡异的脸，无声地笑着。他吓得昏死过去。其余的男生赶了上来，只见他倒在地上，大家连忙把他抱住跑回宿舍。

男生宿舍的过道那样黑，走廊灯的按钮怎么按也没反应。大家摸黑往各自的宿舍跑，被吓昏的男生和苟定远同宿舍，苟定远扶着他走，走得又慢，苟定远吓得连一颗心也要休克过去。

正胡思乱想之际，宿舍的门自动开了。

"哥！"苟定远喜出望外，扶了人进入宿舍。

"怎么了，这么毛毛躁躁的，看你脸色多难看。"原来苟定均知道弟弟和一帮男女同学要回家玩，也就打算送他们一起回去，反正他的公司最近没事，他也想回老家看看爸爸。

"哥，学……学校有鬼！"

盘长生所带的班级大部分学生都商议定，寒假到福建玩，作为班主任的他提议由他带队，他和苟定均带大家到福建的文物市场去看看，多学学，再去参观当地富有民族特色的土楼。

大家听了都很高兴，整个计划安排得满满的，还笑称这一趟定是次非同凡响的冬游。但谷清阳却有点担心："带一个班这么多人，很容易出事的。"

"整体行动总比单独行动好。"

"你是怀疑……"

盘长生点了点头："我们的行踪对方总是了如指掌，如果是我们班上的人，那与我们同进同出也就顺理成章了。"

两人心里有了数，也就不再提起此事，只是福建之行要小心谨慎。

其实，盘长生此时的心情非常复杂，沈笙已经失踪一个多月了，一点消息都没有，警局方面派出了大量的人员去查探都没有丝毫收获。

只怕沈笙凶多吉少了，盘长生连连叹气，经过了这么多的事，他已经察觉到幕后人对于归家的一切事情都相当敏感。只要是和归家人沾上边的人，都会对其痛下杀手。

"嘟"的一声，收到了短信。盘长生打开短信，只见屏幕上出现了一段灵异的画面。

那是一扇门，泛着青红铁锈，斑驳丛生。门虚掩着，门后的世界漆黑一片，野草与野树疯长，铺天盖地地向他眼眶涌来，像一只只手，狠狠地拽住了他的心，揪着他的心往门里的黑色世界窥探……

"吱呀"一声，门开了，灵异空洞的声音飘进耳膜，盘长生走进了门里。野草刺到了他的腿，越往里走，野草越深，长到了他的腰间。

一个霹雳，紫电照亮了一小块天空，身前巨大突兀的黑影向他压来。他一惊，瞪眼去看，是一座荒废的府邸。府邸两旁的高树上挂着一条条的白幡。

他向府邸走去，破旧的木门开了，里面漆黑一面，顺着抄手回廊往里走，脆脆的一声嬉笑在回廊里回荡。回廊里点着一盏盏幽白的蜡烛，他向前走，一个破旧的院子挡住了他的视线。这里是哪儿？

他抬起了头，"小轩窗阁"的牌匾安在了院子小牌楼上。原来是女子的闺阁。他走进去，里面有一口井，他轻轻地往井口看去，井里是一张清秀而古典的男子的脸，突起的颧骨，刚毅的轮廓，那是他的脸。

"嘻"一声笑，水泼荡开来，分开的水面里映着一张女娃的脸，苍白的脸、血红的唇，"哗啦"，水应声而开，僵直地伸出一只手来，掐住了他的喉头就往水里拉。一阵挣扎，他睁开了眼，他正躺在一张富丽的床上，床分三进，每一进都雕刻了石榴花，饱满圆润的石榴花散开了一地的石榴子。

我究竟在哪儿？盘长生喃喃着。床边的屏风小窗沿挡住了床外的景致，他的床头前，只放了一盆花，花香清淡，他正沉醉在一片柔和里，一抹明黄裙角飘过了他的视线。他起来，走到床廊上，透过二进里的漏窗向往看去，床下什么也没有。

踩在拔步床地平上，脚一伸，踏在了地面。是的，这是一张拔步床。回过头，床不见了，只余十二条屏呈弯月形的曲屏。每一条屏上都画有画，第一条屏上是一个戴着玉覆面穿着红嫁鞋的女子，全身红袍红衣，那张诡异的脸显出抛了光后玉脸翻出的冰冷的玻璃光泽。满天的冥纸飘飞，黏在了她的身上。

第二条屏，是一个身穿白裳、红嫁鞋的女子，她没有戴玉覆面，但一张艳丽的脸上满是苍白哀怨，一双眸死死地盯着他看，眸子里写满怨恨。

第三条屏，一个女子坐在桌前，桌上立着方奁，而她则对着方奁上的镜子而照。她斜斜侧着的身段婀娜多姿，她手执红蔻纸染着鲜亮柔嫩的红唇，但方奁立着的镜子里，映出的是一片空白。

盘长生一吓，向前走了两步，想看清画里的女子。其余的屏风，她或嗔或喜，各式神态皆有，其中的一条屏上她在跳舞，而舞蹈的内容和清阳所跳的极像。他想再看下去，但最后一条屏上是一个现代女孩坐在床边，边上放着一只木盆，盆里有水，她捧起了水洗脸，洗脸的动作是那样细致，细细地擦、慢慢地擦，抹去了脸上的胭脂，他能闻到水盆里胭脂的香气。

画上的女子，忽然抬起了头，她的脸上一片空白。水盆里浮着一张脸，脸上的唇在笑，眉眼模糊，却是一张他见过的脸，归溷的脸。他连连后退，曲屏从中间裂开，就如一道门，缓缓地打开，里面站着一个身段婀娜的女子，她背对着他，明黄的衣袍流动着模糊的金光。

忽然，听见一声女孩的尖叫，他挣扎着抬起了头，他何时站在了七楼的水房里？额间的汗一颗颗地滚落，伸手一摸，那汗冰冷。刚才不知是哪个女孩从他身旁跑过，她见到了什么？

他抬起手，方才的彩信视频已经播完。他查看记录，竟然是翡翠发给他的彩信。视频后是一条简短的留言：我无意中在村子里一个地方发现了这座老宅，宅里的一切离奇古怪。问了村中的人，都对此处惊恐万分，连呼有鬼而逃。我在调查中，希望能找到线索一二。

盘长生看后回复了翡翠让她一切小心后，连忙赶回宿舍。他出来许久，不知谷清阳会不会有事。心一急，他连忙往九楼跑去，但愿她只是在安静地睡觉，什么事也没有发生……

宿舍里，睡梦之中的谷清阳呼吸越来越急促，脸色越来越苍白。他赶紧摇醒了她："清阳怎么了？"

她猛地扑起来，一把抱住他："有鬼！"

看着她一脸泪水，盘长生拍着她的背脊轻唤："我在这儿。"

一缕风吹进来，冷得瘆人。宿舍的窗什么时候开了？他拿起谷清阳还挂在耳上的MP3听了起来，每当一首歌停了，就会听到一段鬼故事。难怪处于模糊浅睡阶段的谷清阳会做噩梦，鬼故事里的内容，正是"诡府娶鬼新娘"。

到底是谁要对清阳不利，如果不是他及时回来，只怕她会吓死在梦里。

第二天，A区的公寓楼就传开了，归溷回来了。

原来昨晚撞到盘长生惊恐而逃的女孩在水房的厕所里撞了女鬼，是个十岁左右穿唐装的女娃娃，但大家都认为是归溷回来了。当时的盘长生待清阳睡下后仍在看书，接到了翡翠的彩信视屏，他就像梦游一般，陷进了那条彩信里，他推开一道道门，其实就是他打开了宿舍的门，来到了七楼，再接着打开水房的门，最后打开了里格的最后一道木门，那个女孩就逃了出来，他也就醒了。想到翡翠的处境也是这般危险，他十分担心，但他后天就过去了，希望能为翡翠分担和尽快破掉此案。

那撞鬼的女孩第二天天一亮就离开学校回家了。A 区的学生基本走光了，只剩下盘长生班上的女学生没走。所以得了校方同意，文博班的男生也住进了 A 区方便照顾管理。

苟定远的哥哥苟定均趁着白天能自由进去女生宿舍楼，也就跟了过来。大冬日的 A709 宿舍里那帮子男同学在吃着火锅。盘长生班上的三十来个男生全安排在七八楼，九楼那一层全是文博 1 班的女生。

这帮子男生何时想过能住在女生公寓这般香艳的事儿，如今更是处处好奇，恨不得把整个回字形 A 区楼逛完，更有甚者提议在这栋楼里玩捉迷藏。

盘长生也在 709 大吃大喝着，其实也是相差不多的年纪，也很相处得来。小李喝了两杯酒也就兴奋起来，搂着盘长生肩膀，大笑着说："盘老师这么年轻，跟我们站一堆，谁也认不出谁是老师谁是学生。"

听了这话大家都笑了，盘长生只要不单独行动，和学生们在一起时，总是一身颜色清素的唐装，真有几分古代公子的味道。

苟定均笑时，风流倜傥，锐利的眼睛也带了几分温文。小李笑道："我说定远他哥啊迷倒了不少班上的女生咧。"

林子一推小李："你这话怎么说得像个女人家的。"

小李也不脸红："还不是稀月那丫头说的。我们班上除了有主的两朵花儿，谁不是拜倒在了均帅哥的西装裤下啊！"

聊着大家都是一阵大笑。苟定远知道他在糗自己，满屋子追着他打："让你再乱说。"

"我哪有乱说，你跟徐徐好了，小师妹和咱们的盘老师也是一对儿的，谁不知道。"

　　苟定远脸一红装作低下了头，眼里有些湿润。苟定均拉了他坐下，把一瓶酒放到他手里，兄弟俩相视一笑，心里也就了然。盘长生把这一切看在眼里，知道苟定远的心里仍忘不了谷清阳。他低低地叹了一声气。

　　小李是个搞气氛的能手，把大家逗得都笑倒了一片。林子笑痛了肚子还不忘继续八卦："要说风流倜傥谁能及钱剑锋那小子，昨晚半夜里还来找老相好呢！"说着又是一阵浪笑。

　　但盘长生听了，眉头却是一皱："我看钱剑锋这学生平常都挺沉默的。"

　　"那叫闷骚！"小林眉一挑，"昨晚我和定均去给定远买些安神的药，回来时看见他悄悄进了 A 区女生公寓。为了不让管理员看见，是沿着外围水管爬到三楼进去女生宿舍的。"

　　"他有女朋友住这里？"盘长生也好奇。

　　一群男生就这样喝着酒，东倒西歪地坐在地上侃着大山。

　　"他那小子仗着自己成绩优异，脸蛋儿也不错，一向不怎么把大家放在眼里，一向是独来独往。但是爱慕他的女生还是挺多的，在他失踪前是听说过有个女朋友住在这里。是中文系的一个才女，还是今天白天回家的，谁知道昨晚他们是不是在这里……"

　　大家都心知肚明地笑出声来，唯有盘长生笑得十分干涩。

　　热闹的宿舍里暖烘烘的，但"嘻"的一声透过众人的欢声笑语传进了盘长生的耳朵，那是一声孩童稚嫩的嬉笑……

第十七章
幕后人
GU DONG XIN NIANG

谷清阳留在了自己的宿舍里，稀月、徐徐她们陪着她，一个宿舍的女生都在吃着火锅。这里一点不比男生宿舍差，热闹得不得了。

小猫玲珑撅着只剩一小截的尾巴在宿舍里走来走去。徐徐拿了鱼干去哄它，它得了好处乖乖在徐徐座位旁坐下。大家都看得出徐徐的心情不错，毕竟等了那么久，她终于和苟定远在一起了。

一群女生都要灌她酒，她也一概不拒绝。见徐徐开始咳嗽，谷清阳帮她拦下酒。徐徐看是她，眼里的落寞一闪，笑着说："没事，大家高兴。"说着一口喝了下去，一不小心被呛得泪花儿闪闪。

谷清阳终究不好再说些什么，陪着大家一起喝。

"丁零"一声响，是电话。室内太吵，盘长生唯有出去接了电话。

刑队的声音传来："我们找到设计广播大学的女生公寓楼的人了。不过那人已经过逝了。他还有个女儿，叫归水月。"刑队长话短说，"我根据你提供的线索，调查了好几家电影公司，其中有一家在拍民国时候的电影，上个月刚杀青，为了拍片，所需要的民国建筑都建在了广播大学附近的一条路上。归水月就是这部电影里的美指（美术指导），所以……"

"好，我明白了。"盘长生迅速放下了电话。

　　A区公寓对出的那条路上空无一人，纷纷扬扬的雪从空中飘来，一朵六菱的雪花贴在了他衣袖上，马上融了开来。

　　从巷子口一条巷道走到底都没有发现"诡门关"冥器铺。只一条岔道是通往另一条胡同的，这条路他已经走过无数次了，仍一无所获。如果拐进了胡同里，十多条大小胡同纵横相连，更找不到方向。

　　他仔细回想，当初他一直以为自己是在做梦，所以忽略了许多事。那时清阳说他撞到了胡同里的墙所以昏了过去。他沿着旧路找到了那堵墙，这是窄窄的胡同巷底，两边都种植了高大的树，遮天盖地，把原本不大的胡同都遮蔽了起来。他看着两旁的树若有所思，再看远点，另一边的胡同也种植了高大的树木。难道真的是这样？

　　想起当初，他眼前一黑忽然就有了凌空的感觉，看来他真的在迷迷糊糊中忽略掉了最重要的线索。他迅速爬到了树上，这里的树很高大茂密，粗大枝干的承重量也很大。他用力晃了晃枝干，在枝干里仔细寻找，终于发现了被钢丝勒出来的痕迹，而且痕迹还很深，从深度来计算，应该是承受了两个人的重量。

　　盘长生鹰眼一闪，终于了然于心。只怪那晚没有月亮，不能反射出钢丝应有的冷光，不然他一定会注意到。沿着钢丝的走向，他挥出软钢鞭在树上行走，很快就来到了另一条胡同。这条胡同离刚才的胡同并不算远，却是隔了几条胡同道的，正因是从空中走，所以才缩减了原有的复杂路线。

　　这条道依然荒芜，许多景致已经还原为没有拍戏前的原貌。刑队说了，归水月建议把这一带建为影视城，因为这里原来是长生街，专卖冥器的一条街，又是在郊区，所以住的只是些孤寡老人，人烟稀少，这片旧胡同区都很荒凉。再者建影视城只是在议论阶段，所以市里也没有把这块地标出来，如非得了提醒，还真不好找到这里。毕竟北京的胡同太多，也大多偏僻，巷巷道道的，走着走着，就混淆了。

月光下，这里的街道和前区的街道都非常相似，但为了拍摄而建起的一些民国建筑还保留了一些痕迹。

他走到一堵墙旁，寻找许久始终没有发现。他靠着墙壁沉思，忽然墙一松，他还愣着就随着墙的转动，翻到了另一条胡同上。他大感好奇，再仔细地寻找机关，原来这是一堵感应墙，人靠着墙，身体上的热量传到了墙里，墙就会翻转，这和明墓里石门感应是多么像啊。

这里就是他当初眼睛能看见东西时出现的街景。想必是当时带他来这儿的人先把一块黑布挡在他脸前，然后拉着他腾空来到这块地上。最后翻动了墙，又把他推出了胡同，他醒来就到了刚才爬树的地方。而且从树干上的勒痕来看，拉他的人应该是个女人。

难道是归水月？那她的目的又是什么？

一路上的建筑都是破破烂烂的，房屋漆黑破旧。一幅为了拍戏而贴在墙上的民国时的海报没有撕下来，仔细探查，到处都是为了拍戏而营造出来的民初建筑。

他停在了诡门关那道门前，门上的牌匾早已摘取。这里的二楼由于破了屋顶，所以月光能照亮一层的。到底哪儿不对呢？盘长生细细回想，一边想一边走进内室，还是那块挡风的布幔，掀开进内，再不是原来的模样。没有神龛，没有牌位，更没有那精美绝伦、富丽堂皇的拔步床。

影视城，真真的是一个掩盖真相的好地方，连他都没注意到的细节，想必幕后人也没发现这里。但是要运一张这么巨大的拔步床来是很不容易的，而且会打草惊蛇。一个激灵，他想起来了，他当初进到这里时顶上是没有洞的，屋内漆黑一片，根本不可能照进月光。

前两次他进来这里的气氛都很怪，如坠雾里，四周都很缥缈虚无，想来是着了道了，那雾气根本就是迷惑人心的，再者还出现了人扮的女鬼，这样的情况下如果有机关，女鬼事先动了机关，那他很可能是进了另一个空间。

想起他拿到归家牌位的那家真正的诡门关，他蹲在了原来放神龛的墙角位置，按着公主坟道的那家"诡门关"放了牌位的位置敲击。墙果然是空心的，他取出小刀，割开砖缝，把一小块墙砖挖开，果然有一个小小的红色按钮，他按动了机关，一条斜道斜进了地里，原来是这样。

里面的景致和一层的摆设一模一样，原来的太师椅，墙上挂着的明代仕女图都一模一样，太师椅前的案台上插着一对白蜡烛，但没有点上。太师椅上只坐着一个面容姣好、没有毁容的蜡人，一切和前两次来时一模一样，只和他说话的那个穿着近代旗袍的蜡人不见了。盘长生一声苦笑，她根本就是活人，只不过她旁边的那位才是假的。她就是归水月？想起清阳提到过这个名字，她们竟然真的认识。清阳的话真真假假，根本就误导了他，这个看似柔弱的古怪女孩真的可以信任吗？

盘长生一声长叹，想起清阳的泪水和她从不提起她救了他的事实，他怎么能怀疑她，清阳，她现在还处在生死关头，没有解药。一切，只是为了他……

步入地下室里的内室，果然那巨大的拔步床就安静地放在了那里。第一个谜团解开了，他没有做梦，他所见到的一切都是真的，包括他从中找到的《晚清异闻录》卷一、卷三和卷二的缺页都是真实存在的。而且都在清阳的手里，她为什么要瞒他，她究竟有什么苦衷呢？

来回探寻，再没有什么有价值的东西了，而且归水月显然也不在这儿。看着眼前瑰丽的拔步床，每一个纹饰、每一处特征都和翡翠给他看的巴黎拍卖场遗失的拔步床一模一样，都是从明墓里出来的文物。这两个明墓、归家、归水月、《晚清异闻录》《诡府奇案》《明国异闻录》、玉覆面、鬼嫁娘、红嫁鞋，究竟藏了什么秘密？

"丁零"一声清脆的铃声打断了盘长生的思路。

"赶快回学校，你们学校的档案室管理人员找到几张旧照片，里面有一张是钱剑锋和归潋的合照，两人眉眼间的依恋爱慕神态不是普通朋友之间该有的。”

盘长生立刻往校园里跑。是的，警察一直有在做事，他们暗中展开调查，钱剑锋的失踪和找回来，警察都在暗中关注，正因表面上问不出什么，所以才会那么轻易地放了他，为的就是引蛇出洞。

“清阳，你那儿没什么事吧？”盘长生打通了她的电话，紧张地问。

“没什么啊，就是钱剑锋那小子来了趟我们宿舍凑热闹，还把林七月叫去商量些冬游的事情，他和我们是一组的呢。你怎么了，声音怪怪的？”

“你自己注意安全。”盘长生说完就往楼上跑。

刑队把那沓旧照片塞给了盘长生，正在楼下部署，以防万一，让盘长生有什么情况就通知他。谷清阳的宿舍地上躺了几个醉得东倒西歪的女生，她放下手机，忽然察觉到了不对，深知有事，也就跟着跑下楼去，往七楼钱剑锋的宿舍跑。

盘长生正要敲门，却听见了里面的打斗之声。

“你说，你上午到底看见了什么？说！”

“我什么也没看见，你别过来！”

声音一下子中断了，盘长生情急之下破门而入。电光石火间，钱剑锋一把抓住了林七月，手上的尖刀对准了她脖子的大动脉。

一沓照片从林七月手里掉落下来：“救命，是他杀了归溷。他因爱成恨，所以……”

“唔——”一抹鲜血从她细嫩的皮肤里溢了出来。

“剑锋，老师在这儿，一切好商量，千万别乱来。”盘长生连忙伸出手去阻止。钱剑锋一见盘长生手上拿着的照片情绪变得更加激动：“你们为什么非要逼死我！”

盘长生连忙退开，让他别那么激动。

“剑锋，有事慢慢说，你还年轻别自己毁了自己。”

　　"太迟了，你们非要逼死我才安心，严心是这样，你也是这样！"他狠毒的眼神一闪，刀在林七月的脖子上用了用力，血流了更多了。

　　"把刀放下，"盘长生一声厉喝，"你杀了她，你就逃不了了。"

　　"杀一个是死，两个也是死，我要你们和我陪葬！"钱剑锋丧心病狂地挥舞着手中的刀，不让盘长生靠近。

　　盘长生没有武器在身，情况又危急，看着林七月越来越苍白的脸，心已经跳得飞快了，但仍冷静地和钱剑锋说着话，以期分散钱剑锋的注意力。

　　"好一个杀一个是死，两个也是死，那你下手啊！"

　　看着盘长生冷冷的眼睛，钱剑锋愣了一下，挟着林七月退了一步。

　　"你别以为我不敢，你放我走，不然……"钱剑锋的手再次紧了紧。

　　盘长生嘴角一扬，轻松地靠在了门边："我不拦你，你可以走，别伤害她就是了。我只是你们的班主任，我也不想惹祸上身，只不过你走了出去最好放开她不然你也跑不远。"他气定神闲地把手负在背后，朝着门后的谷清阳比了比手势。

　　见钱剑锋不敢轻举妄动，盘长生说话了："其实我很好奇，你的犯案手法堪称完美，警察根本就没找到你的杀人动机更没有证据，你是怎么做到的。"

　　"哼，那你手上的照片怎么得来的？如果犯案手法真的那么完美，我还会落到这一步吗！"钱剑锋的脸开始扭曲变形，咬牙切齿。

　　"这沓照片只是让人怀疑，但根本不是实质性的证据。"

　　"但沿着这个线索迟早会发现我的，而且她看到了不该看的东西。"钱剑锋恨恨地瞪着林七月，若非需要她做人质，真恨不得一刀捅死她。

　　"确实，没有她，你做的一切都很完美。"盘长生肯定道。

　　钱剑锋嘴角一扬，鄙视道："我的计划根本就是天衣无缝，不是你提议搬男生宿舍，我收拾东西时，她根本就不会看见那些东西。"

　　"哦，是什么东西？"盘长生不由得顺着说下去。

"是病历。"钱剑锋眉眼一挑，"我和归溯的合照，还有陈晨和严心的病历。"

"我不是很明白你的意思。"

"校方里的人都是愚不可及的废物。她们两个根本就是有暗病，不过这些都是我在学校医务室的计算机里查到的，正因为这样，所以我才想到了一个完美的杀人计划。"钱剑锋似沉浸在了完美的杀人计划中，娓娓道来，"她们都那么迷《晚清异闻录》，所以我就根据里面的鬼嫁娘设定了游戏规则。我知道她们的病是不能遇到大惊吓的，所以只是稍加暗示，就让她们自己吓死了自己。关于归家鬼节娶新娘，被诅咒的都是女性，只要看了这册书，就会被诅咒，都会成为鬼新娘，所以为什么总是女孩子遇害，而男孩子看了却不会有事。我把从线符里研究出来的诅咒内容告诉了她们，让她们放弃继续研究调查《晚清异闻录》一书，但是她们不听话。所以，我就录了一段诡歌谣，在不经意的时候放给她们听。"

他顿了顿，继续说："其实就等同于催眠，看了书的人到了最后一定会接受诅咒。后来她们开始怕了，想按着《晚清异闻录》一书里找出归家的后人解开诅咒。但是我不希望更多的人参与进来，所以我加快了计划。"

盘长生打断了他的叙述："等等，你说归家人能解开诅咒，是怎么回事？"

"哼！"钱剑锋冷笑一声，"归家人娶媳妇，当然要得归家人的同意，只要归家人不同意，也就等于不需要这个新娘进门，不用做鬼嫁娘就等于是诅咒解开了。那时会跳一段舞蹈，用肢体语言来表示她不合适做鬼嫁娘，那套舞蹈自然是归家人教的。然后，陈晨在密道里跳舞时，我扮成鬼魂出现在她身旁，打断了她的舞蹈，解咒被破，她成了鬼嫁娘，当时她正在靠近绳套。当然，那只是一段诡舞，因为民间传说里说过，鬼是没有实体的，所以是没有办法杀人的，只会迷惑人，让人看见了一个彩色的世界，那个世界很神奇，然后人的好奇心驱使人探出了脖子去看，结果自动套进了绳圈里，做了替死鬼。所以我突然出现打断她的瞬间，她一惊，慌乱中就踢掉了凳子。"

盘长生点了点头，民间确实是有这个传说。

钱剑锋继续说道："所以原本她只是虚晃一下，就可以离开绳套，以示自己不是合适的人选，但她受了迷惑，中了圈套。其实也可以这样说，她还没被绳子勒死，就已经先一步被自己的幻想和所谓的诅咒论吓死了。正因为她深信这个传说，所以她自己迷惑了自己，自愿把头往圈套里钻。"

"那严心呢？她也是被你吓死的吗？"

"没错，当然我还利用了一下小师妹。"他眉毛一挑，"我骗小师妹，说我破解了陈晨的解咒内容，让她在楼顶上跳舞，那样就可以解咒了，她很乖，当然也很害怕诅咒成真，所以按着我说的去做了。归水月这个人也是我说出来骗她的，好让她对我的话深信不疑。小师妹一向很单纯，其实我也不想利用她。事实跟我想的一样，被关了许久的严心早已精神涣散，以为归家人来接她了，当场吓死。没错，每个人的失踪都是我造成的，我骗她们出来，带进了公主坟旧路上的那家'诡门关'里拘起来，在那七天的恐吓里，人的心理防线才会崩溃瓦解，然后我突然放她们回学校。当然这一切都没让她们发现是我做的，那群笨蛋真以为自己撞鬼了。"

说完，他哈哈大笑起来，忽然笑容一滞，凌厉的眼风扫过，携了林七月就要走。

"其实你的计划很完美，坏在了你太自信，一般自信的罪犯都会有一种瘾，那就是保留起自己的犯罪证据，留待以后慢慢地回味，慢慢地欣赏。所以你才会被林七月无意间窥见了你的秘密，逼得你要走这一步。"

"分析得不错，我真怀疑你老师的身份。虽然我是假失踪，但你竟然能找到我。"钱剑锋的警觉立马提高了好几倍。

"我只是一个普通教师，是李成教授破解了线符的密码，知道你可能隐藏的地方，其实这一早就在你的计划之内，是你故意放掉他的，好让我们找到你。作为受害人，我们自然不会怀疑到你头上。但是你太聪明，聪明反被聪明误。"

"我哪里出了错，让你怀疑到我？"他一脸不信。

"感染。"盘长生一笑，"你一眼就看出了清阳感染了 C 病菌，你一时害怕它会传染，所以说漏了嘴。正因为你对这个墓太熟悉了，所以才会对一切机关了然于心，你根本就没有得到地宫的地图，却熟悉每一处机关，我们见到你时，你根本就是毫发无损。而我得到了地宫的地图，仍然是差点命丧黄泉，正因为你一早就开始策划，所以才会对一切都那么清楚，这样的你又怎么可能失踪呢。用失踪作为障眼法，逃开了我们的怀疑，再出来行凶。但失踪得这么有水平，怎能让人不怀疑。"

钱剑锋一下子就如泄了气的皮球，果真是百密一疏，他漏掉了看似微小的致命漏洞。他一下变得凶狠起来："走开，不然我一刀杀了她！"

"最后一个问题，说完后我一定放你走。"盘长生焦急地看了看墙上的钟表，已经过去二十分钟了，"你杀人的动机是什么？"

"归家收起了一个大宝藏，我需要那笔钱。但是他们一个个都不安好心，都想得到那笔钱，严心更是可恶，她为了那笔钱竟然想对我下手，因为是我先她一步找到了藏宝路线。和《晚清异闻录》搭上边的，看过研究过这册书的人都要死！"

"就为了一点钱，你就要杀那么多的人？"

"你们没受过贫穷的滋味根本什么都不懂，我是一个孤儿，艰难地活着，还乞讨过，没有钱怎么能活下去。也正因为我没钱，所以归溷选择了其他人，你们这群饭桶根本就不明白没有钱，被人看不起，如过街老鼠一般被人驱赶的滋味。"

"所以为了钱，你跟踪我，像沈老板这么无辜的人，只因为他看过《晚清异闻录》，你就要他死。归溷，你爱过的人，明知她不能承受惊吓，因为得不到她，你也要她死？你真的疯了！"

钱剑锋脸色一变，已然处于疯狂状态。突然，"嘭"的一声响，窗户碎开了，盘长生一个"不"字还来不及说，钱剑锋已被刑队安排的狙击手用消声枪射中了脑袋。是的，在人质处境危险的情况下，任何一个警察都会这样做，一枪毙命，干净利落。一旁的林七月已吓得昏死过去。

"你为什么不等谈判专家过来就动手？"盘长生大怒，揪着刑队的衣领质问。

"来不及了，谈判专家要再等十多分钟才赶得过来。你手上没有武器，人质流了那么多血，再不出手就来不及了。"刑队冷冷而言。

"你知不知道，沈笙生死未卜，只有他知道。"

"对不起，我也不想。"撂下这句话，刑队带队离开。

偌大的校园那么安静，没有人知道刚才究竟发生了什么事。

谷清阳走了上来，挽着他的手："别责怪自己，很多事你也不想，也没办法去控制。"她呼出了一口白气，"事情终于都结束了。"

盘长生脸上全是内疚："都怪我，如果我能及时制止他，或许就能知道沈笙在哪儿了。"

"沈笙失踪了这么久，或许他早已经……毕竟他也看过《晚清异闻录》的。"谷清阳不知道怎么开解他，也不敢把"沈笙或许早死了"这样的话说出口。

"清阳，你老实告诉我，你真的没见过归水月吗？"看着盘长生满脸乞求，她的心一软，她知道他从来就没有信任过她，他害怕被欺骗和背叛，他根本就是一个缺乏爱、没有安全感的人。

她坚定地摇了摇头，眼神里有种决绝："真的没有。那段舞确实是钱剑锋教我跳的。"

"那《晚清异闻录》卷一、卷三和卷二的残页你为什么要悄悄地拿走？"

盘长生清亮的眼睛瞬间变得凌厉。

她一怔，眼圈也红了，终于还是嗫嚅道："我不想你卷入这场危险中来，所以才偷偷拿走了你的东西。后来你找到了李教授，我就把书给了李教授，希望他能找出背后的秘密。"

盘长生眼眶一热，紧紧抱住了她："对不起。"

谷清阳被他突如其来的拥抱弄得一怔，泪水悄悄地流了下来。她把头深深地埋在了他的胸膛。

"别再流泪了。"他伸出手爱怜地抚摸着她的发丝，真想不明白，这个乖巧的女孩怎么会有流不完的眼泪，她比翡翠还需要人照顾和呵护啊。

她像小猫一样拼命往他怀里钻："谁说我哭了，我就是要黏着你，谁让你是我夫君。"

想起两人初见时的对话，两人都忍不住笑了。

"那时我就在想，你那顽皮的样子真可恨，把我整得七荤八素的，却偏偏长了那么嫩的一张脸，我真想狠狠地掐上一掐，那样才解恨。而且……"

"而且什么？"谷清阳终于伸出了小小的脑袋，满脸好奇。

看着她红肿的眼睛，微微噘起的红润小嘴，他的心跳漏了一拍："而且我真的很想看看，能不能掐出水来。"

"你……你坏！"谷清阳闹了个大红脸，伸手就要捶他，却被他牢牢抓住，他的吻带了侵略性地覆盖上来，那一刻她竟然瞪大了眼睛。

许久，他终于放开了她，看着她酡红的脸，他揶揄："拜托，哪有像你这样的女孩子，眼睛瞪得那么大。"

"你……我……我忘记了嘛！"谷清阳低下了眼睛。

盘长生轻笑，附到她耳边："下次请你闭上眼睛。"

她一怔，许久没有反应过来。

"你是说……"她终于醒悟过来，马上卖乖地闭上眼睛，过了许久，她偷偷睁开眼，对上了一双似笑非笑的眸……

如愿以偿的谷清阳，终于可以结束这场暧昧游戏，光明正大地挽着盘长生的手四处乱逛，宣示她的主权，但是一想起盘长生那句"人的心只有那么点大，不能再容下第二个人"时，心里就会有疙瘩。

无奈她如何找碴，盘长生总是不接她招，四两拨千斤地带过，气得她上蹿下跳。此时他大有报复之感，开心得不行，比掐她水嫩的、薄薄的小脸蛋还要解恨。

"你就喜欢寻我开心。"她气鼓鼓地别开了脸。

"别闹了，我们还要去接七月回学校。明天我们班就得去福建啦。"

"七月那边怎么样？"谷清阳又瞪起了她的大眼睛。

"身体方面没什么大问题，伤口不算深。至于案子的问题，警察也给她录了口供。她说她只是无意看见了钱剑锋的照片，还有陈晨他们的病历。那时钱剑锋在厕所里，她以为没人就离开了。她根本没想到那些病历和谋杀有什么关系，但是做贼心虚的钱剑锋晚上约她见面，问起她白天是不是看到了什么。七月有些支吾，钱剑锋就想狠下杀手，七月为了拖延时间，就问起他和归溷的事，他也对此事直言不讳。然后，我就撞了上去，直到钱剑锋倒地身亡。"

"事情解开了你为什么还是愁眉不展呢？"谷清阳有些心痛。

"我觉得事情好像没那么简单，虽然连带着把四年前的案也破了，但是关于三年前小薇的死呢？还有就是后来钱剑锋为什么又要抛出大量的《晚清异闻录》的仿书，让那么多同学看到，还杀死了李可居呢？还有太多疑点解释不清楚。我在'诡门关'里见到的晨雅里又是怎么回事，那时的她明明已经昏迷了，为什么会出现在'诡门关'？"

谷清阳听了，想了许多，最后轻轻地道："或许只是我们想得太复杂了。

小薇可能真的是自己一时想不开，所以自杀了。我们专门成立的课题组，那么多的人才齐聚尚不能解开《晚清异闻录》的秘密，所以钱剑锋可能只是想搞乱学校，借这个幌子把课题组的人做成被诅咒杀死的样子，从而杀死他认为知道《晚清异闻录》内幕的人，那样就没有人跟他争宝藏了。至于李可居，我听苟定远提起过，有一天他和他哥哥苟定均逛古董市场时，见到李可居匆匆赶往沈家书局，而后出来时慌慌张张的，没多久就遇害了，我想会不会是她发现了钱剑锋什么事情，所以也被灭了口。对了……"清阳一下子变得兴奋起来，在自己的房间里翻箱倒柜地找着什么。

"你找什么啊，怎么把徐徐她们的书柜也动了，她们回来饶不了你我可不管。"

"找到啦！"她一开心就会激动得手舞足蹈。盘长生笑着摇了摇头。

"你看，"她把一本书递到他面前，"这是钱剑锋送我的书，那时是我生日，这还是日本原版的呢。他说这本书不好找，知道我对各国民俗有兴趣，特意找了送我的。我看不懂，还是他翻译给我听的。那时我也没认真听，说了什么也不知道，但是你一提起百烛夜行我就觉得好像听谁说过。"

盘长生接过书，是一本原装的日文典籍，还经过藏家收藏的，印鉴是"华文归家"，典籍印了"日和书局"的章子，是日和书局印的书。里面有提到百鬼夜行的民俗，里面的一则小故事就是：如想打开鬼门关，可在午夜点着白蜡烛说满一百个故事，等说完了第一百个故事，吹熄了第一百支白蜡烛，鬼门关就会打开，鬼魂就会出现于人间。想找已去的亲人、情人，甚至仇人，都可以再回来，了结未了结的事，说出每个人都想知道的事情。

故事后面有归姓藏家的读后小感：如果想知道宝物的事情，询问于鬼神，或许能知道答案，这是人请灵最想达到的目的，通过人的各式原罪，例如欲望（色欲、权欲）、贪婪，人迷惑了自己，打开了鬼门关，但等待自己的不是鬼魂告诉世人的藏宝地，而是来自地狱的审判。

这本书是民国发行的读物，再加上有了收藏过的印鉴，也算是有价值的古物了。

"钱剑锋看得懂日文？"

谷清阳点了点头，忽然眼睛一亮："你说会不会是李可居想借鉴这一请灵方法，找出藏宝地，钱剑锋察觉到了她的目标就是那批他势在必得的宝藏，所以……"她做了个杀的手势。

盘长生思考片刻，点了点头："有这个可能。"

"好了，那这件案子也就算结了。"她一脸娇嗔，"长生答应我，别再管这件案子了，好吗？以前你是为了翡翠坚持要查这件案子，现在水落石出，当是为了我，别再冒险了。"

盘长生认真地看着她，一时无语。

谷清阳的眼神一分分地暗淡下去："其实你的心意你真的清楚吗？我不想你给了我这个希望，却亲手将它毁了。如果真的是那样，我情愿不要开始，因为我承受不了……你懂吗？"她轻轻抚着他的脸，他的眉头就像一把解不开的锁，他的眸就是一首道不出的诗，或许她真的没有办法读懂属于他的诗篇，解不开翡翠为他关上的那把心锁。

"我懂。"他握住了她的手。

林七月从医院里回来，人也变得不大灵活，晚上睡觉还会喊出"归溷别杀我，小薇我错了"，这样的话，犹如惊弓之鸟。但大家以为她是受惊过度，只要多关心她，心理阴影总会过去的。钱剑锋的事学校方面做好了保密工作，并不公开，这一起案子也总算是了结了。

学校重回平静，而盘长生带了一帮学生高高兴兴地搭上了南下福建的火车。李成也跟着同学们一起去。盘长生决定了等从福建回来，他就宣布离开学校了，毕竟他的任务也完成了，这一趟冬游也算是好头好尾。

软卧里都熄了灯，谷清阳却像一条难摆脱的小蛇缠进了盘长生被窝里。睡得迷迷糊糊的盘长生大感吃不消，这么多天他都没好好休息啊。

"喂，你能不能老实点。"

见她不答话，盘长生坐了起来，把一件衣服披在她身上。

"钱剑锋的血液里检测出有抵抗C病菌的细胞，若非他曾经接种成功，今日你可麻烦了。林岩和我商量过了，你以前住的小村子里有一种雾气，里面检测出符合解药的成分，加了钱剑锋的血清就是解药了，你的病很快就可以恢复。"说完，他紧紧搂着她，在她手心里比画着彼此的将来。

"今天学校又来了一拨警察我真怕你有事。"谷清阳仍是一脸忧戚。

"傻丫头，我堂堂一个男子汉有什么好担心的。其实是警察在学校后山上找到了被钱剑锋丢弃的一对塑料做的阴童，阴童的嘴里安放了录音机，会唱出诡歌谣。阴童上面有几组指纹，有一组证实了是属于钱剑锋的，而另外三组是卖出阴童的冥器铺的三个店员的，店员也认出是钱剑锋买走的阴童。"

盘长生顿了顿，接着说："徐徐听到诡歌谣那会儿是在陪她朋友听中文系的课，刚好安排在接近山头的偏僻的第一教学楼，而且还是顶楼的教室。根据钱剑锋买阴童的用途来推测，我觉得是钱剑锋把阴童用绳子绑着垂了下来，晃动时衣服的颜色刺激到了徐徐，而且还放出歌声让她随着《晚清异闻录》的内容而去幻想，导致她惊恐不安，走火入魔。今天警察去了一教顶楼调查，墙顶边缘果然有绳子垂直划过的痕迹，我的假设都成立了。尽管钱剑锋是死了，但许多线索都浮出了水面，我们都知道了他的作案手法。"

怀里的小人蜷缩着早睡着了，盘长生摇了摇头，这鬼灵精弄醒了自己，她却跑去和周公周大帅哥约会去了，他气不过，在她脸上轻轻一掐："尽管和你的周大帅哥约会去吧！"

第十八章
淡极始知花更艳
GU DONG XIN NIANG

　　几经周折，大家终于来到武夷山景区附近。这里的风景优美极了，真真的得天独厚。由九曲溪蹬竹筏子顺水而去，九曲十八弯，尽览水光山色。冬日里的溪边风尤其刺骨，但也抵挡不住大家浓烈的快乐情绪。水里漂着几缕树穗子，舒展开了烟碧色叶子，随波而动，曼妙其中。烟雨沾衣，黏住了大家多情的视线。

　　谷清阳随意扎着的浓绿色发巾被风吹走，满头青丝在烟雨中舒展，素颜素眉在那一刻，被烟雨晕开了极淡的烟碧色远黛，一肌一容，像极了浅浅的烟青色水仙，在澄碧清澈的九曲溪萦绕中，在山岩迂回的九曲十八湾里，鹅黄的水仙花苞朝着那一线天上的日月清辉幽幽开放。泼墨淡极，始知色更艳，烟墨晕开了那一抹昙花，由浓掠浅，花心初绽，在墨色山水画里，悄悄晕开艳丽姿容。

　　"淡极始知花更艳，十分红处便成灰。"盘长生掂着那一缕青丝，不由得感叹。

　　"情深不寿，艳极处，红也变作了灰，所以我情愿，你待我别用至了十分，"谷清阳指了指他的心，流转眸光，自嘲，"千山暮雪，只影向谁去？"她轻叹一口气，"莫道不销魂。"

"我懂。"盘长生也指了指自己的心，"我待你，一如你待我，我都懂。"

谷清阳的脸，被月色晕开了极浅的笑容，琥珀色的双眸看着竹筏流向深山。淡极似知花更艳，十分红处便成灰，于感情亦是。她是怕他用尽了十分的心，太深的情爱终究无以为继，她不愿失去他。

武夷山景区已越离越远，大家改乘了小船，沿着河流开进他们的目的地——小树村。福建盛产名茶，而小树村更因产名茶而得名。但因地势险要，不与外流通，陆路不通，只靠了一江流水，方得进入村内，所以很少有外人进出。

河流顺着深山老道迂回，原本阔如海子的河面越来越窄。下了船，极目远眺，风景比之山外更佳。尽管山壁之间藏有悬棺，但如画的景致没受半分影响。大家在船上过了一夜，如今在薄雾的清晨中，密密的树荫下舒展身体，吸一口新鲜的空气，凛冽中还有花草和茶树的清香，真真的舒畅。

大家在盘长生的带领下往深处走去。行至半途，一潭清泉潺潺地流进大家心间，向泉内扔一颗石子，激起泉水叮咚。

两旁的花叶掩映下，清泉泛着琥珀色的淡金光，像极了清阳的那对眸子，阳光下星子般的光辉掠过泉面，每一星、每一点，都是一个秘密。大家充满了好奇，都走近看，一丛小小的瀑布如一缎白练，柔肠百转千回，最终流溢出来，聚成了路人脚边的一汪清泉潭子。

"拾趣泉。"盘长生轻念出声，"留取拾趣泉中映，一星朝夕共欢颜。"

泉边默默无闻地开着零星几朵小花，花瓣娇嫩的颜色极淡，但一瓣一瓣地铺开，给人的感觉却是艳极。

"这几星花儿就是朝夕。"谷清阳看着小花出神，她以前是很喜欢坐在这里看清泉的，为此还得走出一天一夜的路程才能到达拾趣泉。

"终于到家了。"她长长地伸了个懒腰，小猫玲珑不管不顾地就跃进了泉里，激起一阵水星。

"你有愿要许吗？这是个许愿泉，泉水清澈能映出每个人心底最快乐的事，最想珍惜的事，让你把丢失的快乐、美好都拾回来，所以才得了这个名。"谷清阳指了指泉边立着刻了"拾趣泉"的石碑看向他。眸子相对，他俩就那样静静地看着对方。

班上的学生尤其是女生一听了这个传说，赶快闭上眼睛许愿。

稀月看着泉水，又看了看谷清阳，感慨道："清阳你的容貌真的得天独厚了，那样的眸子真如这泉水一般神秘清澈，连色泽都那样相像。"

"你的眸确实很美……"盘长生笑着看她，并没有许愿。

一行人陆陆续续地离开了拾趣泉，往目的地走去。从白天走到夜晚，饶是大家兴致勃勃，终究也累了。盘长生和苟定均兄弟都有野外探险的经历，所以不多会儿就帮大家支起了帐篷，露营也就开始了。大家是样样都觉新鲜，在野外支帐篷，听着虫声入睡也是如小说里、电影里一般的浪漫了。

因是冬天，地气寒冷，盘长生整理谷清阳的睡袋尤其仔细，生怕冷着了她。谷清阳鬼灵精的眼睛一转，拉住他不让他走。他点她鼻子，笑道："怎么，刚才吃方便面不饱吧？忍一忍，明天进了村，就可以找好吃的了。"

只见她眸光流转，俏脸一红，只拉着他不说话。

盘长生一时摸不找脑袋，想她怎么这么别扭。不料他竟是个榆木脑袋，呆得很，她故意板起了脸凶巴巴道："我就要你陪我，我害怕。"说着指了指他的睡袋，意思是把他的睡袋也放进她帐篷里来。

这一来，倒是盘长生红透了脸，急忙道："不，不行，我就在你旁边帐篷，有事就叫我。"说着红着脸回他的帐篷里去了。

盘长生你真是个IQ200、EQ为零的大怪人、大笨蛋！清阳在心里恨恨道。

劳累了一整天，大家很快就进入了梦乡。"嘻"的一声娇笑飘于耳际，谷清阳模糊的意识一顿，忽地坐了起来。那抹笑意犹在身旁，她打了个寒噤。"嘻"又是一声笑，但那笑声早已变得凄厉。谷清阳小心翼翼地、颤抖着拉开了帐篷的拉链，她与盘长生的帐篷离其他人要远些，四周一片安静，大家都睡熟了吗？只有她自己听得见笑声？顿时，寒意透彻心骨……

一抹白影闪过，谷清阳忍住害怕跟了过去。她茫然地随着那抹白影走着，风幽幽地飘过耳边，一声尖笑，突兀地、狠狠地刺进了她的耳膜。

"呜……你知不知道，我死得好惨……"

"谁，是谁？"谷清阳扭转身子，前路迷惘，后路潦草，黑暗里，再分不清来路去路，只有她一人，仿如孤魂野鬼游荡于天地之间。

荒野之中没有人，女鬼怨厉的哭声飘忽断续，谷清阳茫然地往前走，不远处就是断崖峭壁，下面是惊涛拍岸。一个单薄瘦弱的身影立于谷清阳眼前，长长的头发随风乱舞，她的身体在抽搐，她的脚步在往后退，是什么使她如此绝望，绝望得步步退近那高耸的悬崖？

"你害我死得好惨。"白影一闪，逼近了绝望的女孩，风吹开了女孩的长发，她瞪着惊恐的双眼，面容开始扭曲，是林七月！

"不是我害死你的，别……别过来，不是我，不是我！是、是他……"林七月脸色苍白，手拼命地想抓住什么。"你是小薇，啊……"一声尖叫，林七月昏倒在地，只差一步她就要摔下悬崖而死。

女鬼放声冷笑，举起了透明的手。谷清阳想喊，但声音被什么糊住了，脚也被什么黏住了，僵在了一块大石后面。声音，是脚步的声音，谷清阳一怔，有人来救她们了吗？她努力地想向前看，女鬼愤怒地转过了脸，一行血泪流了出来，脸上全是翻开的焦黑流脓的皮肤。一声大叫，谷清阳昏死过去，女鬼一闪融进了黑暗里，只余几声清脆的脚步声越来越近……

泪水糊住了眼睛，心为什么觉得那么痛？

"醒醒，"一声温实的声音唤醒了她沉睡的灵魂，"你终于醒了。"

"我究竟在哪儿？"谷清阳看着盘长生迷惘地问，她躺在了他的怀里，在他的帐篷里。

"你做噩梦了。"盘长生怜爱地拭去她额间的冷汗。

"我真的只是做梦？但为什么那梦如此真实？"

盘长生的手指覆在她的唇上："嘘，只是个噩梦而已，别怕，我在这儿。"

盘长生皱紧了眉头，劳累了许久，放松下心情的他，今天实在是太困了，以至于清阳梦游他也没醒来。若非她在梦里大声呼救，他可能就睡死过去了。清阳体内的毒还没解清，真担心她会出事。

帐外不远处有些吵闹，但都是学生们的窃窃私语声。盘长生也没注意，一心只想着清阳的病情。

"七月，你怎么了？你的脸色很难看，要不要叫老师？"徐徐轻声问道。

"不、不用！"林七月眼里闪过一丝惶恐，语气也变得焦躁。

"那好吧，快点休息吧，时间不早了。"

"现……现在几点？"林七月惊恐地问。

"嗯？"徐徐揉着惺忪睡眼，看了看手表，"一点了啊。"

"子时，阴气最重的时候啊！"林七月自言自语。

"快别说这么可怕的话了，自己吓自己，睡吧。"徐徐侧侧头，继续睡了。

"你从学校追到这里来了吗？"林七月一阵战栗，心里不断念叨，"小薇，你还是不肯放过我吗？"

绿光一闪，是短信。林七月犹豫了许久，最后还是战战兢兢地把它打开。

"你没事吧，怎么晕倒在了悬崖边，明早还是告诉盘老师吧，刚才多危险啊。"原来是苟定远给她的短信。

她连忙回复短信："别，我只是迷迷糊糊中就走到那儿了，真没什么。别和大家说了，省得破坏了大家的游兴。我只是一时贪玩，夜里跑了出来，后来摔倒了才昏了过去。"

苟定远很快就回复过来："你怎么这么迷糊。幸亏我也是睡得浅，半夜醒了，突发奇想就想四处逛逛，不然你小命就危险啦。回来时我还吵醒了哥哥，被他说了我一顿，你得请我吃饭好好补偿。"

"一定一定。"林七月打字打得飞快，手机键盘"嗒嗒"作响，徐徐翻了个身继续睡，"不说了，打字吵到徐徐了。我只是昏倒在悬崖边上，不是没掉下去嘛，瞎操心，多担心你家徐徐吧。"

发完短信，她也关机睡觉了。闭上眼，她忘不了刚才发生的一幕——她正迷糊的时候，听见电话响了，她迷糊中接听，听见一个幽幽的女声："我很想你，想你想得想你死……"一瞬间，她就清醒过来。那个声音她太熟悉了，是小薇的声音。帐外闪过了一抹白影，她也就跟着走了出去。

是小薇，是她回来了，回来是要把她也带走……

不敢再想，林七月打了个寒噤，缩进了被窝深处，她的事不能被人发现，没有人帮得了她，也不会有人相信她见到了死去的人，回来了……

"长生，现在几点了？"谷清阳安静地躺在盘长生怀里。

看了看手表，他轻声回答："十二点多了，怎么了，快睡吧。"看着枕在他膝上，仰面而躺的谷清阳，在夜里有种说不出的妩媚，她的眼睛是会蛊惑人心的。她轻声一笑，声音妩媚："我不，我睡着了，你就离开我了。"

盘长生也没多想，一脸无辜："你霸占了我的帐篷，我还能走去哪儿。"

星眸顾盼，她微醺的眼迷蒙，柔软的身子靠着他，双手搭在他颈间，脸贴着他的脸，暖暖地吹气。一股热流自他身上流过，他本能地想推开她，却被她死死地缠住，低低的声音含情道："我怕，别离开我。"

盘长生心下一软抱紧了她，她滚热的气息贴面而来，半晌，嗫嚅道："你、你不想要我吗？"

闻言，他亦动了情："要一个男人用身体去做爱是很简单的事，但是这样你愿意吗？你会快乐吗？身体的快乐总是来得很简单的，但灵魂呢？所以现在我不想，此刻我不愿……你明白吗？"

"因为翡翠？"她的声音带了哭腔，背转了身，单薄的肩膀在夜里颤动。

他亦低叹了声，不知如何自处，尽管两人在一起已有一段时间，但他从没想过这个问题，所以他不知怎样去面对。忽然，她用尽全力抱紧了他："就这一次，为什么你不给我这个机会？"

她紧紧地抓住他的衣服，胸脯因为情绪激动而上下起伏。他看着她，一种痛在噬咬着他的心，还有种蛊惑撞击着他的理智防线。

忽然，地上传来了"嘶嘶"的响声，是蛇！谷清阳猛地扑上去，挡住了蛇的进攻，盘长生一急，顾不上什么就用手去拨。黑暗里，一条黑黑的蛇迅速地离开了帐篷。原来是他俩弄醒了冬眠的蛇。

惊吓之中，盘长生连忙打开小小的手电筒，豆大的汗珠从谷清阳的脸上额间滑落。

"你被咬着了吗？"他大急，只怕是毒蛇。昏暗里，只见她痛苦地指了指右边胸脯，他连忙割开她的睡衣，血口子还冒着血，血是鲜红的，幸亏这蛇没有毒。他拿来酒精、火机和小刀子，看了看她，"可能会有点痛。"

谷清阳别过头，他麻利地划开一道小小的口子，放出血。谷清阳痛得小小的身子全缩起来，银牙咬碎，唇瓣早已咬得裂开，渗出了鲜血。处理好，包上了纱布，她早已软在了地上，没有麻药，真的很痛，她拼命忍住了泪水。

"你怎么那么傻，你有病在身，何必再为了我置身险境。"他的一颗心再也放不下来，隐隐作痛，"伤口很痛吗？"

"再痛也不及心痛，"她顿了顿，"既然你心里没我，那我就成全了你和她吧，我死了总比你死了的好，难道连这一点小小的愿望你也不成全吗？"

她咳嗽起来，盘长生心痛地抱稳了她。

"我不想你难过，既然喜欢的是她，那你为什么不去把她追回来，我真的只想成全你们。"

"别说了。"他抱紧了她，强烈地感受到她身体的颤动，她痛得很厉害。

"你让我说，真的。"她挣扎着想起来，"我不伟大，真的，我为你做这么多事，就只博得你来瞧我一眼。我不是要你感激我，同情我，我只想你知道，为了你死，我也心甘情愿，只要能在你身边。以前看《倚天屠龙记》，不理解小昭，如今终于明白，如果没了你，就算拥有了全世界，即使让我当女皇，我也不愿。"

　　"我知道你为我付出了很多。"盘长生哽咽。

　　"但是也得不到你一点点爱，对吗？无论我付出再多、牺牲再多，你也不愿接受我，对吗？"

　　你要我怎么说呢，我对你……又怎会没有爱？盘长生一拳捶在了地上，心里翻江倒海地搜索着词汇，他只是知道，此刻他不能，他不愿将来后悔。

　　"我真傻。明知道你苦苦地爱着她，为了不让她难受，你甚至不能去告诉她说你爱她。而我也这样绝望地爱着你，因为我能体会到你的绝望，所以我总想好好地去爱你，那你至少不会太孤单。你爱她比爱我更多，我无话可说，就算我不及她万分之一的好，甚至作她的替身也不配，但我为你所做的事，也不值得你对我付出万分之一的爱吗？盘长生，我真想剖开你的身体，看看你究竟有没有心！"

　　"我真的不想，此刻我真的不想伤害你，但我不知道怎样做，怎样弥补。"

　　"嘘，"她覆上了他的唇，"不需要弥补，什么也不想好吗？一切都是我心甘情愿，为什么你对我那么吝啬，你给了她全部的爱，整颗的心，但为什么不肯给我一次机会，一次接受我的机会。我从没求过你什么，我只想要一次机会，一次接受我的机会，让我融进你的世界里，好吗？"她低低地哀求，她何尝不知道，要一个男人用灵魂去做爱是多么困难，但他的心给了翡翠了，她只想抓住这万分之一的爱，哪怕是怜悯，是同情……

　　他的头脑一片空白，她误会他了，他对她怎会没有那万分之一的爱，她绝望而深情的表白，让他情不自禁，他深深地抱住了她，轻柔地褪去了她的衣衫。在爱情里，灵与欲又怎可分割呢，女人对感情总是特别敏感，不用言语，他们也会感受到身边的男人，他的心在不在她身上。

她的身子因紧张而绷得紧紧的，两手紧紧地搂住他，身体因害怕而颤抖，他在她耳边呢喃："别怕，相信我。"他的吻在她耳边啃噬，一阵酥麻战栗，不知所措的她搂得他更紧。

当身体深处的疼痛传来，她本能地想推开他。

"清阳，很痛吗？为了我，忍一忍。"他动情地说道。彼此的身体热得滚烫，彼此的灵魂近在咫尺，伴着疼痛，两个人完成了人生不可避免的蜕变。是的，这一刻，他是不愿放掉她的，他从没想过爱情会是这样的味道。他和翡翠，只是单方面的爱，这种爱不完整，只有他自己一人在爱，他甚至连爱情是什么都没有真正的体会。这一刻，是清阳使他完成了这一种蜕变，给了他完整的爱。

当他进入她身体的那一刻，他就明白了那种爱，真正的爱，简单而美好、细致而完整。他尝到了她的泪水，感受到了她刻骨的疼痛，他心也一痛。

"你后悔了吗？"

谷清阳把头依附在他结实的胸膛，呢喃："傻瓜，独立的两个人，当身体交融时，是否真的就融进了对方的身体，我不知道；能否直抵你灵魂的深处，我也不知道。但那种疼痛成就了完整的我，在最美好的青春时光，把自己交付给最爱的人，那是一种幸福，连泪水也是幸福的，甜的。"当这种刻骨的痛覆盖住了伤口的痛，连疼痛也变得微弱，她被蛇咬伤的伤口，在第一次的疼痛中消逝，那里面竟有种幸福的味道。

"这一生，有你这般待我，也足够了……"她无限感慨。

"傻丫头，这一生才刚开始。"听她说得凄凉，他的心隐隐地觉得不安。

这一生这样漫长，但只怕也快结束了……谷清阳感伤，贪一夕欢愉，只怕也是种奢侈，她不敢要得更多。

"还痛吗？"他在她耳边呢喃。她脸一红，尚未回味过来他话里的意思，密密的吻覆盖了下来，有别于刚才的轻柔，充满了侵略性，攻城略地，放肆地掠夺着她更多的爱。缺乏安全感的他比平常多了分霸道和孩子气，他终究是不安的，害怕现在所有的一切会消失，他和她都是一样，都是渴求更多的爱的贪婪鬼。当要再次进入她的身体时，他的手被她发丝缠住，她忍不住叫痛，是他的手表揪痛了她，他胡乱地摘下手表，深深地吻住她，不容她抗拒。

"这就是平常温润如玉的谦谦君子吗？"她不忘揶揄。

她根本就是个孩子，竟然在这个时候……他忽然笑了："你这促狭的小东西，"俯下了身子在她耳旁低声说道，"这才是真正的我，怎么，后悔了？"

"不，相反，我很开心，因为你也是个有血有肉的凡人，一个普通的男人，不再是别人眼里几近完美的男子。"她甜甜一笑，因着身体的疼痛，额间渗出了晶莹的汗珠。她看着他，他的眸子那么黑，深得见不到底，但霎时的悸动，全映在了她的眼底，他亦是动了情，动了心的。

他停止了动作，吻去了她额间的汗珠，温言："直到这一刻，我才活得真实，我也想一直就是你心里那平凡的男子。"

两个人相视笑了，紧紧相拥。他带着她的手，去摸索彼此的灵魂。谷清阳心中一叹，只愿你将来不会后悔……

看着他的手表，趁他不注意，迅速地调快了一个小时，她，或许真的只偷得了那一个多小时的欢愉……连爱一个人，也要去算计，懦弱的人，不只是他，从来就不只是他……

缱绻缠绵，欢愉过后，盘长生沉沉地睡去。谷清阳静静地看着身边的人，他是那样好，他的眉那么疏朗，他的眼那么好看。慢慢地，天亮了，她半支着光洁的身子看他，感受着他清浅的呼吸，她幸福地笑了。

他的脸那么好看，她顽皮地伸出了手，逐一地、仔细地抚摸着他的眉、他的眼睛、他高高的鼻子，还有他的唇。

他猛地睁开了眼，笑道："你这促狭的小东西。"

原来他早醒了，她满脸娇羞，薄怒带嗔，伸手要打他。见她裸肩半倚，长发铺泻缠绵，他不禁念道："昔宿不梳头，丝发披两肩，婉伸郎膝上，何处不可怜。"

她羞怯地垂下了睫毛，见那小刷子一样的睫毛一阵颤动，真的是何处不可怜。他戏谑道："现在终于明白'春宵苦短日高起，从此君王不早朝'了。"见他笑意渐浓，她连连躲开那灼热的眼神，他心一颤，咬上了那白得盈薄透明的肩。她脸一红，忙扯过被子遮挡起雪白的胸脯："别……"

他笑得欢快，放开了这只慌张的小鹿。逗她玩，原来是件极快乐的事情。只见她的睫毛又是一阵密密的颤动，低着头，声音几不可闻："你……你能不能转过头去，我想穿衣服。"话刚说完，她已是闷得红透了半边脸。

正是你侬我侬之际，帐外传来一阵尖叫，盘长生和谷清阳忙跑出了帐外看发生了何事。只见林七月的帐篷里围满了人，他俩也跟了过去。

"别过来，走开，你走开！"林七月身着睡衣仍在梦里，双手挥动，拼命地挣扎，"不是我害你的，不是我……"

同学们都在摇喊着她。盘长生若有所思地看着她，谷清阳从后面上前来，挽住了他胳膊："她可能是做噩梦了，别担心。"

盘长生点了点头。

林七月醒过来后，见大家围在她身边，一下子又成了无事人一般。一行人也就散开了，等大家都吃过了早饭，又开始往村子进发。

一路上，盘长生对谷清阳极其照顾，生怕累着了她。连徐徐也打趣道："清阳，我怎么觉得你今天特别不同？"

"哪有……"谷清阳羞得小脸红扑扑的。盘长生握着她的手加了力道，她一抬眼，对上的是他含笑的眼。

"你连眉眼儿都显得特别俊。"说完，徐徐也就笑着离开了，独剩了他俩在后头，一时无话。

"平常你这小麻雀不是挺活跃的嘛，今天倒老实了。"他戏谑道。

她嘴一噘，脱口道："还不是因为你。"话一出口就觉不对，更是羞得恨不得钻进地洞里，不要见人的好。

见她娇羞可爱，他忍不住，促狭道："因为我什么？"

微薄的阳光透过层层的枝叶，如一颗颗珍珠、碎钻镶嵌在她的眉心发间，她微扬的头，红红的唇，使得他心神晃动，低头就是一吻。

"你好像看起来精神了许多。"他细细看着她的脸，她的脸色真的红润了起来。

不远处，苟定远悄悄地凝望着两人，拳头握得死死的。苟定均走过来，掰开了他的手，手心早已是血淋淋的一片，苟定均叹气："这又是何必……"

走了许久，山路崎岖，雾气越重，不知不觉，夜又深了。大家走走停停，一会儿看看山中的寺庙，一会儿要在小河里泛舟，一会儿吵着要拍照留念，一会儿又要观看花海，游兴正浓。

"我们好像还没有合照。"谷清阳怯怯地看向盘长生，他温柔一笑："那我们到那边拍吧。"两人站在了粉红的花海中，她就那样靠着他，挽着他的手，笑得那样甜蜜，如果时间能永远定格在这一秒该有多好啊……

夜色更深了，小道早已黑得是伸手不见五指。由于李成教授和方医生也在，于是把六十多个学生分成两队，一人带一队，每一队都选了三名队长去管十个学生。大家都很识趣地让盘长生和谷清阳单独走着，老顽童一般的李教授还特意吩咐了，不许妨碍了他俩。

谷清阳的手被盘长生牵着，她不由得感叹："真像在梦里一样。"

盘长生"咮"一下笑出声来，指头不忘戳她小鼻子："就你贫。"

一道白影闪过，谷清阳一怔，脸上露出惊恐。盘长生发现了她的不对劲，连忙问她怎么了。她只是咬着牙，摇了摇头。

两个人正想加快脚步赶上大队，却发现他们已经迷路了。雾气很重，重得辨不清东西南北，她单薄的身子禁不住地颤抖。

盘长生心里懊悔，都是他没顾上她，让她现在担惊受怕。她似看出了他的心思，晶亮的眼睛一闪，笑着说："只要你在身边，我不怕。"

白影从她身后飘过，那不是一道白影，而是一群白影，高高的白幡随着白影飘向远方。他眼中寒光一闪，轻言："相信我。你现在慢慢转过身去，准备好了吗？"

她点了点头，转过身子，眼看着一群白影飘向远方，她忍住惊惧，低声道："就是他们，就是他们，我小时候看见的那群人去接鬼新娘，就是他们……"

为首的白影忽然停住，朝着他俩回过了头，脸上是一副精美的玉覆面。

谷清阳一声尖叫："他们去接鬼新娘了。"

盘长生扶住了她单薄的身子："我们走，今天就把这个谜揭开，不然你会一直害怕下去。"

那群白影只几分钟的时间全消失了，不见了。谷清阳的心里没有底，但只要他在她身旁，她就什么也不怕，这个困扰了她许多年的噩梦，今天她一定要痛快地除掉它。

飘忽的白影来去无踪，盘长生牵着谷清阳小心仔细地往前走，尽管浓雾遮天盖地，连星星也看不见了，但由于他的方向感极好，倒也没有再迷路，不多会儿就发现了大队的踪迹。但看脚步痕迹凌乱，大队显然是出了些事。

"只怕是看见这群白影飘过，大家吓得慌了神，希望不要吓得跑散了才好。"盘长生半蹲着，分辨地上大家所留下的信息。

一阵细弱蚊蚋的丝竹之声响起，隐约中还有一阵似笑非笑、似哭非哭的声音。谷清阳侧耳倾听，脸上凝重。

"怎么了？"盘长生也听到了，但不知歌中说唱为何。

"我一直有研究这些歌词，是少数民族的语言，但又和本地的少数民的语言有所不同。我不能完全破解，只知道是要迎接新娘了，原本都应该是些喜话，但歌词里提到了大海，他们要在大海边上拜祭，婚礼才会完整。他们在海边拜祭什么我至今没有弄明白，而这首歌的曲调从没变过，我小时候听见的也是这一首曲子。究竟是哪家要举行婚礼？"谷清阳思索着，往一块巨大岩石上攀。

"小心，"浓雾里看不真，她脚一滑，被他拦腰抱住，"你要找什么？"

"引魂幡。"她话语一出，连自己也呆了，她急道，"小时候的记忆太模糊，我一直想不通。最近看了一本《老北京丧事考》才知道民国和民国前的丧礼会有一挂引魂幡，引着人到达黄泉，这和阴童的作用是一样的。而我小时候记得清晰的是，在深夜里，我能清楚地看见那群人，甚至连为首戴着玉覆面的人恐怖的样貌也看得一清二楚，除了有灯光，那是不可能看得真切的。现在想来，当初为首的人脸上有些斑驳，眼睛额头部位有些阴影，应该是从他后头传来的光亮，投下的阴影。而传来光亮的那个地方，站着的人，按位置考究应该是手持引魂幡的，而引魂幡也可以制作成引魂灯，照亮来去的路，指引人去到该去的地方。明明是喜庆的婚礼，却布置得如同丧礼，我只是在推测，会不会是连着新娘的魂也一起引到夫家。"

盘长生也觉有理。于是，他爬上了大石，仔细凝望，终于，在南边的方向瞧见了一点星火，跳动了一下，忽又灭了。不多会儿，火光又是一亮，与他们所处的向北方向遥呼相应。

两人奋力追赶，忽然，斜刺里闪过一道寒光冲向盘长生，她一慌，忙挡在了他身侧，他尚来不及反应，她的脚上吃痛，她一个趔趄摔倒在地。她的脚被长长的铁笊子筑倒在地拖出老远，他拼命喊她，但也只是一瞬的工夫，前方的灯一闪，灭了。浓雾里是无尽的黑暗，他不见了。

浓雾里，她骇得忘了哭泣，忘了痛，身体如大海里的一叶孤舟，飘摇欲坠。

她被一群人拥着赶向了海边，他们之间没有交流，默默地、机械般地走动着，他们都戴着高高的、尖尖的白帽，身披重孝，一路飘去，白绢拖曳缟素，冷清得无可抑制，甚至连他们的呼吸也是听不到、感受不到的。这样寒冷，伸手不见五指的天里，她迎着海风走去。

近了，海浪声一浪接着一浪，长生怎样了，他会不会有事？谷清阳此刻心如刀锥在扎，但她唇边还是绽开了一抹凄美的笑容，幸而被抓的只是她，她不要他有事。一片深黑辽阔的大海展于眼前，她的脚上还流着血，被他们用力一推，只得继续向前走。她的心一沉，他们要溺死她吗？这样也好，那长生就不会有什么牵挂了，他还有翡翠吧……

"你们抓错人了。"海边另一个戴着玉覆面的男人快步走了上前。

"你自己说的，抓住一男一女那两个入侵者的。"带队的男人话语中十分不悦。

"重点是那个男的，他身手好，你们事先不能用笮子筑伤他，还打草惊蛇，这样很麻烦的。"话音刚落，身后不远处几个人倒在了地上呻吟。原来是盘长生赶了过来，见他身手了得，一行人连忙跃进了大海。

盘长生一把扶起地上的谷清阳，她一脸楚楚的神情让他心痛，她的脚仍在流血，但一看见他平安无事，她就笑了。她一把躲进了他怀里，那样渴望，只愿能一辈子就这样搂着他。

"傻丫头，我在这儿呢。"他细心地为她包扎伤口，她痛得直咧嘴皱眉，"疼就说呗，干忍着干吗？"他的眼里带了笑意，温柔地凝视着她，那最熟悉不过的双眸，在宽阔的天际下，在幽蓝的大海映衬里，闪烁着耀耀光辉，如无数的星子在海中跳动，恍惚中，竟似有丝淡蓝的金丝绒般的星芒溅出。

排山倒海一般，他将她的手紧紧按在自己心中，因为那颗心跳得那样快、那样急，他的心被揪得痛了，他多怕会失去她。他将她拥入了怀中，那样用力，生生地弄痛了她。他抚着她的脸，温柔地吻了下去，密密匝匝，许久许久不放开。遇到了她，他觉得自己就变了，再回不到原来冷静沉稳的样子，再也做不成顾玲珑，他只是她心中平凡的男子——盘长生。他第一次觉得，做回自己很好。

被他吻得连呼吸都不是自己的了，她的双颊滚烫，呼吸略略急促起来，手仍紧紧地攥着他的衣襟，夜里的晚风下，她的眼睛也如星子般耀耀生辉，闪动着万千星光。

他放开了她，她娇怯怯一声笑，在海边听来如此动人。

"都怪你，把他们都放跑了。"原来倒地的几个人早趁机跑了。

他也是笑，满脸的戏谑："不这样怎能令你忘了痛。"

"呀，脚真的不痛了。"她高兴得马上又是一阵手舞足蹈。

他偏着头，笑着看她。

她揪了揪他衣角，不好意思道："放走他们真的不碍事？"

"傻丫头，我早就盘问过掉队的人了，他们只知道要接新娘，途中不能让任何外人打扰，所以如果遇到特发情况只吓走了路人也就罢了，但为什么要抓我，连他们也不知道。"他看着她，一顿，"以后别凡事都冲那么前，你真的出了事，那我一个人还有什么意思。"

"我……我也是，所以我绝不能让你有事。"她一急，脱口而出，她不许他有事。他看着她，如此倔强，唇被他吻得微微肿了，他爱怜地抚摸着那娇嫩的唇瓣："答应我，别为了我将自己置身险境。"

她不依，想了想伸出了小指头："那你也要答应我。"

"好！"

原来盘长生在倒地的其中一人身上放了荧光粉，两人顺着撒了一路的荧光粉不一会儿就找到了一间屋子前。

"嘘，有人来了，我们先躲起来。"盘长生摁下了她的身子。两人埋伏在巨石后，看着屋子的门轻轻地开了。

黑夜里，"吱呀"的声响，显得尤其幽深恐怖。

第十九章
幕后大老爷
GU DONG XIN NIANG

　　一行人，密密匝匝、飘飘忽忽地就过来了，他们煞白的脸上没有半分表情，形同鬼魅。

　　林中树木摇曳，洞开的大门，里屋也是漆黑的，气氛诡异到了极点。一阵翻转的亮光传来，是引魂灯到了。引魂灯制作十分考究，那白布幡错上了银丝金线，十分精致。镂空的金丝小圆口中透出烛光，白矾罩子里的灯盏慢慢转动，光线流泻出来，洒向各方，树叶子被密密匝匝的转动火光点染得斑驳散乱。

　　玉覆面上两只眼睛处几缕线串起的一颗荧光绿石镶嵌在面具的眼部，在黑夜里闪着灵异的寒光。她的手心里全是汗。新娘从里屋里出来了，她从为首的人手上接过了他脱下的玉覆面。她的脚下是一对红色的嫁鞋，一切就如当初谷清阳描述的一样。

　　那群人走后，丁零的丝竹之声仍飘荡于耳际久久不散，洞开的屋子，门上挂上了一套煞白的殓服，在风中摇曳。

　　"明日不是七月十四，为什么会举行婚礼？"谷清阳皱起了眉头。

　　天渐渐地泛白，他俩在屋子过去的一条山道上找到了走散的大队。见他俩也回来了，李教授大大叹了一口气，连林岩也过来和大家会合。若非遇到了林岩，走散的十多个同学真的是有阵子好找。

与盘长生预料的一样，大家也是被那群鬼魅一样的人吓得被冲散了。幸而那些人没攻击他们，他们也是在见了盘长生以后才知道其实那群都是人，不是鬼。

林岩见谷清阳也来了，马上拉她做检查，取出早已准备好的混合针剂，晃了晃，放在一边。原来得了钱剑锋的血清加了这里雾气中提取的一些液体进行研究，终于配出了配方。

林岩先抽取了谷清阳的血液进行比对，滴入了好几种试剂。忽然，他大晃着脑袋，奇道："怪事了。清阳，你身体的C病菌居然全消失了。"

盘长生一听，不敢置信地看着谷清阳，忽然用力地抓住林岩摇晃起来："你说的是真的？！"

"别摇了！"林岩一个严肃的老专家被盘长生这样摇着，样子滑稽极了，他大喊，"盘长生，你给我住手！"

盘长生一窘，连忙放开了林岩。谷清阳握上了他的手，与他含笑相望。

"为什么清阳身上的病菌会自动清除了？"盘长生依然不依不饶，打破沙锅问到底，他实在是太高兴了。

林岩架了架鼻梁上的眼镜，说道："清阳的血清里混进了一种非常毒的毒素，可谓是剧毒。普通人一碰五步之内必死，没有解药。但正是因为以毒攻毒，反而使C病菌被消灭殆尽。清阳，这些天你究竟吃过什么？"

"没有啊！"谷清阳一脸迷糊。

盘长生凌厉的眼神稍露锋芒，随即一压，沉敛下去。

"那真的是怪事了。你啊，现在是连解药也不必服了。你血清里的一味毒素与C病菌相生相克，可以说，中了这种毒，也可以用C病菌来做解药，但一定要在五分钟内注射解药，不然也是不行。回去以后，我得好好研究。但是你体内新的毒素有些霸道，我给你开了几服药，你定时吃，把身体调理过来也就好了。"

所有的人都找齐了，当道安营扎寨，煮东西吃午饭。

盘长生离开了队伍，站在海边发呆。这里是出海的地方，海水很浅，但阳光中一片蔚蓝，也甚是好看。谷清阳捧了热乎乎的面条，跑向他。她手一递，娇声道："喏，好吃的咧。"

见他只是随意地接过，两手捧着碗却不吃。她小手举起，在他面前晃了晃："喂，干吗不理我？"

他这才回过神来，笑着说："就你贫。"坐下刚吃了两口，转过头，对上她笑意盈盈的琥珀色双眸，他一怔，玩笑道，"你怎么那样看着我，害我吃不安生。"

"我就是喜欢看你，百看不腻。"她赖皮的性子又上来了，贴药膏子一般腻着他，不安分的身子不停地往他怀里钻。他不由得笑道："真是没个坐姿。你吃过了吗？"

她盈盈眉眼看着他，正想回答，肚子已咕噜噜地叫了起来。她不好意思地摸了摸扁扁的肚皮。盘长生心头一动，把碗推给了她："你先吃，我不饿。"

"那你喂我，不然我也不饿。"

他何时做过这种事，脸一红，有些别扭，但看着她晶亮的眼睛，不忍拒绝，于是手忙脚乱地喂起她来。不多会儿，她就嚷嚷着饱了，让他吃，其实她也没动多少，他也是饿了，于是把剩下的都吃了。刚吃完抬头，就对上她弯弯的眼睛，她问："好吃吗？"

"就你鬼点子多。"他大度一笑，算是打发了她，让她十分不爽地噘起了嘴。

"你有心事。"她认真地看着他。

他想了想，道："你不记得你为什么会中毒了？"

她摇了摇头。

"我没猜错的话，五步必亡，应该是蛇毒。那晚的那条蛇，是条毒蛇，这次虽然是阴错阳差，却十分危险，只要差了一步，你……"他看着她，再也说不下去。

谷清阳顽皮地一笑："现在不是没事了嘛！"

"你想想那蛇是什么样子的。"

谷清阳想了许久，大致地描绘了一下蛇的形态，忽然一下子就卡住了，连她自己也说不下去了。福建是不产这种毒蛇的，虽然一些瘴气弥漫、少数民族聚居的小村子里也会有些毒虫毒蛇，却没听说过发现有这种蛇。她一抬眼，对上的是他深邃的眼睛。

"有人想对你不利！"谷清阳一慌，紧紧攥住了他的衣袖。

他满脸镇定，淡淡道："我不会有事。"旋即对着她温柔一笑，"还是先顾好你自己吧，你可是答应了我的。"

一来到了小树村，处处皆是危险重重，埋伏在他们身边的人究竟有什么目的，为什么非要置他于死地？盘长生沉默地看着大海。因为身边有了谷清阳，所以他有了太多的顾虑。

谷清阳和他一样，都是孤儿。不过谷清阳的家族很大，尽管没有父母，但同族的宗亲对她也算照顾，她从小就是寄居在亲戚家里长大的，所以她有几分野孩子的性格。两人聊着彼此的过往，眼看着天就要黑下来了。

忽然身后传来了窸窣之声，谷清阳正要回头，被盘长生用力捏了捏手背，于是也就领会意思，只坐着不动。

"嘻"的一声笑，让两人身子一震，皆是毛骨悚然。

盘长生率先回头，淡淡的月影下，一袭黑发遮脸的白裙女人站立于他们身后。谷清阳又是一颤，忽然想起什么似的叫了声："七月。"

白裙女人仍是站着一动不动，头发覆盖着脸。盘长生上前一步，拨开她的头发，正是林七月。只是，她竟然是睡着了的。

"她的精神状态很不对劲，如果再走下去，就会摔进海里了。"

两人都不明白林七月身上到底发生了什么，会变成这样。林七月突然倒地，再看她时，她已悠悠醒转。

"你们俩也在这儿啊。"林七月笑着站起来，打了招呼就走开了，她连她自己梦游了也不知道。

"她可能是连日劳碌太累了，又受了那群人的惊吓所以才会这样，也算正常，你别担心。"盘长生看着谷清阳，怕她会害怕。

谷清阳强打精神，用力拍了他一掌："我可是考古摸尸体都不怕的，怎么会被吓着了，别瞎操心。"嘴上再次绽开了一抹邪邪的坏笑，一如刚见她时的情景。这调皮的丫头，盘长生无奈地摇了摇头，笑容里充满宠溺。

他俩正要往回走，恰逢太阳下山了，西坠大海，于半空之中一轮极淡的弦月相呼应。在太阳金光的铺泻下，空中忽然飘过一重蜃景，海天相接之处，月亮与太阳相应的空间里，几个逃亡的古人，倒在了海边，有一个人还中了箭，穿着像明末的衣服，有个人戴着将军的帽缨，怀中裹着一个褓褓，一绸明黄色的衣料领子翻出褓褓内。只刹那的思考，不过一分多钟，蜃景就过去了。太阳也终于落进了海里，只余最后一抹粉色的霞光。

盘长生若有所思，似乎窥见了藏于冥冥中的一丝真相。

他牵了她的手，轻声道："跟我来。"他跟着出现蜃景的方向走去，几经周折，终于下得海边。海边上碰巧有一叶小舟，刚好可以容纳两人，他俩登船，向海上的一座小岛划去。

"岛上有什么建筑吗？"他问。

谷清阳听他问，道："好像是有座土堡群和宗庙，不过听说挺邪气的，所以我族人从小就告诫我，不能上那儿逛。我也没去过。"

"真看不出你是这么乖的孩子。"他的笑意里全是打趣。

谷清阳一听，可不满了："哎，我都二十了，可不是小孩了。"她邪气的笑容一现，挠他痒痒，"而且我一向都很乖。"

谁料，他不怕痒，只是一边划船，一边摇头，大感无奈。

"喊，没意思。"她恨恨地坐好。不多会儿，就上了岛。岛上树木葱葱郁郁，他是忽然想起，翡翠发给他的图片上，一座土堡朝外拍摄的方向摄到了他俩出海的这个海岸，所以他认定土堡应该在这个岛上。

走了许久，前面一座黑压压的东西压面而来，离得那么远，依旧能感受到它的惊心动魄，震撼人心。谷清阳脱开了他的手，快步向前，等他跑上来后，只见她一脸的若有所思，道："我好像在哪儿见过这座土堡。"

土堡高而宽，有别于少数民族的土楼风格，加入了许多汉人的建筑风格的元素进去。土楼因外形像一座堡垒而得名土堡，这座土堡外圆内方，四平八稳，方方正正，极得儒家思想之精华。

土堡向来是易守难攻的，这和它的内外部构造有关。这座土堡内外层次十分分明，每栋屋宇之间错落有致，鳞次栉比。外围的土堡上有高耸的尖塔，塔上有射击的布防。土堡高二十多米，层层高墙之间，将土堡围得是滴水不漏。而一米高的土堡基层也设有布防、枪口，可以从矮处射击敌人。

到了现代，这座土堡因失去了它的防守功能，也丢空许久了。厚重的城门没有关紧，任人自由出入。推开厚重的大门，进入后，天地忽然变得与外面不同，那方方圆圆的一片天带了历史的厚重味道。雨纷扬地下了起来，带了咸腥的海水味，詹檐一滴一滴地垂下雨滴，慢慢地如铺开的一片片、一瓦瓦雨帘，青砖黛瓦下，那一帘的雨也似多了抹诗意。

进入主室的大堂，里面雕龙画柱，十分奢华。尽管木质上的金粉斑驳脱落，红木灰旧，却遮挡不住它内里的寂寂繁华，红尘十丈，天下人间，百般荣盛，都付与了这破瓦残垣。天顶上的砖瓦漏了，渗下了一灯如丝细雨。空旷的大堂里，都是脱了色的陈旧颓败，却依然散发出一种温润的柔和。

外间的青砖石板上，因得了人气，青石细滑透亮，想必是古时来往的人累了，坐下，细细抚摸、把玩，沉淀起温润的包浆。

盘长生坐了下来，也拉过她坐下，静听雨声。两人就如一对安静宁和的孩子，抱着双膝，坐在檐下观雨。

谷清阳身子有伤，稍感累了，他感觉到她的倦意，拥了她靠在他怀里，看着她水晶一般通透清盈的双眸，道："等俗事一了，我再带你回那湖底下看月光星子，那里还有许多许多的鱼。今日，檐前观雨，倒也是另一片宁静，你许了我这片美好宁静。"

她枕于他膝上，定定地看着他，原来她说过的，他都记得。一颗心鼓鼓地跳动着，跳动得急了，让人有些难受。她手覆于胸间，想压下那鼓鼓的跳动，她的脸泛起了酡红，她的眼晶亮迷离，唇如蘸上了蜂蜜色的半合子黄晶果冻，饱满鲜亮，娇艳之色欲滴，晚间的夜雨下，她就如一枝艳丽的昙花，只为他一人悄悄开放，绽开的花蕊，在雨中亦是一颤一颤的，让他忍不住，在那娇弱的唇瓣上轻啄了一口。她"咯咯"地娇声轻笑，一纵身，紧紧抱住了他，把绒绒的脑袋贴在他背后颈上，分外痒痒。

只一时的欢快轻松，她的身子就是一震——他们身后站了一个人！

盘长生也感觉到了周围的异样，放了她，回转头，一个女子站在他俩身后，瞧不见她的模样，长长的戏服一样的裙摆拖地，她只一晃就不见了。

"谁？"盘长生率先跑进了大堂，里面空落落的，根本就藏不住人，但却偏偏没人。

"我总觉得和我们在被盗过的明墓里见到的那些女鬼一样。"谷清阳此时也紧张起来。

他爱怜地为她拨开绒绒的碎发，别于耳间："傻瓜，这世上是没有鬼的。"

土堡里，寂静下一种诡异的气氛在涌动，他拉了她往更深处走去。转过大堂，还有里堂，顺着里堂登上昏暗的楼梯，终于到了二层，里面有许多间房屋，这样大的土堡里可以住下上百户人家了。可见当时这个家族的繁华昌盛。

"这座土堡是建于明中晚期的建筑，初步推断是拿来防御倭寇的。在外围的炮台处，可以架起十多门大炮，击落敌船。"

她知道他是为了让她不害怕而说起这个话题。她点了点头，"嗯，我知道。"

"不错嘛，知识没还给老师。"

他带着她进入了一个房间，里面有一张陈旧的梳妆台，镜子上溢开了古旧的青铜铁锈，斑驳的青红中，有股血腥一般腥重的铁锈味道。他在各柜子里细细寻找，终于找到了断成半支的发钗，陆陆续续地，还找到了好几样簪子、发钗、步摇等女子用的头饰。其中有一支是碧玉雕成的一朵绿色蝴蝶兰，兰翅欲飞，两星蝴蝶簇着连于长长的绿枝上。谷清阳对着镜子慢慢地绾起如瀑青丝，再把它插于发间，那动作如此柔美，柔和的脸部轮廓，在那一瞬柔和美丽得不可思议。她回转身对着他一笑："好看吗？"

他尚不及开口，镜子里出现了一个头发披脸的女子，明式的衣衫一闪，发上乱簪一动，"丁零"一声之后，不见了踪影。谷清阳脸色一变，已然是看见了他身后一闪而过的鬼影。

"好了，别怕，我们一定要把这个谜团揭开。"他想安慰她。不料她一笑，眸中全是坚毅："堂堂一个大男子都不怕，我一个小女子怕什么。"惹得他又是一阵轻笑。

"看，这像什么？"

谷清阳接过他手中纯金镶嵌的一支长钗，用金隼扣成了一个椭圆银环，环里本应镶嵌东西，但现在却是空的。她细看了一会儿，道："这像是我们在遇鬼的明墓里找到的那枚羊脂白玉雕成的跑兽图样的玉饰造型。"她心下嘀咕，怎么会这么巧。

盘长生走向开着的衣柜，在里面慢慢摸索，终于"哒"的一声，暗门开了。两人放下手中发饰转进了漆黑的地道。

"这里怎么会有秘道?"谷清阳蹙起了弯弯的细长眉。

"这里本就是防御外敌用的军事土堡,所以会有秘道很正常,而且这秘道一定四通八达,连贯整个海岛。而刚才我们进的房间,应该是个身份尊贵的女子住过的,所以才会留下这么多珠宝发饰。"

他忽然蹲下身,细细寻找,不多会儿捡起了一支簪子:"如果推测不错的话,可能是遇到了什么不可抵挡的攻击,所以要从秘道里逃走,逃走的时候匆忙,来不及携带大量的金银珠宝。途中掉下了头上戴的一支发饰,而为了掩饰身份,连贵重的衣服都是临时脱下来的,换上了农家服饰。"说到这儿,他停下了脚步,从直插而下的一根石柱上取下一件女子的服装。衣料已破旧不堪,只怕稍一用力顷刻粉碎。衣领和袖子处的一轮明黄在过了几百年的时间里依然鲜亮豪华,隐隐中透出一股贵气,暗淡的金色光华历经风霜依旧耀眼。他递给她看,把手电筒调亮了几分。

她"咦"一声,道:"这不是明代缂丝精挑织就的布匹裁成的衣料?而且初步看来还和学校明墓里的陪葬的女尸穿着的布料是同一批人同一批货出来的,连时间上也基本吻合。"

他把碎衣布料整理好放进背包,带着她继续走,走出许久,再次停住。

"因为逃亡实在是太急了,所以脚一崴,摔倒了,包袱里的珠宝箱摔破了,珠宝滚了一地,她来不及捡,所以囫囵地捡了几件继续跑。"他站起来,手里攥了好几颗珠子,大小不一,颜色各异,但珍贵无比。

"哇,发大财啦!"谷清阳激动地跳起来,这些珠子实在是太诱人了。

他缓缓地打开左手,手心处一颗会发亮的珠子闪烁着耀耀光辉。

"难道这就是传说中的夜明珠?!"她又是一声大叫。现在的她就是一个彻头彻脑的财迷,就算遇到恶鬼,也能打死几只。

她也蹲到地上细细寻找,半挂绿莹莹老坑玻璃种翡翠项链散在坑洼的地里，因为线早已断开了，所以珠子一动就会滚散。盘长生把下午的海市蜃楼说了，顿了顿，道："我国不产翡翠，翡翠是到了元中期才第一次流进中国，根本没有普及，只有皇室宗亲才有幸得之一二。而到了明朝，也只是有极少数的翡翠进贡皇室，供皇帝享用，这些翡翠珠子都是明代雕磨的，所以你觉得这里会是个什么地方？"

原来他一早就猜到了谜底，她嗫嚅："难道说这里藏了明朝的皇帝？"她仍是一脸不可置信。他拉了她到一光亮处，顶上的光亮柔和，上面应该是一口井，由这里爬出去，就是秘道里其中的一个出口。

"史书里有记载，崇祯帝自缢后，他的儿子在南京称帝，与皇太极的政权隔江而治，偏安江南一隅。而在清军入北京城时，大量的皇室宗亲扮作平民百姓出逃，南明的统治，历经六帝也已风雨飘摇，眼看将要灭亡。其中的永历帝桂王朱由榔的一支宗族更是辗转流离，沿途经广西居于梧州，后至广东，在肇庆称帝，但一路迁徙途中，曾在福建沿海逃避清军追击。改为归姓隐匿于百姓中，而日月归明就是他们为什么改之'归'姓的原因，取'归明'之意。而当时怕是留下了妃妾一类的女子，明朝的后裔，清军怎能放过，逃至海边欲登船时，守护仍在襁褓之中的皇族的将领中箭身亡，而孩子也一起身亡。这一族人或许仍剩下许多族人混了客家族里逃避追杀。而桂王仍几经辗转，最后逃于云南，被吴三桂所抓，于四月十四日，将朱由榔及其眷属二十五人押到昆明篦子坡绞死。"

"也解释了为什么两座明墓都建立在日月呈祥格局的地势上？"谷清阳仍是觉得不可思议。

"按照推测，也唯有这个可能。同是建在京郊公主坟处的两座明墓，两者在经纬上也是一致的，而且校园里的明墓地宫尽管奢华，但从中轴在线的地形来看，应该是陪葬墓或者衣冠冢，而主墓则是在它右侧的被盗过的明墓上，因为古时是右尊左卑的。"

盘长生顿了一顿，道："还有一点，就是这个海岛和京郊被盗明墓的附近都是森林茂密，很多果树，其中桃树最多，隐约还会有猴子的叫声，尽管听起来有些怪异，也极像人的哭笑声，但细分之下还是和人声有区别的。"他双眸寒光一聚，突然发难，身子一纵，踩着岩壁的石凹，飞身跃起，手用力一扯，一缕衣带缭绕手间，"嘭"的一声响，一个白色的影子被扑倒在地。

冷不丁"嘻"的一声笑，把谷清阳吓得往后退了一大步。见盘长生笑着看她，她胆子"噌"地就上来了，伸手扳过白色影子的身子。她顿时傻了，竟是一只颇有些人模人样的白色猴子。白猴身形颇大，与人一般大小无异，而且身披明代服饰，头上覆了长长的黑色假发，发上还戴了好几支发簪。古代女鬼之谜就这样解开了，饶是聪明如谷清阳，仍是着了道，给吓个半死。

"你这样的胆量学考古，"话还没说完，他的脑袋就被她敲了一栗暴，"好好好，不说了，不说了。"他利索地扯掉猴子身上的衣裙假头发，把它放了。

难怪在明墓时，她的头发上莫名其妙地就多了一支钗，只有灵活的猴子，才能在天顶翻爬来去间，轻轻地、巧妙地、准确无误地把发钗插进人发间而不被发现。

"把归家人假设为明后主的后裔，你还真有想象力。"谷清阳撇了撇嘴。

"这也是来到这里后，一种灵感乍现。跟我来。"他带着她在秘道里寻找，终于从一个小洞里钻了出去。

天地豁然开朗，爬出去的地方是个小山坳，从外面看，根本看不出内里乾坤。爬上山坡，一道院落重重，规模没有土堡那么宏大，但也不容小觑。七八米高的城墙内没有门，人怎么进去？一个大大的疑问浮现。

他带着她，绕过城墙，一处城坑围在外城下，坑里流动着清清的河水。两人跳下河去，河里有道暗门，他推了门，和她一起游了进去。游了许久，终于看到星光点点，浮出水面上，原来是在一处池塘里。

复归堂赫然立于两人跟前，庄严端立，堂前的两根红柱子还漆了明黄，两条盘龙盘踞其上，张牙舞爪。进去堂内，供有佛香，拜祭天地祖庙所用。

"克复归明，这也是推测归姓人为南明后裔的一个重要依据，如果能找到宗庙里的宗室族谱，那就会是一个铁证了。"

天地牌位后的一堵墙上摆了一尊地藏菩萨，两人相视皆是眼中一亮。

谷清阳的脑子里忽然一片空白，她好像记起了些什么。她小时候在村子里玩耍时，村中大路口通向谷氏宗庙的路上有一棵大榕树，过往的人们都喜欢在那儿乘凉，所以那里有个说书的，说起南明后裔的一些故事，提到这闹鬼的小海岛里囚了明皇室的无数冤魂，他们不得渡海，惨死清兵箭下，成了亡魂，总在海岛上徘徊，每当入了夜，就会隔着海，远远听见他们的哭声（其实就是大群的白色猴子的叫声）。他们怕忘掉了自己是明人，忘掉了先祖，所以把灵魂都归附于族谱之上，而族谱就藏在了小岛里。

当时只当是传说，听听罢了。现在想来，那说书人一定是归氏宗亲里的族人。

"我记起来了，族谱一定在这里。"她拣些简要的说了。他立时就明白，与她一起合力推开了地藏菩萨，果然地藏菩萨的脚下有条暗道。

暗道不长，行走时感觉到了正往上爬的趋势。不多会儿就到了底，盘长生用力顶了顶，发现底部有些松动，他用尽全力搬挪，一道门开了。他们爬了上来，原来是一座石碑作为关闭的出口。石碑上刻了三个字：复归堂。

这里是个不大的院落，但地处高势，可看见外海，真真是风景奇佳。一排排的树荫笼着，如置身在小林子里一般。花园很大，但已没有花了，只剩了高树野草，可淹没人顶，正中一座砖雕小庙宇，向着北边的石墙上刻了大大一个福字，这福字写得极有学问，字的构造已和福字有了很大的偏离，每一笔的末笔都有一个向北的偏角，齐齐偏向北方，隔着大海北望中原。

这个字太蹊跷了，他拉了她转进佛堂，就在那栋墙的里面立有一廊子书架，摆了些古籍。但都是些无关紧要的东西。盘长生迅速寻找，刚碰到一个锦缎做的书盒子，盒子竟然纹丝不动。他挪了挪盒子，原来是个开关，墙上"嗖"地开了一个小格，里面藏了厚厚的一沓文书。

他将文书取出，合上暗格，两人打着手电筒细看起文书来。雨淅淅沥沥地下了一夜，到了此时，总算是停了，谷清阳身上发冷，却也不吭声陪着他研究文书。大冷的天里，湿衣服紧贴在皮肤上，她忍不住打了个喷嚏。

盘长生回过头，握住她冰冷的手，关切道："对不住，跟着我委屈你了。"

她甜甜一笑，在他脸上一亲："那你岂不是要给点鼓励。"说完指了指自己的脸颊，露出了尖尖的小虎牙，十分俏皮。

盘长生捡了些树枝生火："来，把外衣脱掉烘干，我的大衣你先披着。"

等一切都安顿下来，他开始翻阅研究这几份厚厚的族谱。族谱分明清、民国直至现在，里面的人名非常多，两人只拣了些敏感的、重要的来看。

忽然，一个巨雷在头顶炸开，紫电照亮了一个诡异的名字：归溷。

谷清阳哆嗦着把这一本线订的现代小册子递给盘长生。泛黄的册子，陈腐的味道充溢空气之中。这是清代的纸质，只是名字是在后面加上去的，这册子书也还没写满，后面还有许多空页。

当泛黄的书册一上手，那线订的一行行线头磕在他手上时，他就知道是沈老板修补过的册子。翻开一看，果然是沈老板的手艺，他一怔，道："我终究是有负沈老板啊，沈笙依旧是生死未明。"

"这不能怪你。"谷清阳伸手抚过那皱着的眉，眉心处蹙起的小疙瘩让她心痛。其实他俩都没有想到，归溷竟然是归家的后人。归溷还有一个哥哥，到了这一代，除了还有一个归水月，也就暂时尽了，其他的都是远亲，血缘已不再纯正。

串连起最后一本册子，里面交代的内容让他们大吃一惊，明墓和归家人的事情都藏在了这本小小的不起眼的小册子里。翻看第一页，就有了一种在看《诡府奇案》《晚清异闻录》《民国异闻录》的感觉。

他们再次合上书，看向扉页，题着四个字：归府纪事。

当厚厚的一册子书大致看完，两人相对无言。原来一切的一切，却是如此难言。

学校的明墓就是个陪葬墓，陪葬的是一群手巧的织女，南明皇帝桂王的一个宠妃非常漂亮，尤其喜欢装扮，所以有了一个专门用来搜集天下珍宝和织就美丽布匹服饰的机构。南明的皇帝本就昏庸无能，再兼长驻金陵烟花之地，秦淮河上更是夜夜歌舞不断，政权极度腐败。及到后来，桂王及其宠妃南逃途中，亦不忘随身带着金银珠宝和大量钱财在福建沿海的一个小村里隐匿起来，在原有的土楼规模上加大加深，建造得十分大气。

为了躲避敌眼，更改姓为"归"，建复归堂，祭拜天地、祖宗，是为暂时宗庙，也是归家人的演变由来。此堂对着的福字隔海而治，北望中原，就是希望子孙后辈不要忘记祖宗家法，不能忘本。

及至后来归家人被怀疑，追杀至海边，桂王由武将护着先一步逃离，而妻妾亲人因来不及逃走，死于清兵之手。其余的一些皇亲宗族与当地土民聚居，混入百姓之中，避开了追捕，幸存下来，往后一直用归姓，也是不忘国本之意。桂王宠妃死后，清人为了安抚汉人，把妃妾及其孩子一齐运返京中下葬。京中前明旧臣上述宠妃所喜之事，于是召集原织女一百九十九人，说是奖励她们的巧手，赐了大量的生杏仁和西瓜，还有许多黄金。但皇帝所赐之物一定要吃完，故织女吃完大量的生杏仁和西瓜中毒而死。按着汉人留下的秘术，在其断气之前灌水银，保其尸身永远不腐。唯织女中的女官首领没有灌进水银，为其戴上玉覆面。一百九十九具女尸皆穿上她们自己织就的精美孝服殉葬。

而主墓里则葬了宠妃与皇子，还有一对灌了水银的阴童守护，设有机关，放有穿了鲜亮衣服的人猴，还有大批的明皇室用过的随葬物品，其中有一件是宠妃大婚时用过的，象征多子的拔步床。

　　归家人在其漫长的演变中，有一部旁支变得富裕起来，而有一些人则越来越穷。穷的归家人为了生存，夜潜入宗庙翻看古籍，学会了一套制作冥器的绝活，于是越过大海，回到中原，进入京中。因穷困潦倒故住在京郊做起有伤阴德之事，他们把附近走失的孩童拐回家，做成精致绝伦的阴童出售，用的是割开喉咙直接灌进水银的方式，手段极其残忍，多有路人听见孩童哭声，其实是被抓的孩子的哭声（这也解释了为何遇到孩童鬼魂的诡异事件）。

　　通过这一门手艺，归家人慢慢变得富裕起来，搬进城内，建起高门朱户。家底越来越殷实，但他们的后人都很后悔走上了这一条路，残害了如此多的生命。归家开始出现怪事，娶回来的女子总是离奇死亡。此时，他们早改了其他生意，在景德镇中开了最大的民窑，更娶了皇窑厂督陶官的女儿为二妻。因为归家的特殊身份，无论是在福建小村子的族人也好，在京城里的族人也罢，都是在十四日娶妻。因为明通"冥"，为了纪念先祖，他们都会在成亲那日穿起明（冥）服，以示不忘国家祖宗，穿冥服尽管诡异，却也避开了清人的耳目，让其想不到是明服之意。因桂王是四月十四日死，所以他们大多在四月十四日、七月十四日、一月十四日这些日子成亲，以示对先帝的不忘之情。这些本是秘事，慢慢地，也就演变为一种风俗，一种归氏宗族的风俗，这种风俗一直延续至今。即使到了现代，没有了什么为明朝守孝的意义，甚至连归家自己的族人也没有几人知道这些内情，但风俗却沿袭了下来，成为当地的一种特色。

　　而后的小树村成立有专门的礼仪小队，接受专门的训练，会在晚间去迎接新娘，领路的人会戴着玉覆面。玉覆面上也有讲究，也就是活人的眼珠必须是镶有荧光石的，以示其为生人之意。新嫁娘接过玉覆面后，把冥服从箱底拿出挂在门前以示对先人的祭拜，随后会由礼仪队护送至海边朝北祭拜先祖，再回到娘家，等第二天戴上玉覆面，穿上冥服进行明婚。而归家的人从一出生就要备古式的冥服，长大后成婚前根据其体形修改。

说回到京城归家人来，归家人除了带出一本制作冥器的手艺书，还有一套皇宫制窑秘术。之前为了造出好的红釉瓷瓶烧死过一位夫人。归家的老爷归谬说过再不会这样做，但因其原配善妒，把魏瓷活活烧死，魏瓷的贴身丫鬟小翠趁乱躲起来，后逃出府去，每晚都会装鬼吓唬归府众人。小翠为了给小姐报仇，假装厉鬼，搞得归府鸡犬不宁，大太太被吓身亡，而后来进门的女子也莫名其妙地消失，或不得善终。小翠还在归府对出的街道上，装神弄鬼，假扮死去的鬼嫁娘，吓走路边的人，以造成社会舆论的压力讨伐归家。

归家人终于慢慢破败下去。而归家因做坏事过多，整日害怕冤鬼报复，从明代的古籍里学来许多道术，画了许多震鬼符用来镇压冤死的孩童和嫁进来离奇死亡的女人，并把仅存的财富资金放在了一个安全的地方，为了让想打它注意的人都不得善终，设计了一套会被慢性催眠的《晚清异闻录》共四卷、《诡府奇案》和无数双缠了咒文的红嫁鞋、玉覆面，这些可怖的传说套起来，套用现代词语来说，就会引发自杀倾向的旅鼠效应。

到了民国后，归家人一度破败，为了荣华富贵又做回了一次阴毒的勾当，害死了许多无辜孩童。因修缮《晚清异闻录》而和沈家书局的沈家人相熟，那时的归家人由一个开明的读过洋书的归老爷当家。他知道发家史后，深感归家的邪恶难以洗清，唯有他们归家人的鲜血才能洗涤一切罪恶，只有归家人灭亡，邪恶才会终结。他大彻大悟，把无数资金全数投入慈善事业里来。时值抗日战争爆发，他出资建兴中大学，更暗中隐匿收藏爱国人士和共产党人，全数资金用在投报祖国上，成为一代善长仁翁，更在壮年时看破红尘归隐佛门，师承归月善堂佛门之下。

而后的几代就是归溷、归悔（归溷哥哥）、归水月这一代上，而归悔前一二代，为了不忘归家的错误，在藏了归家无数邪恶和发家的公主坟道上开了一家冥器铺，与散尽家财建立大学的那个地方遥遥相对，隐藏起了一颗包含愧疚和赎罪的心。冥铺里面有两具蜡人，是为归家的先人。后曾被制成阴童的苟家一支的后人，用了同样残忍的手法把归家的后人——一个只有六七岁大的小少爷制成阴童丢在铺前示威。

后来在近几年更发生了许多怪事，冥铺里的蜡人被毁容，归水月失踪，归溷惨死，归悔远走重洋，归家后人得到应有的惩罚，子孙凋零，归家后代难以得到善终。归家的一支血缘疏淡的旁支为谷姓族人和钱姓族人、严姓族人，其风俗与归氏宗族大多相同，大部分聚居在小树村、日月河村等村落。

整本书的内容到这里结束。许多的谜团都已弄清，这个世界上真的是没有鬼的，最邪恶的依然是人心。

"原来我还有贵族血统啊，等你娶我时看来也得准备一套寿衣。喂，你愿不愿意？"

盘长生看完这些内容无限唏嘘，他知道谷清阳只是想打破这压抑的气氛，哄他开心。他抚摸着她头发，温言道："只要是你，一切我都是愿意的。"

谷清阳听了他发自肺腑的表白，眼圈一红，哽咽起来："我从小就是个孤儿，寄人篱下，看尽别人脸色，过着流离失所，没人疼没人爱的日子。我没有父母，所以……所以我只有你了……"她再也说不下去。

他心一痛，忍不住的心酸，她竟是个如此可怜的孩子。他紧紧搂着她，答道："我一直在你身边。"

"我只有你，只有你了……"她反复说着这句话。

"我知道，我不会离开你。"

她忽然用尽了全身的力气揪着他的手不放："我只有你，我不是个乖孩子，我做了许多坏事，你别不要我……"

看着她说得混乱，他温柔一笑，把她的乱发拨整齐了，道："你这小淘气，尽做出些出人意表的事，初进衣冠冢明墓那会儿，我差点就被你骗死，被石门口的火药炸死，你的坏事做得还少吗？！"

她一怔，可怜巴巴地看着他，怯怯地问道："那……那是不是我做了任何错事你都会原谅我？"那刷子一般的睫毛下汪着一对眸子，垂下了一粒粒泪珠，挂在脸上，一道道的水帘未干，真真是可怜见的。

他正了正色，握着她的手，认真说道："我会。"

后面还有几个房间，其中一个院子里用铁门锁着，毅然就是翡翠发给他看的视频里的那所小院落。盘长生也没进去看，看着衣服也干得差不多了，用外衣裹着她，登船离开小岛。

"我们这一行看来得多留几天，有一个人在蠢蠢欲动了。"

谷清阳抬头看他，他那种杀伐决断的果敢神色是她很少见到的，那深邃的不见底的眸子，有时让她害怕，他面对人时总会很自然地伪装成另一个人，一个温和谦逊的人。他为她裹紧了大衣的领子："怎么这样看着我？"

她有些慌张失措："我只是，"她在努力措辞，"只是觉得有时不是很了解你。"说完她低下了头。他把她尖尖的下巴扳起，让她认真地看着他，琥珀色的眸在暗海的衬托下，黑如点漆。

"我只是你心里的普通男子，你我皆是那么平凡，平凡得可以每日坐在海边静看日起日落，潮涨潮退。"

"你真的这样想？"

他微微一笑："当然。"

"那我们离开这儿，不管这件事了。你的家在江南，我们回江南？"

"清阳……"

她眸子一暗："我知道你放不下。"

"清阳，你讲点道理好吗？这件案子已经走到这一步了，只差一步，一步就可以找出真相了。幕后黑手绝不是钱剑锋一个学生那么简单。"

"不是一切都结束了吗？"谷清阳艰难地吐出了这句话。

"他已经害死了归溷、陈晨和严心，据我们的推测连李可居也可能是他害死的，他甚至还要加害你。但我问他为什么要害沈老板时，他眼神里流露出来的那种惊慌、不信、疑惑我一直都记着，因为我想不通，他害了那么多人，也不在乎承认多害了一条人命。这样一来，沈晓茹和小薇的自杀就更存了莫大的嫌疑了，所以……"盘长生迟疑了，最后还是说出了那句话，"所以我们可能冤枉了他。正因为这样，我更不能让真凶逍遥法外。我们一来到这儿，就险些出事，我估计幕后黑手也跟着来了。"

谷清阳眼睛一弯，露出甜美的微笑："那我会陪着你直到查出真相。"

他感动地握起了她的手，她的手那么冷，他细细地帮她揉暖和。她总是在他身边默默地付出，她的情他都记在心里了。

谷清阳如同快活的孩子，凑近他，鬼灵精地说："我最喜欢看《幕后大老爷》，那沈君博长得和你多像，整天满脸傲气，其实是草包。那部片里皇帝才算得上是真正的幕后大老爷呢，连聪明过人的男主角也不过是在皇帝的算计之中。"

一番活跃气氛的话，在盘长生听来却是灵光一闪，她仍絮絮地说："我们分析案情的时候，为了不引人注意，就像在闲聊电视剧。我们就把这个行动称为'抓住大老爷'吧。这样多好玩啊。你猜幕后大老爷是谁？"

"你就知道好玩，"他也认同这一提议，"还敢说我是草包是吧。"伸了手去痒她。

她笑得肚子也痛翻了，流出了泪水，融在嘴里，原来是那么苦涩。

大家在这里住了好几天，一直平安无事，盘长生不是不急切，他怕拖得越久，抓住幕后大老爷的机会越渺茫。谷清阳在一边宽慰："能拖这么久，证明大老爷已经在部署了。"

进了村子后，大家都结束了艰辛的露营生活，住进了小旅店里。谷清阳和盘长生的房间还带了个小小的露台，露台下就是蜿蜒的小河，对面薄雾青山，漂亮极了。

谷清阳在卫生间洗澡，盘长生接到了馆长的电话。原来经过十多天的开挖，学校明墓里出土了许多文物，而在陪葬的女尸里，解剖后她们的身体里还残留了西瓜籽和死前未消化的生杏仁，这一考古发现也证实了归家纪事里的关于明墓的交代是真实的。而且棺椁里还有一具身着明黄的男婴尸体，原本为母子合葬墓，但女墓主被丢弃在外面了。而甬道套神道，据推测，暂时得出的结论是，晚清民国时的归家想修建明墓，但遇到了外事搁下了这个计划，导致那条道不够开阔，误以为是甬道；再者，那里还有一条逃生秘道就是隐藏在被误解的"甬道"里，应该是归家拿来躲藏追杀或逃走的通道。这又是一次考古界的重大发现了。

盘长生又想起了和谷清阳在古墓里看湖底游鱼的情景，心底一片温柔。

"长生……"馆长唤他。

他回过神来，忙道："我在听。"

"刑队让我跟你说，他们查了和钱剑锋在论坛上商量做交易的'婴灵'的 IP 地址了，用的是公用网，也就是在网吧上的。"

盘长生早已料到会是这样，但对方话头一转："用的虽然是公用网，但上网的网吧却是在广播大学的附近。"馆长停了停，意味深长地说，"而且在清阳差点出事的那天晚上，'婴灵'留言让钱剑锋到 904 门口放下东西，说会把钱剑锋想要的东西准备好。更让人意外的是，网吧里的监视器虽然不能录下网吧里所有的人，但刚好在网吧大门处安了个内置摄像头，能录下所有进出网吧大门的人，老板的本意是要监视收银员会不会偷钱，连员工都不知道有这回事。"

盘长生一听，来了精神，全神贯注地听着。

"当晚的网吧进出里，竟然有两张我们大家都熟悉的面孔……"

放下电话，盘长生露出了胜利的笑容。他回头，只见谷清阳只裹了浴巾站在那儿，宽大的浴巾太大了，越发显得被裹住的她娇小可爱。雪白的肌肤，泛着柔和的光泽，脸上晕着娇美的红晕，她不料他会回头，一时急红了脸。

"我、我忘了拿衣服，喊了你好几声了，也不答应。只好、只好自己来拿……"她羞得低下了头，声音已小得听不见了。

他一把抱过她，转了好几个圈："你猜谁是幕后大老爷？猜到重奖！"

"哎，"她一把捂住了他的嘴，"夜都深了，该睡了，别吵醒了大家。"

一说完这话，她就发现了不对劲，自己又上他恶当了。

果然，他玩味着"该睡了"这句话，只下一秒钟，就缠绵地吻了上来，吻得她身体发软。她娇笑着推开他，轻声道："我从没听过你唱歌，你唱首歌给我听吧。"

他一愣，红了脸："我只会说些文物的故事，不会唱歌。"

"唱吧，唱吧。"她软软地求着。

他笑了："那我唱首《江南》吧。"他的声音沉缓温柔，其实是很好听的。他唱得很轻，如江南的风，慢慢地、温柔地拂过耳边：

风到这里就是黏

黏住过客的思念

雨到了这里缠成线

缠着我们流连人世间

你在身边就是缘

缘分写在三生石上面

爱有万分之一甜

宁愿我就葬在这一点

圈圈圆圆圈圈 天天年年天天的我

深深看你的脸

生气的温柔 埋怨的温柔的脸

不懂爱恨情愁煎熬的我们

都以为相爱就像风云的善变

相信爱一天抵过永远

在这一刹那冻结了时间

不懂怎么表现温柔的我们

还以为殉情只是古老的传言

离愁能有多痛　痛有多浓

当梦被埋在江南烟雨中

心碎了才懂

"爱有万分之一甜，我也是情愿葬在这一点的。"谷清阳看着他轻轻呢喃，手指抚在他眉心间，能抚平那皱起的眉，她是情愿葬在这一点的。

他的吻覆盖了上来，堵住了她要说的话："傻瓜，别说傻话。我们很快就可以一起去江南了，这首歌，我永远只为你一人而唱。"

第二天，是个明媚的好日子，阳光灿烂，越发衬得一汪大海碎金坠银，美丽而宁静。文博一班的学生浩浩荡荡地往各个村寨闯去，了解当地的风土人情。而盘长生和谷清阳则问了村长关于谷氏宗亲的一些事情，查看了当地的族谱和大致了解了一些风土习惯。果然是和归府纪事提到的相差无几，而成亲穿冥服在这里也不算稀奇的事。

盘长生致电了当地派出所，查和礼仪队有关的事。这支礼仪队尽管很神秘，但始终是人扮演的，这里每到晚上就会起雾，隔远了看，就如没有脚一样，难怪会吓跑外来的人。

"听村长说，海湾处的小岛上还有座土堡，下午大家一起去里面看看吧。"盘长生忽然提议。

大家听了都很兴奋，谷清阳抬头疑惑地看着他，他重重地捏了捏她的手，她知道，他是想引蛇出洞。

由于土堡丢空许久，多少留了几分阴森。进入堡内不久，一声尖叫，大家都被吓着了，跑去看，林七月呆呆地站在那儿，而地上碎了一地玻璃。谷清阳疑惑地捡起地上的相框，里面是一张照片，一个清秀的女孩子，在微笑。

那是归溷。大家显然因着这张照片，而感到分外阴森。

盘长生把照片放在里堂供桌上："村长说起，归溷从小就是住在这儿的，难怪会有她的照片。"

立着的照片，里面的人在阴暗的堂内，连眼神微笑都是诡异的。仿佛她就在那儿盯着你看，看得你心里发毛。谷清阳打了个寒噤，昨天明明没有这张照片……

由于傍晚时分海上起了风，不便出海，大家只能留在土堡住宿一宿。谷清阳趁着大伙都在，就和宿舍的一起聊天，她也有好多天没和舍友黏一起了。

"你有了帅哥，还顾得上我们吗？"稀月首先拿她开刷，开起玩笑，"不单你，连那小猫都失踪了好几天。"

这一提，谷清阳才想起小猫玲珑确实是失踪很久了。

聊了一会儿，大家就分散在土堡里逛逛。土堡很大，大家分散后，就显得特别静，几个同学拿着相机东拍西拍的，有些就跑上阁楼去研究它的来历。

只正堂内没人愿意逗留，因那里立着归溷的照片。

忽然，不远处又是一声尖叫。盘长生与谷清阳对视一眼，立即去看发生了什么事。

"你叫那么大声见鬼了啊，哪有那么漂亮的女鬼？你看，她真美得像神仙一般。"

盘长生与谷清阳顺着他们的视线看去，晚风中，高大的石墩上立着一个袅娜的身影。她长长的雪纺披肩随风而扬，高挑的身段衬着一张柔和冷艳的瓜子脸，真真是谪仙一般雅致。

盘长生一怔，只觉心忽然就空出了一块，只一出神的工夫，原本拉着的手，谷清阳突然就松开了。他想握住她的手，但她低着头躲在了他身后。

　　那女子显然也看到了谷清阳他们，含了笑，推着轮椅上的人过来。

　　"好久不见，顾玲珑。"

　　是的，很久不见了。一只黑猫"嚼"地跃进女子怀里，分外亲密。

　　"哇，好美啊！"大家都被吸引了过来，翡翠确实是很美丽的。

　　他一笑，拉住了谷清阳，再不容她挣脱："好久不见，子剔透也来了。"

　　"嗯。"翡翠微微一笑，"医生说他现在的脑细胞很活跃，能醒过来的机会很大，还建议多带他出去散散心，所以我就和他一起来了。"

　　她手扶着的轮椅上，坐着一个英俊的男子，他分明的轮廓、立体的五官分外出众，只一双眼紧紧闭着，似睡着了一般。

　　"清阳，看见你真高兴，我们也好久没一起聊天了。"翡翠说着伸出了手拉过谷清阳。她只比谷清阳大半岁，但谷清阳在她身旁就像没长开的孩子，娇怯怯如可爱的洋娃娃。两个女生站在一起，一个美丽，一个可爱，真是一道独特的风景。

　　谷清阳脸上讪讪的，笑容有些牵强："好久不见。"

　　三人一时没了话，看热闹的也就聪明地散开了。风吹起了子剔透身上盖着的毯子，翡翠俯下身，温柔地为他盖上毯子，她的笑容那样幸福、那样满足。盘长生叹了一口气，见她快乐，他也就放心了。

　　翡翠把子剔透推回房间，也就带了盘长生和谷清阳转进复归堂，推开了那一道斑驳的铁门。进入了一个抄手回廊，再来到小轩窗阁，进去看见一口古井，与盘长生看到的视频一模一样。他忍住了一探古井的冲动，跟着翡翠进入上房里。

　　"这里是归澍以前住的房间，她没去读大学前一直住这里。"

　　那十二条屏呈现在三人面前，仍是那样诡异。

"这个就是《晚清异闻录》里提到的魏瓷，里面也暗含了大量《晚清异闻录》的内容，这一段辟神舞所隐藏的信息是极多的，暂时我只研究出舞蹈里融进了五禽戏的一些动作，但为什么会和五禽戏有关却一直想不通。"

盘长生想了想道："五禽戏是我国最早的具有完整功法的健身体操，对后世的气功、武术有一定影响，可谓是一切武学的源头。它主要是针对心脏功能的，有益于提高肺与心脏功能，改善心肌供氧量，提高心肌排血力。常练此戏，就能脑清目明、延年益寿。我唯一能想到的就是《晚清异闻录》的诅咒针对的是，提高对心脏负荷力的压迫导致人死亡，如果练了五禽戏，会不会就提高了心肌的供血功能，脑部有了足够的供氧量就不会出现幻觉，心神皆宁。"

"从医学的角度来看，确实具有这样的保健效果，而且这个房间处于'复归堂'内，也符合了破解了地藏菩萨的那句佛偈就能抵抗诅咒的说法。只是没想到，答案原来是这样。"翡翠点了点头，也很认同这一推测。

看着两人天衣无缝的配合，谷清阳感到无限心酸，自己就好像多出来的一个人。盘长生瞧了瞧谷清阳，从内袋里取出了一块碎开的玉佩，递给翡翠。

"如果不是你提供了那么多线索，这个案还真破不了。眼下，这件玉佩也该物归原主了。"

翡翠了然，轻轻地接过了子刚佩细细摩挲。风吹开了她的披肩，露出脖子上挂着的玉鹰，那玉鹰就如一枚小小的针，刺痛了谷清阳的眼睛。

盘长生握了谷清阳的手，道："我们打算回江南。"

"祝福你们，替我照顾好我这个小妹妹。"翡翠莞尔，互相道了别就回房休息了。

翡翠一离开，盘长生又恢复了冷淡的神情，谷清阳正要走，他一把拉住了她，在她耳边轻言："留下来，看场好戏。"她回头，对上的是他温柔的微笑，"相信我。"

夜越来越深，就在谷清阳开始打盹的当儿，一道风打了过来，归澜房间的门开了，一身白裙、长发遮脸的人突兀地出现在她的视线内。

　　来人发了疯地冲向那十二条屏，想将它推翻在地。最后一条屏上贴的是归澜的工笔画，画上的人就如真的人一般，明眸善睐。但在来人眼里却是最恐怖的画面，忽然，她就大哭了起来："不是我，我真的没心害你的。呜……你们别找我。"风吹开了她的长发，原来是林七月。她面容扭曲，精神错乱，整个人疯疯癫癫。她一惊之下，跑出了房间。

　　盘长生和谷清阳悄悄地跟在她身后，距离隔得远了，还被一堵墙挡着。谷清阳想跟上去，却被他拉住。两人慢慢地转过墙角，躲了一块巨石后。

　　"你别过来。"林七月挥舞着手，对着空气说话，而身子一步步地往后退。

　　她已经退到了围栏的边缘，只要再退后两步，她就会摔下海去，粉身碎骨。谷清阳正要上前施救，却被他死死拉住。

　　林七月满脸惊恐，眼睛睁得大大的，她忽然停住了脚步，跪了下来，不断磕头："求求你，放过我吧。"

　　一道黑影闪过，一把就把林七月往海里推去……

　　谷清阳忍不住一声大叫，黑影恶狠狠地吼："谁？"

　　盘长生跃起，长鞭一挥，把黑影打倒在地。

　　"想不到你会中计吧，苟定均！"

　　一闻此言，谷清阳倒吸了一口冷气，不敢相信地看着眼前这一切。一群便衣警察涌了上来，将苟定均制伏。翡翠身手矫捷地从围栏下爬了上来，她的身子绑着安全带，双手还抱着昏迷的林七月。

　　原来他都安排好了，原来他和她才是真正的心有灵犀，谷清阳垂下眼。

　　"你们想干什么？"苟定均一脸嚣张。

　　"到了现在你还能如此镇定，真的很佩服。"盘长生冷冷地拍起掌来。

　　"你是说七月吧？那是误会，我是想救她，但一时心急了，慌忙中才会弄成这样。"他仍狡辩着，是个很难缠的对手。

便衣警察将苟定均带回派出所。盘长生走到谷清阳面前，溺爱地为她紧了紧衣服，笑着说："好了，幕后大老爷终于现身了。一切安全了，你先回去睡会，我现在去审讯室，你乖乖地等着。"说完，他转身要走。

"长生——"谷清阳扯住了他的袖子。

"怎么了，傻丫头。"

"没什么，只是想叫你一声。"她微微一笑。

"我很快就回来了，别担心。"他在她脸上轻轻一吻，终于转身，离开。

审讯室里，苟定均依然嘴硬，盘长生只是冷冷地看着他。

"刚才我只是错手，我根本就是想救人，你们也太莫名其妙了吧。"

盘长生弓起手指，轻敲着桌面，忽然一笑，说："苟先生很聪明，一直隐藏得那样好。清阳出事的那天晚上，是你约钱剑锋在904门口交货，而你就是'婴灵'。"

"我看你没有实质证据吧，不然也不会这样坐在这里了。再说了，我根本就不认识钱剑锋，也不知道你说的什么'婴灵'。"

"阴童是你故意安排的，你让钱剑锋把一样东西交给你，你就把钱给他，但是你很聪明，你让他买来一对绢布做的阴童，按着《晚清异闻录》里提到的阴童样式去做，然后你就把钱放进一对阴童里。那对阴童体积那么大，可以放进许多现金，避开了你开支票而留下证据。"

盘长生顿了顿，继续说道："然后你很自然地跑去找你弟弟定远，更故意吓唬他，好扰乱我们查案的方向。随后更提议给你弟弟买药，让小林陪了你去，做了你的时间证人，更让大家看见钱剑锋进了女生宿舍，一步步地让我们怀疑到钱剑锋头上来。其实是你让钱剑锋把你想要的东西放在904就离开，然后让林七月把东西取走，而他仍不知道和他接头的人是谁。跟着你再让他把阴童放在历史办公室的路上，好吓唬人，转移大家的视线，而后你再把钱放进阴童的身体里，离开之后再让他来取。至于清阳MP3里的歌曲也是你让林七月动的手脚，并不是钱剑锋。因为林七月知道你太多事情，所以你一直想杀她灭口。而她因为心虚，总以为小薇和归溷来索命，变得疯疯癫癫。刚到小树村的晚上，十二点多的时候，你就跟踪她，想趁机推她下海，而刚巧你弟弟赶来了。于是你先一步回帐篷内，还怪你弟弟吵醒了你。你做的一切都很天衣无缝。"

苟定均鼓掌："故事真动人。"他的笑意忽然变得凌厉，"但证据呢？"

"我在去小树村途中遇袭，那戴玉覆面的领路人就在隔壁审问室里，他说只是一个人交代下的，那次的冥婚接送会有人搞破坏，让他把我抓住，然后会有人带我离开。原本领路人不同意，于是那个人就许诺，事成了就会出钱投资小树村风情游路线，开发这小村子。领路人不知道那人是谁，因为他不以真面目示人，但他说了是福建省的大企业家，他说的话都做数。这里的企业家虽然很多，但层层查下去，也未必不会查到你这儿吧。而且，钱剑锋的那笔钱，顺着这条线索查下去，应该也不难找出你就是那个幕后大老爷。"

苟定均的脸色变得难看，依然嘴硬："那动机呢？"

盘长生一听，忽然笑了，把一沓复印的《归府纪事》让他看："苟姓这姓氏还是挺突出的，你的目的就是想把归府做过的坏事公布于众吧。毕竟归家到了近现代是有杰出贡献的，你希望真相能让大家看见。所以你费尽心思地想找到《晚清异闻录》卷四。"

"钱剑锋死了，死无对证，你说什么都行。但别忘了，实质的证据呢？"

盘长生皱起了眉头，他确实没有实质的证据，现在苟定均只能说是处在被怀疑的阶段，只是嫌疑人。

正踌躇间，盘长生接到了一个电话，只一会儿的工夫，他露出了微笑。放下电话，他看着苟定均，问了苟定均一句无关紧要的话："你认识李可居？"

"当然不认识，连她长什么样也不知道。"他一顿，讥讽道，"你该不会是想说，我把她杀了吧？！"

盘长生气定神闲地吐出了几个字："一滴血。"

"什么？"苟定均不明所以。

"李可居并非是出现幻觉才跳楼身亡的，从一开始你就误导了大家的视线，把她的死推到钱剑锋头上。而我们先前的判断是，她因为看到红嫁鞋出现幻觉，才导致的自杀。因为钱剑锋的事败，我们更认定是他放了红嫁鞋在她身边。所以法政方面是从自杀这一方案去检验解剖尸体的，法政对尸体的检验手段是要分两方面进行的，如果一开始递交的是自杀的调查方案，那和被谋杀的检查方法大不相同。当时她的心脏确实有被吓、病变的情况，所以也就这样了结。但是我从来了这里后就开始怀疑方向错了，让法政科的同事对李可居重新做检验，按被谋杀的方案仔细查探。终于在李可居身上找到了那些重要的证据，我也是刚刚接到的电话通知。"

"要不要我把过程说给你听听？"盘长生悠闲地喝了杯茶，"李可居摔下去前，挣扎的时候抓到了你的手，她新做的指甲贴有一些假钻，这些都是很扎手的，所以假钻尖起的部位就如戳手指的细针一样，戳出了一个极细的针口。因为她只是把你的手抓出红痕，没有抓出血，而那个针口又实在是太小，你根本就不会发现。你的皮屑和血液因此藏在了李可居指甲里，对于因跳楼而溅得满身都是血的尸体来说，确实很难查出来。不过幸运的是，正因为李可居当时新做了指甲，所以胶水把这些证据黏得很牢。你说，这算不算，天网恢恢疏而不漏？"

看着盘长生一语中的、志在必得的微笑，苟定均一下子就软倒在椅子上。

"还是你自己坦白交代了吧，不然查下去也不过是时间问题了，而我多的是时间。"

"哈哈哈！"苟定均大笑三声，"不错，你的猜测都没错。"

盘长生眉头一皱，说道："这就是你全部动机？我觉得还是漏了点什么？

就算你是苟家的后人，你的祖辈有让归家的人杀害，做成阴童，你要'以血洗怨'，使那些无辜孩童不枉死，但也是民国的事了，和你一点关系也没有。你如今是大企业家，有的是钱和权，何必冒这个险？"

"好厉害的一双眼，好毒的一双眼！"苟定均阴鸷地看着盘长生，"最大的动机就在归溷身上。"

"归溷？"

苟定均"嘿嘿"一笑："聪明如你，也有想不到的时候吧。"他一脸平静地说出，"归溷是我杀的。我很爱很爱一个女孩，但她却爱上了归悔，也就是归溷的哥哥。从那时起，我就很痛恨归家人，恨不得他们归家人全死光。那个女孩因为归悔是大慈善家，他的家族也是大慈善家，所以就倾慕他。我恨极了归家。后来我无意间在家里找到了祖传下来的《晚清异闻录》卷二，所以我要我爱的人看清楚，归家的肮脏丑恶，让她离开归家。"

他咽了咽喉头，继续说："所以我引诱了归溷，并且玩弄她，我想从她身上找出归家掩盖起来的丑恶真相。但是无论我怎么哄，她也不把手里的《晚清异闻录》给我。我一狠心，假装移情别恋找来了林七月，我要狠狠地报复归家人。刚烈如她，才会想要自杀，一切都在我的预料之中。而且钱剑锋也很爱她，但也恨死了她，他并不知道归溷爱的有钱人就是我。原本不用我出手，偏执如钱剑锋约她出来，在她的食物里下了慢性毒。这毒不会马上发作，只会让她产生恐怖的幻觉，导致死亡。但林七月手太软，暗中把杯子换了。所以归溷死后，钱剑锋还以为是他杀的。其实是我把她骗到后山，羞辱她，我走后，她恨自己有眼无珠，所以把眼睛挖了出来。我根本就没有走远，我看着她做这一切，然后我假装做成怨鬼索命的假象，把她绑在树上，但是没绑她的手，那些镇鬼符也不过是归家人的玩意。真的要查，根本查不到会是我，而且还会顺着这些假象查起归家的往事，那归家丑恶的一面就会暴露出来。而一切也顺着我预料的发展，我也很得意我完美的犯案手法，我从没想到，原来挑战警察会是如此有趣的事情。"他得意地回味着自己的"杰作"。

"为了挑战警察，而当人命如儿戏，你真是人渣。"盘长生吐出一口恶气。

"杀人真的会上瘾，我有钱，我什么都不缺，尝到了那种快感，真的是再也停不下手了。"他舔了舔嘴，"我什么都有了，却得不到爱情，所以归家人都该死。我余生的全部精力就是要全世界知道归家所做过的肮脏事。他们都该死，归溷是这样，沈老板也是！原本我的计划天衣无缝，但算漏了一个人，就是沈萧蕾，被她无意中看见了归溷是怎么死的。所以我一不做二不休，也把她处理掉了，手法还是那样完美，你们这群脓包根本就不会知道是用一本古书，红鞋做的道具，就把她吓死了。嘿嘿！"

"其实你是认错人了，你想杀的是陈稀月吧？却错把沈晓茹当成了当时还叫沈萧蕾的陈稀月。我只是好奇，为什么你不对陈稀月动手。"

苟定均道："我不是这个学校的人，当时也只不过是远远地见了她一面，我所忽略的是天太黑，而一切太诡异，所以她吓得根本就没有看见我，而我却误以为她发现了我。我当时不杀她，是因为林七月跑了过来阻止。而且在没有完美的作案手法前我不会贸然行动，所以我在后来干掉了她。当我去学校探望我弟弟时才发现陈稀月没死，我弄错了对象。但她没有认出我，所以我也不打算再下手。而且我当时的目标是沈老板和李可居。"

"你为了什么要杀他们？他们与你一点关系也没有，更谈不上私人恩怨。就为了向警察挑战？"

"一半一半吧。主要的原因是因为李可居看见了我和林七月私下见面，我不能不防这个万一。所以杀她的前一晚，我在她的通灵大会上装神弄鬼，我事先在窗闩处弄了透明绳带，只要我一拉就能把窗户打开，更让林七月在楼顶处操作那支笔，写出吓唬你们的字，连那个红衣女鬼也不过是个假人。甚至到了她回到宿舍，我仍吓唬她。不过她是个例外，不信鬼神，所以反而没被吓死。第二天，我以能解开《晚清异闻录》的秘密约她在一栋没人出入的教学楼里除掉她，那里偏僻，而且当时我抛出大量的《晚清异闻录》的仿本，造成了旅鼠效应，有效地打乱了警察的一切查案方向，所以没人注意到这样一个角落。而后山那么大，要悄悄离去也不难，只是想不到会栽在她手上。"

"老天是长眼的。那小薇呢？你好像漏掉她了。"

"真是什么也瞒不过你，是她自己命不好。她住在归溷的房间，并且是归溷的床位，归溷这样细心的人，留下了一本日记。日记里记有我和她的关系，而且还记有《晚清异闻录·卷四》也就是揭露归家恶行的那一卷书藏在那里。而她把这个秘密写在了一张字条上，并且在床头挖了个洞，塞了进去，再补上。是小薇找到了这张字条，取出了日记，她只看了开头就把它重新藏了起来，很兴奋地告诉了她的好友林七月，但无论林七月用何种手法，仍是没让她说出藏在哪儿。林七月告诉了我，为了不再生祸端，我就想了一个很完美的手法：当时小薇刚失恋，所以就做成了她自杀的假象，放火烧死了她，至于那打不开的门，只是做了些小处理。我一直想找出全套的《晚清异闻录》，却没有线索，直到你的出现，我才发现，你会是个好手，能帮我找出我想要的东西，所以我让林七月跟踪你。而她因是你的学生，所以偶尔出现在你的视线范围也很正常。果然，通过你，揪出了钱剑锋，还找出了第四卷。"

"看来林七月很爱你，不然她不会为你做这么多。"盘长生感到一阵恶心，竟然利用女人的感情来杀人。

"爱情是会杀死人的。"他笑得那么恶毒。

"你连我和清阳都想杀，就因为怕我们研究出《晚清异闻录》？这就是你要杀我们的动机？"

"我最大的目标就是要除掉你。你太危险了，对文物历史的认识那么丰富，而且和一般的大学老师都很不同，真没想到，你是警察那边的人。我不想我弟弟难过，他那么喜欢谷清阳。原本我想做掉她，让她不能再伤害我弟弟，后来我就想，如果你不在了，那她一定会回心转意的，所以我就放毒蛇进你的帐篷里，哼，没想到反而促成了你俩。"

想起谷清阳，盘长生眼底露出一丝温柔。看见他的样子，苟定均就觉得可恨，咆哮起来："害我弟弟难过的人都该死，该死！"

盘长生依然保持着风度，继续盘问："那为什么会是'7'，因为灵感来源于《七宗罪》？"

"你真的很聪明，其实他们都应该死，都犯了原罪。归澶的伤悲（伤悲即懒惰，原罪之一）、小薇的无知、陈晨的自负、严心的贪婪（严心为了金钱和钱剑锋自相残杀）、沈老板的虚伪、李可居的欲望、林七月的色欲，全部的人都犯了原罪，你不觉得他们都该死吗？"

"林七月因为爱你，就应该死吗？这也算得上色欲的范畴吗？你别为自己的杀戮游戏找理由。沈老板怎么就虚伪了？虚伪的是你，为了一己私欲连亲弟弟也利用，所有的原罪你都犯了。"

"沈老板根本就个伪君子，守着那么多秘密，我只不过靠着《晚清异闻录》的诅咒吓唬他，他就认为自己罪有应得，归家残害的婴灵来找他而被吓死了。他们沈家从很早以前就知道了归家的秘密，却为归家保守秘密，维持归沈两家大善人的虚伪表象，所以他们沈家的人都该死。"苟定均狂躁地跳了起来，被盘长生一脚踢翻在地。

"所以你就抓了来查案的警察沈笙？快说沈笙在哪里！"盘长生激动地揪着苟定均的衣领。

苟定均恍然大悟，露出了古怪的笑容："你还是没破解七字禁区，还差一个，都会去陪我的！"他狂笑不止，说着疯话。

盘长生咬牙切齿，电光石火间，一把拉住苟定均，却已太迟，苟定均服食了藏在衣袖里的蛇毒，毒发身亡。

负责记口供笔录的警察连连摇头，盘长生感到一阵寒冷，苟定均这个杀人魔，情愿自己死，也不说出沈笙在哪里，他无力地坐了下来。

第二十章

十分红处便成灰
GU DONG XIN NIANG

　　铃声打破了夜的宁静，审问室里只剩了盘长生一个人。盘长生困乏地接起了电话，今天晚上发生的事实在是太多了。

　　那双明亮透彻的眼睛，忽然闪了闪，手一抖，手机掉落地上。他全身一震，飞快地跑了出去，心里不断地念着：希望赶得及……

　　疯癫的林七月早被带进了当地的医疗所里，尽管这里地处偏僻，但医疗设施还是很不错的。医生昨夜已为她作了检查，需要送到大医院去诊治，她出现了中度的精神分裂，暂时安排她住在了三楼。

　　凌晨五点时分，天尚未化开，仍是晕着一团黑。林七月的药效过了，茫然地坐了起来。这所疯人院靠着海边而建，四周绿树成荫，还种植了好些四季都有的花，风景也是很美丽的，四处也极安静，听得见海的声音。

　　林七月对着窗户，看着大海发呆。忽然，远处传来一阵微弱的歌声，迎着海风海浪时断时续。她离开了窗户边，原本关着的房门开了，门边上放着一对红嫁鞋。她的眼跳了跳，又恢复了呆滞的神情。她轻轻地捡起红嫁鞋，出神地看着它，似乎想起了什么，一激动扔下了鞋。寂静空旷的楼层里，鞋子落地"啪"的一声响，尤其惊心。她疯狂地捂住了耳朵，她的耳里有种声音太吵了，太吵了，吵得她很难受。

好多人都在她脑里乱哄哄地说着话，太吵了，她很难受。她的心脏越跳越快，她紧紧地捂着胸口，跑出了房间。

漆黑而安静的走廊里，响起了"噔噔噔"的脚步声。这种高跟鞋落地的声音，林七月太熟悉了。不远处，出现了一对低跟的女式皮鞋，皮鞋泛着暗红，那么熟悉的颜色，那么熟悉的鞋啊……

"七月，我们来玩捉迷藏吧。"

"七月，过来啊，过来和我玩，我在下面寂寞，我好不容易等到你了……"

"啊——"林七月惊恐地瞪大了双眼，捂住了脑袋。

"七月，我是小薇啊，你不和小薇玩了吗？"

林七月一步一步地往后退，她看见了，皮鞋往上是苍白的小腿，再往上是一条广播大学的校服裙子，一小格一小格的暗蓝花纹，交织了藏青、麻黄的颜色，不艳丽，反而有种死气沉沉的味道，是林七月最讨厌的校服，但贫穷很少有机会穿裙子的小薇很喜欢……

"小薇？"林七月骇住，"你回来了？"

"我回来了，回来接你！"一道恶毒的目光射过来，小薇一步步地向林七月逼近。

"别过来，"林七月挥动着双手，"我不是有心害你的。"她已靠在了围栏上，围栏不高，围栏外是平台，平台下是突起的怪石和大海。她无意识地越过了围栏，站在平台上，那里有几盘花。

"跳下去你就能陪我了，很好玩的，一点也不疼。"小薇轻笑了一声，"我知道你最怕疼了，我唱歌给你听好不好，你以前最喜欢听我唱歌了。"

林七月一脸茫然："真的不疼？"

"一点都不疼，真的。"她长发遮脸，站在离林七月不远的地方，轻轻吟唱。那是七月以前最爱听的歌。林七月像个安静的孩子，一脸幸福，回过了头，安静满足地往平台边缘走去。

身后传来了凌乱的脚步声。

"清阳，还来得及。我是沈笙，我能帮助你。"

"小薇"只轻轻一推，站在边缘的林七月微笑着坠下海去。

"不要——"

一声悲凉的尾音盘旋在微亮的天空，一星子蓝，一星子紫，一星子黄染开了天幕，金光透过高大的树、婆娑的叶子投射下来，一星一点地点缀在"小薇"晶莹的脸上。她甜美的容颜、琥珀色的眼睛、可爱的小虎牙，那抹若有似无的坏坏的笑意浮在唇边，窝着一个小酒窝，那么熟悉，却又那么陌生。

她微笑着向他走来，如一首开在人间四月天的诗，她淡淡地笑："盘长生，你来迟了。"他的身后，是一脸憔悴的沈笙和扶着沈笙的翡翠，三人几乎同时到达。

"我还是来迟了。"盘长生看着她的眼充满了悲伤。

"是的，你来迟了。你救不了她。"她仍是微笑。

"不，是救不了你了。"

"记起电影《七宗罪》吗？苟定钧就是那个嫉妒的死因，他定下的游戏一定会完成的。现在终于完成了，我也报了仇，我就是最后的'暴怒'。"

"因为小薇是你的姐姐。"他强忍着泪意，看着眼前这个他深深爱着的人，她利用了他。

她专注地注视着他的眸，她眸子一暗："你觉得我利用了你的感情？"

她的心在痛，她揪住了胸口，一字一字地道："她是我的姐姐，唯一的亲人，我俩相依为命，我们在日本生活了很长的一段时间，那段时间真的像活在地狱里。姐姐为了保护我，甚至……她遭受了许多的凌辱，但我俩都挺下来了。我们都考上了大学，但是姐姐却要回来，我跟着她一起回来。而她刚进入大学就出了事，所以林七月必须死。"

"清阳，"他心软了，他知道她曾经受过许多苦，他的手暖暖地贴在她脸上，一滴泪滑过手背，"法律会制裁一切的罪恶，你为什么……"

"她疯了，就可以逃避法律的制裁了？"清阳表情冷冷的。随即，她的眸里闪过了一丝温柔，抚着他的手，"我对你的感情都是真的。"

盘长生手上的温度一分分地冷掉，他冷漠地笑起来："和我温存也是真的吗？那次是你把她骗至海边，而苟定远也怀着和你一样的目的跟踪她，但是只差一步，你就成功了，苟定均或者你就可以轻易地把她推下海去，而我就做了你的时间证人。你一早瞧见了苟定均，所以躲了起来，好让他出手，却碰上了苟定远救了她。而你，为了避开我的怀疑，在你离开帐篷前把我的手表调慢了一个小时，温存后，又把时间调拨回来？"他冷冷地看着她。

她的心一颤，无力地垂下了眼。她的无助，让他的心如被凌迟，他恶毒刻薄的话也把她的心一点点、一块块地割碎。而两人身后的沈笙好看而明亮的双眸也一分分地暗淡下去。

"是我无耻，是我利用了你的感情。一切都是我做的，顾玲珑，你满意了吗？"她的肩膀在抽搐。

他想伸出手，却忍住了。

"归水月手上没有第四卷《晚清异闻录》，她知道归家的对头在找它，她很矛盾，她不愿家丑暴露于天下，但是如果苟定均找到了，那就一切都完了。而她尽管不知道对头是苟定均，却意外地在后山上发现了奄奄一息的归溷和陈稀月，她扮鬼想把陈稀月吓跑，使她免遭杀身之祸，但没有阻止得了。随后归水月在学校附近潜伏了许久，无意中撞见了是林七月害死了小薇，那被固定的门，就是林七月的杰作，小薇活活被火烧死。那样的惨烈，所以归水月和我做了一个交易，让我在你身边，为了不暴露她的身份和行踪，她假装在梦中把卷一、卷三给你，让你帮她找出卷四，我再把卷四偷回来给她，她就会告诉我，是谁害死了我姐姐。为了能让林七月的精神崩溃，我花了不少心思，甚至扮死去的小薇吓女楼里的同学，好让她一步步地掉进我的圈套，相信小薇真的回来了。为此，我还在水房厕所里装鬼吓唬你，好让她深信不疑。你听到的水声根本就是被锁起来的704发出来的，那里常年紧闭，我偷偷地进去，在那里挖开了一道暗门，那道暗门通向水房厕所最后一个间隔，所以我能通过暗门来装神弄鬼，连你也骗过了。连那个笏板也是归水月让我给你，引导你去查出《晚清异闻录·卷四》隐藏的信息。顾玲珑，现在动机证据都有了，你也可以如愿以偿地破案了。”

“那你为什么每次都把她给我的书都偷走？”他的语气温柔起来。

她看向他，眸里闪过一丝痛。他顿了顿：“因为你不愿我继续追查《晚清异闻录》的事，你怕我会有危险。”他一把拉过了她，把她紧紧地抱在怀中。

她再也忍不住，抽泣起来。

“如果当时我答应放下一切和你去江南，你会不会……”

“会，我会放弃我的复仇。”她哽咽，“我真的是想和你永远一起。”

“我都懂。”他心里的一根弦，轰然断裂。

她抬头看着他，迷离的眼睛跳动着一种难以言说的美丽，脸上也因情绪激动而泛起了不健康的潮红，但那楚楚的眸却是那样动人，她的声音颤抖、娇怯：“你、你有没有后悔……”

“永远不会。”盘长生看着她，忽然感觉到她的身子一轻。他扶着她。

“清阳！”他急得大叫，忙去查看，一缕鲜血在他手心铺开，她的嘴角不住地溢出鲜血，“你……”他又惊又怒。

她用力拉住了他：“我唱歌给你听好不好？”

“为什么？”他的泪垂在她脸上，她感到无边的痛楚袭来。

“你给的万分之一的甜，而我葬在这一点上，是很甜的，心甘情愿。我一直想抚平你的眉心，但我不是翡翠，所以我再努力也做不到。我不要你看到一个满手鲜血的人，只有这样留在你记忆里的，才是那个善良、天真、喜欢围着盘长生转的清阳。"

"傻瓜，你就是你，我只要你！"盘长生一把抓起了她的手，放在眉心上，"只有你，只有你……"

她咳出了一口血，但手仍紧紧地攥着他的衣袖，一如当初，他要施救，却被她拦住："来不及了，我服了过量鹤顶红。我唱首歌给你听吧。"

"嗯。"他点了点头。

"你是鹤顶红，爱上你等于和死亡相拥，回头已是百年之后，比血浓，偏不能生死与共，宁愿化作灰尘，换你最深情一吻。你是鹤顶红，爱上你匆匆太匆匆，不求来生能否再相逢，只愿今生和你生死与共……"

歌声渐弱，而怀中的人，身体一分分地冷下去，如他的心一寸寸地冷下去。

"淡极始知花更艳，十分红处便成灰。"盘长生反复念叨着。

这两句诗早就已经道尽了他和她的过去，现在和没有的未来。

他凄然一笑："我甚至不知道你喜欢什么花。"

沈笙轻轻地回答："昙花。"

"昙花……"风中飘过清阳银铃般的笑声，"我喜欢昙花，用尽力气，只为你而绽放。"

你说得对，我是个懦弱的人，甚至连"我爱你"也不会说。成年后的我们，忘记了怎样去说"我爱你"，而记起时，却永远也没机会说了。他看着她，深情地覆上她的唇……

你是鹤顶红，爱上你匆匆太匆匆，不求来生能否再相逢，只愿今生和你生死与共……"

但今生却再也不能，与你生死与共……

——全文完——

番外

满盘皆输

GU DONG XIN NIANG

当清阳合上眼睛，永远活在梦里时，我的心就碎了。我在想，心碎的声音不止一声。

有我的，也有他的。

想不到会是在这样的情况下遇到他，盘长生，一个温润如玉的谦谦君子。其实我和他都犯了一样的错误，爱上了她，就如喝下了浓烈甘醇的鹤顶红。

第一次遇见清阳，是在一个明媚的早晨，北京的天总是那么冷，那么灰。我行走在校园里，记得，那里有个小亭子，亭子的檐角划出了一道柔和的弧线，檐下还绑着风铃，铃声很轻，如她脆生生的字句，慢慢念道："眼看他起高楼，宴宾朋，眼看他楼塌了……"

那阕词与她年龄是如此不相称，她穿着一件柠檬黄的泡泡袖小外套，宽宽的，十分可爱，衬着她柔嫩，如果冻一样晶莹的脸。脸上有一点婴儿肥，清新动人。她抬眼，看向我，微笑着问道："你喜欢这首词吗？"

她琥珀色半透明的眼睛那样清澈，只一眼，我的心就漏了一拍。她不是很美丽，却让我一见倾心。后来，我们就认识了。我从小跟着沈老板长大，他待我也如同亲生儿子一般，在沈家书局里我学到了许多文物知识，性格也喜安静。由于这次接到的案子是和文物有关，所以局里派了我来学校调查。但没想到，爱上了她，就如走错了棋，一子错，满盘皆输。

　　她对我显出了特别的兴趣，现在我才知道，那是因为眉宇间，我和盘长生有几分相像，也正因为此，她对我手下留情。

　　陈晨和严心的失踪，实在太蹊跷。我一直追查，发现了归家后人，归水月，她是一个电影公司的美指，但她一直隐藏起身份不让人发现。我猜出了《晚清异闻录》的一些秘密，找到了公主坟上那破旧得早已不成街的旧巷道，那家"诡门关"破败地倒在那儿，里面一对女性蜡人更是惨遭毁容。归家有一个暗里的仇家，所以归水月不得不隐藏身份，我还查出了三年前和四年前的两起案都很古怪。直到现在，我才明白，原来那个仇家就是苟定均，苟家从民国开始就一直在伺机报复，更不惜用残忍的手段把归家的小少爷弄死做成阴童，而到了如今的苟定均，毁坏了这条古道上的"诡门关"不算，还为了揭开归家丑陋的面目而杀了那么多人，其实他又何尝不是成了当初作恶多端的归家人呢？！

　　想起往事，那些记忆再次纷至沓来，我记起，那天，在恍惚中，我来到了一个如梦一般的地方，那里置有一张精美的拔步床，我得到了一卷书，我甚至猜到了仙人指路这个棋局，知道幕后大老爷只是象征性地抛出了一枚棋子，让人顺着陈晨这枚棋子去发现更多的归家的秘密。

　　而我想起祖传下来的一本日记，里面提到归家，或许会有破案的线索。我一心只想着把失踪的几名学生找出来，没想到把自己也搭了进去。我不相信我是在梦里得到的书，任何一个警察都不会相信这种鬼话。我顺着记忆里的路线找到了那条路上，并且找到了机关，进去"诡门关"店铺里，谁料我看见了一个我最不想看见的人，那就是清阳。归水月要和她做一笔交易，让她跟在我身边。她一口拒绝，归水月却笑着说："那你永远别想知道你姐姐遇害的真相。"

　　她妥协了，那一刻我的心如被万蚁啃噬，情愿没有来过这里，情愿不知道她骗我，那样至少我可以继续自欺欺人下去。

我的慌张令我失了冷静，弄出的响声惊扰了她们。只一分神，我就着了归水月的道，拔步床喷出的气体使我晕倒，意识模糊前，我听见清阳抚着我皱起的眉心，叹道："真像……"

　　我被关了起来，关在小树村归家宗庙的一处很隐秘的地牢里。清阳偶尔会来瞧我，每每看着我就是叹气，我忽然在想，她是不是早动了要杀我的心，只因那句"真像"，而没有舍得下手，那我到底像谁？

　　大部分的时间都是归水月来瞧我，她每天按时给我送水送饭。地牢很大，有许多个房间，但独独没有出口，清阳真的是个很聪明的人。我在想，清阳是不是要关我一辈子？后来，她终于来了，她对我说："等我的目的达到了，我会放了你的，放心吧，我不会杀人，更不忍心害你。"

　　是的，她不会杀人，却杀了自己。

　　她一去，就杀了两个人，我还有他。

　　清阳是小薇的妹妹的事，国际刑警一查到就通知了翡翠和盘长生，而翡翠当时刚顺着归水月这条线索找到了我，当时的我很虚弱，但我仍想快一步找到她，不让她走出那一步。她只要不出手，哪怕只是看着林七月摔下去，只要她不出手，就算打官司也还有一线机会。但是，她出手了。

　　其实，盘长生不了解她，她是个外表娇美柔弱，却十分有主见的女孩，外柔内刚，只要她当着他面推林七月下去，那她也不会独活。这些他都不了解……

　　盘长生确实是个聪明绝顶的人，他找到了小薇藏在厕所墙壁里的归溷的日记，帮助警察破解了三四年前发生的那两起案子。而钱剑锋自以为的《晚清异闻录》一套书里藏有的宝藏其实只不过是苟定均抛出的幌子，苟定均对人性的认知十分独到准确，所以他很会利用人心，钱剑锋杀陈晨、严心、晨雅里，一切他都在暗中看着的，钱剑锋的每一个动向他都很清楚，甚至连陈晨也在他的算计之中。陈晨很骄傲自负，这也算是一种原罪了，所以他匿名，把一卷《晚清异闻录·卷二》抛了出来，让自负的陈晨去找出其余的书，而让钱剑锋和严心为了金钱利益互相残杀，这一切必然会引起外界的注意，等他的目的达到了，他就把一切嫁祸给钱剑锋，而他只需用钱来换钱剑锋原本以为是财富的《晚晴异闻录》第四卷。苟定均真是个太聪明的人，他躲在幕后冷眼看着这一切，更把一切的罪恶都安排在904公寓、叶蝶跳楼的怡心小园A区、曾死过古怪老头的旧街道冥器铺等地。

因着翡翠破解的那一起诡案，这几个地方都成了校园里盛传恐怖故事的地方，无形中造成了一种压力，而撞上这股压力的碰巧就是因这起案而远走他乡的当事人顾玲珑，种种巧合使顾玲珑无法走出心理阴影而使查案有了偏差。而工于心计的苟定均当初选了这个公寓作为出发点，让林七月搬来904这个宿舍为的就是这点神秘恐怖的气氛，无论是哪个人撞上了这一点，他都能通过心理暗示来控制对方随着他定的游戏规则来走。

一切也是顺着他的预测发展，到了最后他还要杀一个人，林七月，这个人知道他太多的秘密。谨慎如他不能把《晚晴异闻录·卷四》带在身上，所以独身随着苟定远来到小树村，隐藏在大家的身边。

而《晚晴异闻录·卷四》的秘密已变得不再重要，它记载的不单是归家人的罪恶史，也有归家人的一颗爱国心：归家的后人对所做过的事都很后悔，决定用归家人的余生去赎罪，所以把所有的钱财都用在了学校里和返还给了国家，救出了当时不少的地下共产党员，并送他们去日本、俄罗斯整容再潜伏下来。所以，里面还附带了当时的爱国人士的人员名单，那就是最宝贵的财富，国家民族的财富。名单在中山铜像里，那铜像就放在了善学楼里，而苟定均把《晚晴异闻录·卷四》也放在了善学堂里。

如今真相大白，大家都决定，把这一切都尘封起来，不管归家的功过对错，那都是很久远的事了，所以这一切都不会公开。

归水月得到了应有的惩罚，她两次扮成晨雅里出现在盘长生面前，是因为她知道她不能暴露身份，而用了如此隐晦的方式去把一些信息传达给他。林七月也有了该有的报应，晨雅里的病好了，就如恍然一梦，醒了再也记不起所有的事情，而我或许也该去忘却……

在这一场梦里，所有的人都输了，满盘皆输；我输，你输，他输……

如果能换回清阳的生命，我情愿永远被关在地牢里，至少，她还会来瞧瞧我。清阳，你就是我的鹤顶红，让我饮鸩止渴，甘之如饴。忽然，就想起了那首歌："你是鹤顶红，爱上你匆匆太匆匆，不求来生能否再相逢，只愿今生和你生死与共……"

记于 2010 年 2 月 10 日

沈笙